焉知 — 著

众里寻他千百度

LOST, LOOKING FOR

山西出版传媒集团　北岳文艺出版社
BEIYUE LITERATURE & ART PUBLISHING HOUSE

·太原·

图书在版编目（CIP）数据

众里寻他千百度 / 焉知著 . — 太原：北岳文艺出版社，2019.8
ISBN 978-7-5378-5975-2

Ⅰ . ①众… Ⅱ . ①焉… Ⅲ . ①长篇小说—中国—当代 Ⅳ . ① I247.5

中国版本图书馆 CIP 数据核字（2019）第 147166 号

书　名：众里寻他千百度　　　策　　划：张　昊　　　书籍设计：张永文
著　者：焉　知　　　　　　　责任编辑：李向丽　　　印装监制：巩　璠

出版发行：山西出版传媒集团·北岳文艺出版社
地址：山西省太原市并州南路 57 号　邮编：030012
电话：0351-5628696（发行部）　　0351-5628688（总编室）
传真：0351-5628680
网址：http://www.bywy.com　E-mail：bywycbs@163.com
经销商：新华书店
印刷装订：太原市长江孚来印刷制版有限公司

开本：787mm×1092mm　1/32
字数：268 千字
印张：8.75
版次：2019 年 8 月第 1 版
印次：2019 年 8 月山西第 1 次印刷
书号：ISBN 978-7-5378-5975-2
定价：49.80 元

本书版权为本社独家所有，未经本社同意不得转载、摘编或复制

目录

001 / 第一章　分手
004 / 第二章　小美
007 / 第三章　"到我家里来一趟"
010 / 第四章　楼梯上的高跟鞋
013 / 第五章　约会
017 / 第六章　周末
021 / 第七章　夜宿
025 / 第八章　祸从天降
028 / 第九章　来到拉尕山
031 / 第十章　"众里寻他千百度"
035 / 第十一章　酒，不是原罪
039 / 第十二章　桑吉草
043 / 第十三章　新的孤独
046 / 第十四章　审讯
052 / 第十五章　她为何害怕他跟踪？
059 / 第十六章　单约
064 / 第十七章　撞上
070 / 第十八章　崩溃
074 / 第十九章　"如果不把我抓紧，你有可能会失去我"
080 / 第二十章　他想哭，但是却笑了

084 / 第二十一章　惩罚
086 / 第二十二章　莫非已经开始退化成一个女人？
096 / 第二十三章　崔媛媛
103 / 第二十四章　心疾
106 / 第二十五章　"甚至一次也不能踏进同一条河流"
110 / 第二十六章　三楼上到底有什么？
113 / 第二十七章　徐冬芳
116 / 第二十八章　韩柱冰
122 / 第二十九章　"药引子"
126 / 第三十章　粮食局的春天
134 / 第三十一章　世纪焦点
137 / 第三十二章　粮食学校
141 / 第三十三章　一个新生的理想
147 / 第三十四章　她是谁？
151 / 第三十五章　被摔碎的花瓣
157 / 第三十六章　乐祸
162 / 第三十七章　玛丽皇后
167 / 第三十八章　你怎么舍得我难过
175 / 第三十九章　蓝色酒吧
179 / 第四十章　"在！在吧！"
185 / 第四十一章　天刑之，安可解？
190 / 第四十二章　"一朵好花插到了牛粪上"
196 / 第四十三章　安小仪
201 / 第四十四章　今晚不能有失
205 / 第四十五章　"鼠辈！"
212 / 第四十六章　黑比诺
217 / 第四十七章　"雷神"
224 / 第四十八章　贡布
228 / 第四十九章　道吉

231 / 第五十章　《不再犹豫》
235 / 第五十一章　信
240 / 第五十二章　夜猫
246 / 第五十三章　童大年
252 / 第五十四章　我就想做这娃的爹爹
256 / 第五十五章　邢质彬
259 / 第五十六章　石家窑
266 / 第五十七章　你认识刘长歌吗?
268 / 第五十八章　你已经属于这里
272 / 第五十九章　故事讲完了

第一章 分手

他叫刘长歌,也叫刘子。高中的同学都叫他"瘤子";他的女朋友安丽丽,也叫他"瘤子";他的笔名,也叫"瘤子"。

一个暮秋之晚,刚从山城分回皋城的刘子,为了给女友一个惊喜,兴冲冲地穿过古城老巷,直奔粮校胡同宿舍楼,结果就在胡同口碰到刚刚饮酒回来的丽丽。对于刘子的意外出现,丽丽非但没有欢喜,反而冷冷地丢出一句:"你在跟踪我吗?"

仿佛一场冷雨倾盆而至。刘子费尽心思设计的浪漫重逢,瞬间化为了泡影。见丽丽脸色绯红,冷目间挑着一股从来都没有过的表情,顿时怀疑她外面有了人,失望羞愤间抛出了一句:"分手!"

四年来,通过书信热护的感情,在粮校胡同华灯初上的夜晚,就此像落地的青瓷一样碎成了一片一片。

伤心失落的刘子顺着古老河滩,回到了刚刚要回的单身宿舍。刘子苦涩难忍,幽长的孤夜像刀一样刺进了灵魂。这是毫无预料的受难。四年大学,勤奋苦读,就是为了能够分回省城,和丽丽共筑未来。谁知,鬼使神差,偏偏撞出这么个结果!他不信丽丽对他绝情,他也不信这就是他与丽丽的结果,一定是自己不合时宜的幻想,错怪了丽丽对他的感情。他不该冲动说出"分手"!

刘子喝了一夜的酒。未等天明,就跑去找丽丽。他想给她道歉,他想"破镜重圆"。

干部学校隔街有一家花店,门头挂着两个字"小美"。刘子往学校报道时留意过这个花店。说实话,刘子与丽丽恋爱七年,还没有向热恋的女神献过玫瑰。刘子酒泽未"罄",跑进个"小美"花店,要"九百九十九朵玫瑰"。

原来开花店的姑娘就叫"小美"。一大早,闯进个醉醺醺的人,张口要"九百九十九朵玫瑰"。小美吃惊,以为是醉语。几经确认下,才知他要用"九百九十九朵玫瑰"挽回爱情。好一个"爱情"中毒的男人!看来是被爱弄傻了。小美立在一旁,像是要等刘子醒来。说实话,花店开了这么久,还从来没见有人一张口就要"九百九十九朵玫瑰"的!可小小花店哪有九百九十九朵玫瑰?就算有,还真让他醉醺醺地抱走一捆玫瑰?

小美给刘子倒了杯热水。

"先喝点水,祛祛满身的酒气。"

小美露心儿静笑,建议他只带一朵玫瑰,一心一意献给女友。

可刘子一听才一朵玫瑰,意思虽然对头,但数量太少,这朵"时间的玫瑰"放在如此剧烈的背景下,显得既轻率又不真诚。几番论说下,刘子最终抱了"九十九朵玫瑰"离开。

刘子挤着公交车赶往胡同。满车人都在审视他怀中的玫瑰。刘子每挪一步,乘客都情不自禁地为他留出个缝,不知是在守护娇艳的玫瑰,还是担心他抱着个血色炸弹。

刘子下车的时候,天淅淅沥沥下起了雨。雨是秋雨。刘子走在雨里,只想雨水把自己彻底浇透。这颗冲动间容易失控的灵魂活该被悲凉的苦雨浇透。如果这场秋雨能让他与丽丽重归于好,他宁愿把自己浇死在雨里。刘子抱着玫瑰在雨中行走,形神落魂间,宛然在博得丽丽的同情。

刘子穿过胡同,终于走近了丽丽的宿舍楼。他徘徊在筒子楼的一角,怎么反而近了,却又没有了冲上去的勇气?雨越下越大。刘子站在雨里,让越来越大的雨反复浇着自己。他既在获取勇气,同时也在让自己镇静。

刘子直把自己浇成了一只"落汤鸡"。当他鼓起勇气,抱着一堆玫瑰站在丽丽门口时,丽丽却冷冷一语:"别装模作样了,站在雨里塑造苦难形象,那是电影。你很虚伪!"

丽丽又当头一棒,令刘子一夜一路想好说给丽丽听的语言顿时退潮。刘子强压着自己的心火,还是将"九十九朵玫瑰花"献到了丽丽面前。可这个错误的浪漫,再度遭到了丽丽的嘲笑:"我的人生已经承受不起浪漫,别再虚情假意了。"

冷漠的丽丽,使刘子连连挨棒。那一刻,他倒不是感觉自己被彻底曲解了,而是感觉到一种被误解的"丑陋"。他对她一心一意,恨不得把生命都舍给她,却被说成是"装模作样""虚情假意"。刘子感到被冷雨浇透的自尊,像个褪不去的魅影,正被丽丽无限度地揭穿,宛然被当众脱光了衣服。风雨中燃烧的玫瑰,顿时在怀中凋谢了。他站在丽丽家门口,就像一只被拔光了羽毛的鹅,可怜、恼羞的同时,再度因丽丽对他的无理诽谤燃起了怒火。现在,他就是有十张嘴,一百个身躯,一千颗灵魂,也已无可奈何。

诚然如此,刘子还是强忍住怒火,请丽丽"原谅!"

原谅?

原谅你什么?

当丽丽冷冷地问要原谅他什么时?刘子噎住了。他第一次发现自己原来离丽丽如此遥远。

是啊!他让丽丽原谅他啥呢?这大雨天跑过来道歉不就明摆着承认自己昨天是在跟踪丽丽吗?

刘子终于忍受不了丽丽的质疑和冷漠,一把将捧在怀里的"九十九朵玫瑰"扔向墙壁,再次转身离开了丽丽。

第二章 小美

  刘子跑到雨后的大街上放声大哭。世间痴心如我,却被冷落至此,真是悲哀啊!刘子一路不知何去何从,失魂落魄间,竟然跑进了"小美"花店。

  小美一看,就知道事情搞砸了,不觉间竟有些同情这个被爱情弄傻的男人。看刘子一身泥渍,显然是坐在雨水中哭过。她透湿毛巾,将刘子一身泥泞洗去。见刘子怅惘不已,半个魂魄都遗出了阳世,宛然陷进了世界末日,遂关了花店,带刘子来到离花店不远的一家咖啡店,借午点咖啡温馨的光蔓,安慰一下这颗受伤的"瘤子"。咖啡店起名"煮雨",听起来像个能蒸发掉雨的世界,隔家医院的门墙与花店邻近。慢柔的伤感音乐与小美温婉的心灵,和略带苦涩的咖啡,宛然抚过刘子寒心的玉翅。

  刘子暂获平静。不过,虽然小美细语相慰,可刘子满头脑里都是拂之不去的丽丽,丽丽的影子、丽丽的声音、丽丽那已经难复的万千形象。那一刻,他不知道离开丽丽以后,自己该怎么活?该怎么过?

  刘子经小美安慰,心绪虽然回稳,但情绪一落千丈。离开小美回到筒子楼单身宿舍后,刘子把门一闭,躲在屋子里无休止地难受,就像在惩罚一个无辜的囚犯。

  刘子昏聩失意,终日如只酒囊中醉窝的蝉一样。主任老黄一早来看新贵,却见刘子宿舍紧闭,敲了半天门没有敲开,甚不满意。

  "目无组织!夜不归宿!"

  老黄门口撂句话,悻悻而去。刘子佯装长睡,岂知却埋伏下了被突击试讲的伏笔。

刘子渐渐复苏。丽丽的形象如幻如魅，令其从高空往深渊下坠。失去丽丽的生活可怎么过？刘子反复问自己。他好不容易有了现在这一切，结果当一切都具备的时候，爱却塌了。

这只被冷电击伤的怪兽，在漫无边际的苦海中，想从丽丽的阴影当中挣扎出来。人世间还有没有一个比丽丽还好的人，将他从受难的伤影中拯救出来？

丽丽的绝情，真正撕开了被书信描述的岁月，刘子第一次开始追问：丽丽到底有什么好呢？

这个"有什么好呢？"如根扎伤灵魂的引线，穿过刘子自诩的"慧眼"，开始把丽丽放进"大众"。他第一次试着把丽丽渡出"圣界"，将她放进与众生相同的位置。

安丽丽到底有什么好呢？美丽绝伦，笑可倾城？举案齐眉，羹肴美饭？能抚琴作歌，能歌善舞？还是文思卓越，宛然姝仙？她能思会诗通变古今吗？……刘子如数着魔咒，在暗晦的窗前，如个怪物阴郁地遐思。他不断寻找丽丽身上能够被他放弃的可能。不觉间，小美的影子，宛然被一股风吹进了窗棂。

于是，在筒子楼"啤酒屋"里窝了近一个星期的刘子，决定去找小美。小美见形神憔悴的刘子终于在阳光下露面，像朵花一样微笑着接待了刘子。小美说，她都等了他好几天了，总算是见到个活人出来。说话间把刘子落在花店的呼机还给了刘子。刘子一愣，这才想起，自己的传呼机那天落在了店里。小美正要告诉刘子，这期间有人传呼刘子时，花店内却突然冲进一个女人来，急匆匆问小美花店里"有厕所吗？"小美的记忆被打断了，向后指指，同时把那人带进洗手间去。刘子觉得此人面熟，可一时又想不起来是谁？对小美使个眼色，悄声道："这人好像是咱们单位的，管人事的。"言罢，向小美招个手，拿过呼机就走了。刘子匆忙间走了，小美也就没有再想起向刘子说有人呼叫之事。

小美的善良，令刘子竭力把注意力从丽丽身上移开。他想"移情别恋"！"小美"花店就在学校对街的医院隔壁，刘子一有空，就会来到花店。小美如接收个孤儿一样，每次都会向刘子递传出温馨的气息。她就像开在荒野里的一朵水仙花一样。

不过，这一天，当刘子带着从学校花园里采的一大捧"满天星"，想要送给小美时，却在花店外看到里面有一个熟悉的影子。刘子进到店里一看，原来是自己的表弟！

表弟竟然神奇地出现在小美花店！这让刘子喜出望外。早就知道表弟中专毕业后留在省城一家企业，还没来得及寻访呢，结果在这里碰上了。表弟也很意外。还以为表哥山城留校了，原来分到了省城。二人隔开小美热聊开来。当发现表弟待小美不像是顾客待老板时，刘子逐渐尴尬了，他终于搞清：原来表弟和小美是中专同学，俩人在校时就已经恋爱了。表弟毕业后在一家企业找到了工作。小美要工作，就得回到老家。小美为了和表弟在一起，没有回老家上班，就在医院旁边开了这个花店。

刘子为表弟的出现感到意外，同时对自己通过移情小美来取代丽丽的想法觉得既荒诞又卑鄙。打着这样的心理，来追自己表弟的恋人，简直猪狗不如。花像残星散落了一地。刘子仓皇而出，难受得如同被雷鞭痛打了一顿。

刘子狼狈而去，自此再也不敢擅入小美的花店。刘子沮丧如初，加上这意外的羞闷，心情不再变好了，而是越变越差了。他感到人生的路突然被堵死了，左走右走，上走下走，都没了出口。

第三章 "到我家里来一趟"

不幸的事情似乎接踵而来。新学期的课程已经安排下来了，教研秘书专门过来通知了刘子上课的时间和教室。刘子备了一夜的课，没想到起来时却八点半了，连脸都没有顾上洗，就跑步赶到教室。进教室一看，天哪！教室里坐满了人，不但有上课的学生，而且有教研部主任和学校主管教学和人事业务的领导干部。原来，敲了几起刘子宿舍的门都不见反应的老黄主任，极其不满这个刚刚参加工作的年轻教师，他特意报请教务处和人事处，要重新考查刘子的教学水平和工作态度。

刘子已经迟到了。女人事处长指着手表问他："几点了？"刘子慌急间应道："我没有手表，不知道。"一股脑跑上讲台。险迫当中或许被逼出了灵感，刘子对着满堂的人，似乎在对着丽丽讲话，顿时口若悬河，精彩不断，脱稿讲授《人间词话》。尤其王国维谓为"三境"之巅的辛翁老句："众里寻他千百度，蓦然回首，那人却在，灯火阑珊处"，刘子既阐出深刻哲理，又讲得如泣如诉。刘子形神投入，文采飞扬，课讲得激情四射，甚至没有听到下课的铃声，直至将自己内心的感受借着诗词古话全部倾诉了一遍。刘子心一横，大不了被除职，正好可以回到乡下种地去。

因为压堂，女人事处长下课的第一时间不是发表对刘子讲课的看法，而是紧急跑向了厕所。她实在是憋不住了。那一刻，刘子才想起女处长好熟悉，原来，那日去花店时，正是这个人事处长尿憋急了跑进花店里来找厕所上。她怎么恁就是个尿急呢？莫非有什么夹不住尿的怪病。

刘子本想这堂课定然是搞砸了。因为他感觉自己不是在讲课，而是在控诉。孰料讲课获得了一致好评,可继续在教学部门留岗留任。临出门时,老黄主任严肃地向刘子暗示一句:"晚上到我家里来一趟!"

黄主任让到他家去一趟是什么意思?刘子百思不得其意。孙悟空被菩提老祖头上敲了三下,那是暗示。可黄主任这偏偏又是明示?这明示比暗示还让人摸不着头脑。刘子叼根烟,卧在床上,反复思量着黄主任的用意。眼看天黑了,他倒有些紧张。这到人家去,总不能空着手去。可带什么好呢?自己又有什么呢?他本来从山城回来时给丽丽带了一大堆好吃的。可还没有送到美人口里,美人就把他像片白杨树叶给黄了。他真恨不得把那一包东西扔出窗户。可掂了半天,还是放回原地。刘子心想,不如将这包特产给黄主任带去。可转念一想,这东西是准备自己和丽丽暧昧的时候吃的。送给黄主任,不等于把丽丽爱的东西送给那老黄鬼吗?那一刻在刘子心里,这一包特产就像丽丽的闺藏衣物,除了自己,那是绝对不能示人的。他狠了狠心,又把那包丽丽最爱吃的东西放下了。不过,搜腾了半天,只从床底下摸出一包花生,老家带来的,绝对特产。可光一包花生,又显得寒酸,不如再买点水果。于是,刘子跑到学校外面的小卖部去,结果新鲜的水果都卖完了,要有也只有半框干梨巴。刘子撅着屁股挑了半天,算是挑出了半袋。"正宗的'神不支',好吃得很!"老板高兴地说。

刘子提着一袋花生和那半袋梨巴,趁个天黑,去敲黄主任家门。黄主任开个门缝见是刘子,就把门打开了。黄主任瞄着刘子手里提的东西,像是在审视一个小偷,也不说让他进门。刘子有些尴尬,极不自在地站在门口,不料,黄主任审视了半天终于伴出一腔的陕西话:"你竟然带一包花生三个歪梨巴,就想行贿革命干部!"

刘子一头冷汗。正窘迫间,门后又来个身影。黄主任的老婆——黄阿姨。黄阿姨先是瞄了刘子一眼,接着把黄主任一推:"客人来了,也不让进门。快进来坐!"黄主任显得有些怕老婆。刘子进门后,黄阿姨给倒了杯开水,笑盈盈地坐下,张口先问一句:"你有对象吗?"这可把刘子难住了。说没有吧,有!说有吧,吹了!只好说:"没有!"

黄主任侧目刘子,一通危言耸听:

"听说你是学哲学的,怎么跑来教文学了。娃!今天要不是我,你就背处分了。新老师第一天上课就迟到,这在校史上还从来没有过。"

黄阿姨直瞪老黄,意思是别打扰她问话。接着黄阿姨问起了刘子的家庭情况。刘子一一禀报:父母年龄也不大,就他一个儿子,姐姐已经出嫁了,家里还有一院老房子呢。

刘子不明白她问他这些做甚。难道这家的婆姨是做政治特工的?!黄阿姨对他出身家庭不遗余力的审问,令刘子既拘束,又纳闷。眼看该问的都问了,该答的也都答了,是不是该放他回去了?黄主任依旧斜个身背,任由黄阿姨开展工作。难道,黄主任早晨让他到家来一趟,就是为了面对黄阿姨一丝不苟的提问?!现在,身份政审工作基本结束了,他是被放回去呢?还是面对黄主任下一步对他的工作指示?刘子满头大汗。一大杯水都喝光了,也不见黄阿姨起身添倒。

黄主任依旧一声不吭,斜处在暗影里,更像一个愈加摸不着底的特工。刘子整个人就感到被黄主任以主管领导的身份请到了瓮里。这家人不是请他来做客,而是来围攻他的身世。他真的不知道,黄主任"明示"来到他家,最终到底何意?如果是政治接待,应该是在办公室里;如果是家庭接待,应该好吃好喝,而不是盯住了祖宗八代不停地盘查和审问。

黄阿姨的语气终于停顿了。黄主任并没有接辞说话。气场有些僵滞了。刘子抬头看看黄阿姨的眼神和黄主任倾斜的背,用表情表达出想要回去的意见。他想站起身来说:阿姨时候不早了,打扰你们休息了,我该回去了。屁股还没有从黄主任家皮沙发上挪开,就听黄阿姨发出一声欢乐的笑。她笑什么?刘子一怔。随之,见黄阿姨的眉毛也舒展了,脸色也暖了。这才像个阿姨!刘子顺着黄阿姨突然绽放的笑,站了起来。这是与这两个"政治特工"话别的最好时机。刘子还没有启齿。不料,黄阿姨却说:"明天中午到我家里来吃饭。"原来,真正的礼客,是在明天。

刘子一脸懵。这黄阿姨突然的热心,让他放松,舒服。可这热心底下不知道埋着一团什么样的火?刘子放下花生和梨巴,辞别走了。临别黄主任强调一句:"今天要没有我,娃,估计你就挂了!"刘子蹭身冷汗,连鞠躬带说谢,就离开了。黄阿姨追在门边,向下楼梯的刘子招手:"记得明天哦!"

第四章　楼梯上的高跟鞋

第二天中午，刘子掐着十二点准时，爬上楼梯，上到黄主任家去了。还没有敲门，就闻到隔着门户散发出来的香喷喷的气味。黄阿姨炒上菜了。刘子惴惴，想敲门，手又缩回来了。这空着手来了，咋就不好意思呢！可昨天，黄主任不说"一包花生三个歪梨巴就来行贿革命干部"吗？不想了，进去再说，黄阿姨人到底地道，见我是新来的，所以开个宴，以表欢迎和接待。

刘子正触手敲门时，突然听得身后噔噔噔有人上楼梯的声音，是个穿高跟鞋的！鞋声远远在二楼就能听到。寂静楼梯上传来的高跟鞋的声音，能让刘子产生对摩登女郎的幻觉。刘子半空中举着欲敲门的手，想这"高跟鞋"是往楼上去的，便先侧了身，准备让路。及看到拐上楼梯的"高跟鞋"，声音却在楼梯间打住了。好高挑的一个女郎！刘子迅速闪了一眼。看着眼熟，好像像谁，可一时又记不起来。女的身穿间点小花的白色长裙，一身的清香。头发披长，直溜到肩上，垂下头来，看着有些像丽丽。刘子一想起丽丽，心里就有些怅惘。为何一见到个女的，就会想起丽丽呢？不过，也不对！昨天看到黄阿姨，不就没有想起丽丽！看到这个女的，想起丽丽，说明这个女的身上与丽丽有相同的地方。她哪里和丽丽相同呢？头发！尤其那披肩的头发……每每这个时候，刘子就觉得，词语掉进了诗的池塘。那晚云一般垂进水的头发，太有诗的感觉了。

短短数秒钟，刘子胸壑中激越跳闪着丽丽的形象。不过，他很快镇定了。这里不是诗歌的池塘，是楼道，是前来拜赴"政治领导"的严肃场地。

刘子冰镇胸壑的同时，也还是在高跟鞋和丽丽中间抛出最后一念：丽丽不爱穿裙子，水洗蓝牛仔裤裹在修长的腿上，看着既清丽，又野蛮，还性感，那才是他的自豪和热爱。

刘子站住了，不想，那女的也站住了。她凝视刘子一眼，露些诧异，同时也有点害羞，二人僵了一会。刘子转身，垂头，不过没有敲门。那女的又上前几步，像是要走开。三音步的高跟鞋，刚咯噔两声，就又在离刘子最近的地方停住了。刘子有点紧张，这是他遇到青春少女就会特有的紧张。他虽然和丽丽好多年了，但每次见到丽丽都会紧张。"高跟鞋"站住了，竟然对着黄主任家的"铁门"，"姐姐！姐！"喊了几声！黄阿姨在门内听到唉唉答应几声："唉！霞霞来了！"

门呼啦开了。黄阿姨正脸对上了刘子。"哎哟真巧！你两个碰一起了！快进屋！快进屋！"刘子万万没有想到，身后来的原来是黄主任的小姨子：霞霞。怪不得眼熟呢！原来是和黄阿姨长得像些。刘子半进半不进的。想让霞霞先进，可自己半个身子堵在门上，进吧，又怕失礼。黄主任那挑剔青年同志的眼神可不是闹着玩的。正踟蹰间，一把被黄阿姨拉进了门去。"都大小伙子了，还怕什么羞！快进来！"刘子确实怕羞，尤其眼前见到个如此摩登的女孩。

刘子进了屋，听到厨房里还"滋啦滋啦"地有人炒菜。黄阿姨不是在外面吗？里面是谁在做饭？该不会是黄主任吧？刘子猜得没错！果然是黄主任。原来，这个黄主任有些惧内！外面看着威风，在家里可是被黄阿姨镇着呢！

霞霞也进到屋里。"姐夫！姐夫！"喊了两声，过了半天，没有答应，两耳间传来的净是专心炒菜的声音。霞霞又往厨房近了近："哎哟！又是姐夫下大厨哈！"黄主任总算听到了！因为隔着抽烟机轰隆隆的响动，黄主任没有听到——霞霞大方的声音。

黄主任围个围裙出来，对着霞霞一笑，见霞霞新穿的高跟鞋，故意诙谐了一下。"呦！这丫头怎么个子长高了！"霞霞掩面一笑。"吃大骨头补得呗！"接着黄主任看到刘子,笑脸倏地一收！"坐！"手一指，让刘子坐！接着又笑眯眼儿，望着霞霞！霞霞换了高跟鞋，一猫腰钻进厨房，像是给刘子沏茶去了。

黄阿姨摆好果盘。刘子看到果盘里面是昨天他带来的"神不支"歪梨巴。革命老干部并非无情，他还担心，那半袋梨巴，会被当作"赃物"倒了呢！今天的气氛显然比昨晚好多了，尤其，黄主任能像对自家姑娘一样，对着小姨子霞霞开出句玩笑，使刘子顿然觉得：黄主任也是个人！此人貌似正经，原来骨子里面也花着哩。

米饭熟了，菜好了。黄主任也卸了围裙，一本正经地坐上桌。在刘子眼里，黄主任又是那个出现到公共视野里的主管领导黄主任。

后来，刘子终于弄清楚，黄阿姨此举，原来是在介绍对象。她要将霞霞介绍给刘子。

第五章　约会

失去了丽丽，刘子身上反而泛起了一波波令人难解的"桃花运"。塞翁失马，焉知非福！？他似乎从来没有这么幸运过。

霞霞在黄主任和黄阿姨当中，显得既端庄，又漂亮，而且会笑。尤其那长发不禁间云垂下来，半遮着脸。想象一下，如个隐进宝瓶的童话！不过，当刘子离开黄阿姨、黄主任和霞霞的时候，满脑子就又是丽丽的形象。

随着一一告别黄阿姨、黄主任和霞霞同志，刘子出了门，下了楼梯，疾步穿过校园，进到自己的单身小南楼。每走近小南楼一步，丽丽的身影，就像逐渐潮湿的水彩，一波一影地袭上心头。及进到他的"啤酒屋"的时候，长发披肩、秀若流云的霞霞同志，已经彻底被他遗忘了。倒不是他有意遗忘了霞霞，而是霞霞令丽丽到场的形象实在是太强烈了。不在场的丽丽硬生生地把他对霞霞的初始印象剥掉了。霞霞的霞彩脱落了，丽丽的水彩蚀心蚀骨地渗了过来。在日已晦昏的"啤酒屋"里，刘子感觉到蚀魂的寂寞。

霞霞要不要再见呢？霞霞要不要见，不是他说了算。那得有黄阿姨强大的指示。

见！

被见！

由于黄主任职级上的压迫，刘子还是每逢周末都要到黄阿姨那里报到。当然，现场少不了霞霞和黄主任惯常的土豆烧牛肉。

干巴梨儿不再带了，那是对革命记忆的挑衅。但每次去不带点东西，总有些尴尬，不好意思。于是乎，刘子渐渐掌握到黄主任的嗜好，喜欢喝几口烧刀子二锅头。而黄阿姨呢，则喜欢吃柚子，说那东西能败火。这两样东西，在刘子的分析里，处在两极，一个上头上脸，一个清热解火。黄主任和黄阿姨的结合，几乎是一种水与火自消的本能，他们是绝对互补的。

刘子与黄主任和黄阿姨的关系越来越近。除过霞霞，这个时尚的点缀，对于他们，刘子一直在沉思一个问题：不知道这一对革命伴侣，在参加工作之初就自由恋爱了呢？还是婚后共同调适出来的习惯，维持出了这个极具喜剧性的稳定生活结构？如果是自由恋爱，那就是先天的合适；如果是媒妁之约，那就是后天的磨合。刘子把这个沉思，放到了他与丽丽和霞霞到底谁好谁更适合在一起的问题上。

黄主任惧内怕老婆，在刘子看来倒是黄主任的智慧和幸福。他如果当初不仗了那股莫名其妙的男子气，一语"分手"，从而在丽丽的呵责声中扬长而去，他的人生也就没有时下这么被动。而他那不按捺的个性，不压迫自由的气质，还不是因为丽丽眼里需要一个与众不同、特立独行的男人吗？丽丽不说，她喜欢身上有些匪气的男人吗？

刘子和黄主任一家关系越来越熟，越来越好，也越来越亲密。每次到黄主任家里去，倒不像是去见霞霞，而是去拜望黄阿姨和黄主任。刘子初不善言语，后来被黄主任要求着放开喝上两口"烧刀子"的时候，话也就多了起来。每每这个时候，黄阿姨就会挑起一些话头，借机听听刘子对人生对事业的规划。刘子趾高气扬，谈得津津有味，言语中渗透着古人们的天命理想和哲学睿智。在这个不足五十平方米的方丈小楼里，刘子逐渐以为自己才华绝冠。唉！如果丽丽也能像黄阿姨这样，聆听他的高论，那该有多么牛，多么幸福！刘子讲得心潮澎湃，不过，在内行老辣的黄主任看来，这娃的想法还涩着咧、空着哩、嫩着呢！空想社会主义和革命理想主义齐头高挂，而且听着不与时语，有些反动。惹得黄主任实在憋不住了，提示性地说，单位上有许多挂职锻炼的机会，一旦有这个机会，就会向人事处长建议，让刘子去。刘子一欠身，表达了感谢。那一刻，他有王阳明重出"龙场"，就要放眼天下的感觉。

刘子在黄阿姨面前有了充分展示自己的机会和高地。如果丽丽也能像黄阿姨一样,他早就把她给征服了!在这个精致的革命讲堂里,长发始终秀肩的霞霞呢?霞霞和黄主任一样,在刘子和黄阿姨探讨生活的课堂上,始终认真地从事着外围性工作。黄主任缄默,霞霞显得更缄默。霞霞是在一家毛纺厂做原材料分析工作,对于动物身上的毛发是有研究的,但对于人生理想和事业,霞霞似乎从来就没有思考过。不过,这家毛纺厂快要倒闭了,名叫破产重组,其实是下岗另就业。正是因了霞霞目前的处境和颓势,霞霞的个人问题,也就成为父母遗留给黄阿姨和黄主任,尤其身为大姐的黄阿姨的头等大事。所以,学校每次分派来的大学生,黄阿姨都要命令黄主任想方设法带到家里来,在她眼里仔细审过一遍。趁着这些大学生们成长的青涩和对未来的不可知性,借机以黄主任正处级的工作身份,以解决压在她心头的霞霞的问题。

为了从源头上获取猎物,为此,黄主任经常进人事处郑姓女处长的办公室里明为寒暄,实为打探。刘子的专业背景就是他从郑处长那里打听到的。他那天去敲刘子大白天还高睡的宿舍门,就是想单独接触一下这个年轻人,提前为黄阿姨面试一下。不想,门没有敲开。他很气恼,故而在郑处长办公室里临时起意,要突击检查这个年轻人的业务素质。结果,刘子一堂课讲下来,多少还是有点把他征服了。替黄阿姨"面试"这一关,刘子算是从老黄的眼中过来了,所以才有了"你到我家来一趟"的明示!

霞霞有问题吗?当然没有问题。霞霞的问题就是她快要失去工作了。刘子倒从来没有考虑过霞霞的工作问题,因为他压根儿还没有把自己和霞霞摆到人生的未来当中去规划。就这么囫囵吞枣的大聚会,怎么可能让他将霞霞抛进爱情的漩涡中去呢?说实话,在这个温暖而奇特的大聚会上,他连碰一下霞霞小手指的机会都没有!更何况,他名义上在黄阿姨这里与霞霞与黄主任集体约会,但心里还是牵挂着那个绝情的丽丽。

他总觉得丽丽并没有离他而去。那他为什么又要到黄主任这里来了呢?谁知道呢?如果不来,单黄阿姨每次送到门口,都隆重叮嘱他下次再来的声音和眼神,他好像根本就交代不过去。

逐渐地,刘子终于知道,黄阿姨和黄主任并不是自由恋爱的革命情侣,而是比黄主任大的黄主任的前任成为校委委员的浦主任的老婆介绍的。被介绍的婚姻才能安插出合适的比例线，渐渐养成的习惯，似乎才是幸福的彼岸。怪不得，霞霞的事情，要由黄阿姨一手包办呢！他们从不相信自由恋爱！

这都快一个月了，刘子和霞霞还没有单独出来过。是刘子不愿意？还是黄阿姨不放心？还是黄主任有些舍不得？总之，每周必去的小三楼黄家大约会，成为刘子必须履行的工作任务。而往往黄主任和黄阿姨都在场的情况下，刘子和霞霞彼此才感觉到自在。刘子不敢保证，心里是否已经有了霞霞，但丽丽的影子始终挥之不去，却是真的。

霞霞披过肩头的长发，刘子越来越认为那不是丽丽的，也因此，霞霞身上的丽丽彻底褪去了。她们根本就是两个不同的人。可哪两个人又是相同的呢？丽丽从霞霞身上褪逝了。同时，霞霞也就从刘子的感觉中消失了。丽丽用个不可见的魔方，再次、彻底地把陷于苦涩当中，还试图"移情别恋"的刘子神奇地控制了。以至于，他再往黄主任家里去的时候，根本就不记得小三楼里还有个名叫霞霞的姑娘。

霞霞美吗？霞霞很漂亮。霞霞温柔吗？霞霞温暖得像太阳。丽丽有霞霞温暖吗？丽丽是冷的。丽丽有霞霞好吗？没有！可是，丽丽再有缺陷，也是那个令他发疯发狂的魔方和魔恋的人。两个不同的人根本就没法比。人是比不出好坏的。而爱情却是，就算她（他）是个坏人，你也会爱！

第六章　周末

一个多月以来，和黄主任、黄阿姨、霞霞在一起，也就一个多月没有见到小美。自从那次尴尬的失败之后，刘子再也不好意思往花店里去了。比起霞霞，小美倒是一直在他的心目中存在着。也或许，小美是他人生最低潮期时，给予他善意安慰，并给予他灵性同情的美好心灵的见证者吧。也或许，他与小美的相识，夹杂了一些令人难测的天意。至少，小美是偶然遇见的，而霞霞则是被强行安排的。

好不容易来到这个周末，黄家三号楼集体大约会的活动临时停止了。之所以取消这个集体大约会，黄主任给刘子的准确线报是，因为十月初一快到了，黄阿姨要带上黄主任，还有霞霞到山里给霞霞的爹妈上个坟去。由于刘子还不是他们家庭成员中合法而正当的一员，所以，只能给他放假。至于给祖亲上坟，如果刘子和霞霞好上了，未来有的是机会。

刘子得信后，就像周末不用再加班一样，透出一口长气。说实话，待在黄主任家，就像是被关了禁闭一样。他们给他放风的时间到了！

黄阿姨要带霞霞回老家祭祖一趟，虽然给刘子放了风放了假，不过，同时，也说明，关于刘子和霞霞，黄阿姨那边将要有更实质性的动作了。保不定，黄阿姨已经认为刘子这人靠谱合适，可以和霞霞修缘，共度，故而，要带上霞霞到爹妈坟前进行请示或者汇报了。

没有了固定时间的家庭大约会，刘子虽然大获自由，但却也感觉到不适应了。长期被人编排的周末，突然失去了安排，他也就突然不知道这个周末该怎么过了。鸟被放出了笼子，但也不会飞，飞不动了。

刘子自然还在想念丽丽,可同时小美的形象也浮进脑海。丽丽在刘子的印象中是挤不掉的。不过,霞霞一走,像是给小美突然留下了位置。然而,要命的是,当小美在脑际开始游荡的时候,此时霞霞的形象,也从大脑中升显了出来。真是奇妙,当霞霞不到场的时候,却作为缺席中的力量,神奇地出来了。三个女人,一个令他失魂落魄,一个温婉甜美,再一个或有或无。

很快,刘子感觉出一种复杂的怅惘,其中交织着掳不尽的空虚和苦闷。他甚至有些焦虑。完好的心脏,像是被一把看不见的手术刀,无形地分割了。他觉得他精神上已经开始背叛丽丽。而同时,因了丽丽的原因而与霞霞和小美交集,是否也在亵渎人性?

刘子像是被一股苦涩的药剂分散开了。他变得轻了,就像流星滑过苍穹,同时也逐渐脱离了大地。

如果说,自与丽丽恋爱话崩的漫漫岁月里,他还绷着个耐苦执气,就如两个儿童,因玩闹不快而不理彼此的劲,那么,那一刻,他精神上还在支撑无从承受的下坠。丽丽还是他存在的着力点,是他生命运动中不可离脱的重心和重量,他还有所附着,有所依靠。但现在,连霞霞也从头脑里面跳出来的时候,他的力量像是被无数个不是丽丽的丽丽分化了。丽丽不再像个中心。如果,丽丽不像个中心,那他刻骨铭心的爱又到哪里去了呢?始料未及的桃花运,在帮助他渡过精神险期的同时,也把爱的力量解构了。

虽然,此情可待成追忆,但,只是当时已惘然。

总之,当人生从无法道白的苦涩中突然转入无形的无所事事的时候,刘子的空虚降临了。

他想喝酒。他想喝醉。他想大醉一场。他想彻底将自己放纵一把。与黄主任、黄阿姨集体相会的每个周末,都是他挚起"烧刀子"敬给这个阴阳怪气的领导,作为啤酒"小王子",他还没有好好品尝被二锅头漫淹人生的感觉呢?

于是,在这个人生突然没有了重量的真空区,在刘子以读书表达生活意义的职工宿舍,刘子对一切都有些烦厌了。这间宿舍还是他为了早点和丽丽结合，通过不屈不挠的努力，死狗一般从总务处争取过来的。现在，宿舍有了，可人却走了。

人去楼空的感觉，第一次将刘子移出了一个有形的世界。堆了一架子的书，也因丽丽离开后，像尘土一般被冷弃到了一边。刘子以前想，他好好读书，读好书，读那些深刻的书，激涌出可究天人的才情和思想，为丽丽写诗写歌，写她与他的一生。但丽丽不在了，就连这些书都变得没有了意义。刘子真的颓废了。

刘子喝了几口二锅头，感觉这"烧刀子"真是老辣。黄主任还真能耐，在他和黄阿姨还有霞霞面前喝着，竟然始终那么气定神闲，甚至大有"坐怀不乱"的气象！这个冒牌的"老革命"，他的心性到底是怎样的？他是怎么把自身计量到的？他那看似没有爱情的人生，原来显得比想象中的还要幸福。他和黄阿姨会做爱吗？如果做爱，黄阿姨会被他彻底征服吗？或者，他还是像被勒令炒菜做饭一样，继续在体位上接受黄阿姨的指示和命令？

刘子想得有点荒诞了。他为什么总拿黄主任和自己比呢？可在男人的世界里，他也只能拿黄主任和自己比一比，似乎从一开始，在这个刚刚投入工作的"新界"当中，他就被黄阿姨和黄主任彻底绑架了。他像只孤鹤，被撂进了鸡群，从此没有了同伴。

刘子喝得有点头晕，他隐隐得出，他的激情是在爱情，而黄主任的激情似乎交给了生活，交给了一丝不苟地听着黄阿姨的指示和黄阿姨从来不正面看他但又当面给出各类无形指示的脸色。

黄主任悲哀吗？

可老黄看起来好幸福。

刘子正饮间，突然听见有敲门的声音，起身开门一看，小美竟然出现在了面前。

表弟呢？

小美的脸色有些难看，像是哭过。不过，表弟虽然不在，但小美的朋友小满却陪着小美一起来了。

小满就是那个开"煮雨"咖啡店的。不过，那次去的时候，刘子并没有注意。或者说，小满恰好不在。

小满望着也漂亮，和小美一样，像花一样。透过小满，刘子才知道，小美和她来过几次了，每次来刘子都不在。刘子笑笑，心想他当然不在，他每周都去参加集体大约会，他连自己都找不到自己呢。

小美和小满为什么会来呢？

小满说，小美和表弟的恋爱出现了波折，两人因为花店的事吵了一架，表弟也回家祭亲去了。更糟糕的是，小美的花店却被陆军医院姓殷的团长，管后勤的，带人关闭了，说是租赁都已经逾期了，不再给小美的花店续租了。

刘子听得触目惊心。

原来，在他和黄阿姨、黄主任还有霞霞频频周末欢聚的大好时日里，可怜的小美正经历着人生的风波和不幸。小满说，那个姓殷的其实又贪财又好色，他不是不给小美续租了，而是要小美照他的指示，晚上到他家里去。这不是明着要色吗？而表弟就因为那姓殷的缘故，和小美发生了争吵，表弟的意思是花店不开了，可小美好不容易经营出个名堂，爱花也热爱这行，你说，她不干行吗？小美都在她的宿舍窝了好多天了。

小美的花店不仅被好色的老狗闭关叫停了，而且小美也无家可归了。

小满说，小美带她来，是想找刘子帮忙能否找人给陆军医院的领导打打招呼，别让那姓殷的刁难小美了。同时，给表弟做做工作，不要和小美再闹了，闯荡江湖谁容易？你说咱们都容易吗！？

小满说话，就像个侠女一样，不仅表达丰富有力，而且幽默干脆。刘子在电影中，一直喜欢这样的女侠客。

第七章　夜宿

　　短短一月，小美竟然沦落如此，这是刘子万万没有想到的。刘子问她们吃饭了没有？小满说："人都这样了，谁还有心情吃饭？你小日子过得不错呀，还喝二锅头？给我们做饭去！"

　　小满的声音和口气，令刘子愈加感觉到独特新鲜而又熟悉。

　　熟悉什么？

　　她能像黄阿姨一样对男人发出指令。

　　这种指令，会让一个男人瞬间感受到存在的力量。

　　小满的命令让刘子感觉到充实和愉悦。原来，黄主任就是通过黄阿姨不止一次的指令，感受到自身的存在的。

　　小满横空而出，令刘子措手不及，但又自然舒适而轻松愉快。丽丽的印象，再次因为小满的出场而遭到了淡化。刘子独饮"烧刀子"时自省自疚的所谓对丽丽的精神背叛，现在，在小满的语言词群中，好像突然不在了。小满就像一杯不加糖的咖啡一样，能从苦涩当中给人以上升的活力。

　　刘子拿出了留给丽丽的那一大包特产。他一直留着，没有带给黄阿姨，也没有带给霞霞。不是他舍不得，而是总觉得把买给丽丽的东西送给别人，像是把丽丽给卖了；而同时，把要给丽丽的东西，送给旁人，反过来对别人也是不诚不敬的。可现在，他却没有丝毫的疑虑，顺手就把那一大包的东西摊在了桌上。

　　小满一看就是买给女孩子吃的，杨梅、杏仁、葡萄干，男孩子谁吃这些？

"哎哟！你把给你女朋友吃的东西，都拿出来了哟！我们敢吃吗？"

小美瞟了小满一眼，小满咂咂舌头。显然，刘子的事情，小美给小满说起过。

刘子就喜欢小满快闪的口角，就像侠客手中的刀一样，都被杀死了，还没有痛的感觉。他能从这类语腔中体会出一股特别的味道，一种能化解酸涩的味道，就像下进胃肠的解药，既指认事实，又能对症下药；就像伸出蛋壳的鸟翅，碰到阳光以后，既紧张，又美妙。

眼下，自己的事情倒是轻的，小美的事情才是重的。

刘子使出了自己所有的手艺，有些手艺还是从黄主任那儿偷来的。他像黄主任一样，享受到了给美人做饭羹的巨大成就。

他还在读书的时候，就不止一次地锤炼厨艺，就是想一生都让丽丽品尝到他用心炒作的最好的味道，可他手艺快成了，丽丽却不在了。这第一次想通过努力表现给丽丽的做饭艺术，他却要表现给小美和小满来享受。刘子有股"嫁"错了人的感受！

刘子炒了好几道菜。液化气火炉就架在职工宿舍的楼道里。这个筒子楼里，寄居着无数为生计而存在的生物，每次下班回来，刘子都能看到挨家挨户开炉做饭的大准备，接着开始"滋啦滋啦"地大比拼。初，刘子还嘲笑，这楼道里怎么蜗居着一群舍身下厨的男人们？现在，他愈加明白黄主任了。原来，他也是从这个筒子楼里出去的，他经历过营养品种学殊死的训练；同时，也经历了殊死的营养炒烩学的大比拼。

这筒子楼就像个四处通风的闹市，每到饭时，各家各户，集体暴露。怪不得每次与霞霞的约会都要在黄主任家的小三楼里进行呢！原来，这筒子楼里根本就不是一个可为约会赋美的盛宴之地。菜是在楼道里炒的，端进"宴会厅"的时候，估计味道都已经变了。当然，黄主任一定是听从了黄阿姨的指示，要为霞霞的未来暂时保密。因为一旦与刘子约会的事情传出去，而如果刘子与霞霞的未来又出现了意外，那么霞霞的名声就极有可能会受影响。

刘子坚信，黄阿姨为霞霞物色对象的程式，一定是在小三楼里，而不是在这筒子巷里，一定是有过先前不慎没有成功的经历，所以，这一次才既急迫，又慎重地将他当成了感情的猎物。刘子想到这些的时候，突然笑了。

霞霞和黄阿姨不在了，刘子倒是和小满还有小美从黄昏开始便进行了灿心灼目的宴饮。宴饮之盛，已经超过了黄主任一生对菜谱的控制。当然，这还不是刘子对这些汤汤水水的高度惬意。最让他惬意的是，小瓶二锅头，在零食旁边显得那么玲珑小巧而又庄重夺目。刘子妙然悟到：原来，这东西是伴随着一堆献给丽丽的零食喝的。早知如此，他早就该在丽丽面前，付诸实践了。丽丽吃零食，他饮酒，将爱情从读诗的媚俗中脱离出来，让丽丽早早感受到既江湖又实际，既自由又大胆，而又风趣的刺激。爱的深浅，有时候是通过烧酒的度数来量化的！

自从小满出现后，刘子的辞典中突然就跳出了"江湖"二字。这个女孩能给他想要表现自己的冲动。没有小满的光临，他对一桌盛宴的完成不可想象，他也不可能在苦涩之际，还能在女人面前取得如此巨大的成就。

夜幕很快就降临了。三个人围在宿舍里面，共议小美和表弟，以及如何对付姓殷之人的大计。虽然得出的方法，并不奇特，但总之他们在共议良策。

刘子每每冲动，要不把那"坏人"暴揍一顿？小满鼓声呼应，随之脸一沉，把人打了，你帮小美开花店去？小美咂舌直笑，暗觉这俩人还挺般配，知他们是在为她打气。暴力怎么可能解决问题呢！

不觉间就到了深夜。

小美警觉，这么晚了，刘子怎么过夜？或者说，她和小满怎么过夜？

小满说，就在这儿睡呗，难道刘子还要把咱们从这里赶了出去？！

刘子从小满口里又听到了最江湖的语言，一股江湖情调适然而出，而且小满吐咬的"刘子"二字，就如从深海里面突然被打捞出来的古物。好长时间了，都没有人直呼他刘子——"瘤子"了！在他行越的江湖中，不是被叫小刘，就是被叫刘老师，尤其叫小刘的最多。在这个城市，除过丽丽叫过他"刘子"（"瘤子"）之外，"刘子"（"瘤子"）二字，已经绝迹了。当年从初中到高中，甚至在大学，他可是仗了"瘤子"的写意，从诗歌之外体会过深度的江湖情调的。

小满这么说，刘子当然也趁势打消了小美的尴尬。三个人哩！又不是男女独处。就算独处，那又咋地！若都以俗解俗见只考虑外人的目光，诗人刘子，岂不浪得虚名。就住这！我到别处借宿一下也成。

　　刘子的表达略显矛盾。

　　不了，小满又一次信口开河，睡什么睡，聊得这么带劲，哪有睡意。刘子还有把吉他，让他给咱俩弹唱。

　　二两烧刀子下肚，世界已经成了刘子的身外之物。有了小满的江湖情致，诗人刘子，宛然回到与丽丽撞击的当初。美丽可爱而又教师门庭出身的丽丽，不就是因为他一曲爱的罗曼丝而意外被迷恋到的吗？那一刻，刘子仿佛感受着爱情的开始，他被遣送到了爱情始前的空地，就像坐到学校操场后面的小树林里，带着诗和吉他，体会古代名士"只悦山林，不悦人间，只乐山水，而不慕天堂"的尤古风度。这个江湖够味！才是他理想中的自己，也是他理想中的境界。

第八章　祸从天降

　　他们果然玩闹了一夜。
　　就在这狭窄的只有十八个平方的温暖小屋,成全着生命的童话。
　　然而,不久,刘子的厄运也就来了。第二天一早就有人举报,说刘子男女夜宿,过了一夜荒淫无度的生活,还吵得整个筒子楼里的人彻夜难眠。看不出来这么个年轻人,既不守规矩,又放浪形骸。腼腼腆腆的一个人,骨子里还挺风流的!他还有没有王法了!?
　　黄主任陪同黄阿姨刚刚祭祖省亲回来,第一时间就被学校纪委和人事处长召唤了过去。纪委书记当即向这个主管领导出示了"刘子男女夜宿"的匿名举报信来。"男女夜宿"在组织和黄主任眼里就是"聚众淫乱"。
　　黄主任大惊失色!同时涌出一头的冷汗。他痛悔省人不察,愧对组织的同时,不知道应该怎么给黄阿姨交代。黄主任满面流汗,那一刻,倒不像刘子犯了事,而是他摊上了大事。
　　黄主任当即表态:绝不姑息!这是他一贯的革命警惕度,也是当着两位领导与刘子划清界限的政治果敢和敏锐。刘子吃他做的饭,听他们一家人的故事和欢笑,原来是头狼,遮心盖面的畜生。
　　既然主管领导没有异议,学校纪委就当对这个刚参加工作的年轻干部实施管教。调查组正式成立。黄主任当然是不可卸责的一位。就算没有男女淫乱的事实,但新时代的干部,带着两个女的,在培养过无数领导干部的筒子楼里,又弹又唱,又吃又喝,置左邻右舍、党纪国法于不顾,说什么也要给出警告。

祸从天降。

刘子被调查。让写自白材料，写检查，还受处分，背上了男女夜宿、聚众淫乱的罪名。他的档案袋里背满了污点和阴影。校委有人提议开除。可事实又显不足，单凭一份匿名信就如此处置新生干部，也不是已经大搞改革开放的人民事业的胸襟和气度。但为了让年轻干部快速成长起来，处分是必须的。校委会几经讨论，终于做出决定：留校察看！至于到底要不要开除，就先留校察看一年再说。

黄阿姨终于知道了此事，在家里对黄主任大发雷霆："你不是说他能口若悬河，对今古文章倒背如流吗？他不是还懂英文，会讲'众里寻他千百度'吗？你个老骗子！"黄主任汗流浃背，站在客厅里，低着头，接受黄阿姨强烈的训斥。"看！幸亏，我没让霞霞和他单独约会去。不然，这名声早就臭了。霞霞一生被耽搁了，怎么对得起坟头的爹妈？你这个老死鬼！"黄阿姨痛斥痛训的同时，也唉唉唉地哭开了。

黄主任被训得浑身战栗。雷霆过后，还有阴雨，黄阿姨冷泪一拭，强令：第一，把刘子在家里用过的东西，包括他在小三楼坐过的沙发垫子统统清洗一遍；第二，刘子带进家门的东西，统统丢出去。

可那吃进嘴里的歪梨巴怎么办呢？那喝进肚里的二锅头烧刀子怎么办呢？人性在小三楼以陡转的速度变异了。他们倒不是不好，而是"男女淫乱"这个词的词性实在是太强。夹在新旧时代的缝隙当中，莫说"淫乱"二字，就是说个生活作风，世人都哗然变色。这事关乎的不仅是天理人伦，更事关一个人的政治命运，事关人类理想的伟大事业。

学校给出处分的同时，经人事处郑重提议，最后决定：刘子被下放到山里去支教。基层锻炼的目标终于像个原始的谶，出自黄主任微妙之口后，迅速就通过校委会变成了现实。

刘子从甜蜜的江湖幻想中被流放发配，此刻，如果丽丽知道，知道了他背上的说不清楚的罪名，又会怎样想，怎么做呢？他的一生，就这样被一份毫不负责的匿名信给毁了？

命运中的那个"瘤子"终于在历史的风口上发酵了。

谁让他是个"瘤子"呢。

刘子走了。

离开了他留恋还不到半年的筒子楼和宿舍，他被流放进山里，到了一个叫拉尕的山区，支教去了。

支教一年，以观后效。

小美和小满无能为力。刘子本来还打算找到表弟，训斥一顿，让他好好珍惜小美。他本来还想通过黄主任找到陆军医院的领导，把那姓殷的给拾掇拾掇。他本来还想，与小满再来第二次江湖，趁些酒兴，把小满约到黄河边上，在金秋十月以后，以面向江湖的方式，给他弹他曾经写给丽丽的歌呢。他还想勇敢地告诉霞霞，她是一个善良的姑娘，但他刘子不适合做她一生的伴侣，但他会像对待妹妹一样，待她一世。他还想，用痛和激情，为丽丽写一本书，然后寄给丽丽，算是对这场刻骨之爱，一个诗化的告白和总结。他甚至幻想着，或许丽丽会因了这本灵魂之书，而重新回到他的身边，在柔软的月光下，抱着他痛哭……

一切都幻灭了。

在疾速的幻灭当中，小美和小满甚至都还不知道，刘子所承受的飞来横祸，就因为三个人在担当过革命遗传的筒子楼里喧闹了一夜。

霞霞当然听到了，但她始终有些不信。

人事处的郑主任再度见到了黄主任。"我说呢，你还想把小姨子介绍给那小伙子，是有些才华。但风流才子，你没有听过吗？他早就和医院旁边花店里面的一个女的有关系。我都不好给你说。咱们总不能做背后捅刀子的事吧！"

黄主任感伤之余，终于既组织性地，又个人性地面对女郑处长说出一句："一朵好花差点就插到了牛粪上！"

小三楼集体约会的叙事终于历史性地收场了。

第九章　来到拉尕山

　　拉尕山是个贫弱的山区，但也有野蛮原朴的风景，只是时代的声音还没有发现此地之美，生存大迁移的时代里，嗟叹自然之美，无疑是在面向天空画饼。

　　刘子身处其地，能够感受到这风景之美？他还没有能力及时摆脱留校察看的阴影。虽然男女淫乱不一定写进档案，但风传的历史，比记录到史记里的历史更残忍，也更疯狂。那些流言蜚语，才会吃人。他的后半生就这么毁了。何止是后半生，整个人生都毁了。这是个悲剧，还是个喜剧呢？

　　藏区的孩子说的全是藏语，所以刘子主要的工作就是教小学语文，给全校的孩子教汉语。拉尕山中学和小学似乎全部放在一起，只有一个藏语老师和一个校长。藏语老师叫贡布，校长叫道吉。孩子们的教育地点主要在经堂，而不是在教室。他们从小就受染于炽燃的经声。又因为出生在山林和草原，所以，天生能歌善舞。拉尕山建起这个学校，主要供山里的孩子学习知识，以便他们以后有机会从山里出去。

　　拉尕是"仙居"的意思，拉尕山是个神仙会来的地方，虽然风景优美，但道路交通极不方便。进了这里，就像被锁进石头匣子里一般。从学校的情况来说，办学条件非常艰辛，一般省城的大学老师哪个愿来？刘子名谓支教，其实是被惩罚到这里的。

　　孩子们虽然都说的是藏语，但对汉语满是好奇，教些简单的语言文字，对刘子来说是件轻而易举的事。所谓的惩罚，其实可以衡量为：在陌生环境下的艰苦劳作。学校只给间宿舍，没有食堂，刘子必须通过自己的劳动，自求生路。从另一个角度说，刘子被罚到这里，就如同过去被秘密送进了一个深山老林的劳改农场。当然，刘子从来没有把这里当成是劳改农场，在他眼里，拉尕山的风景，就是天堂。

虽然，刘子是背着生活作风，甚至比生活作风还要严重的"聚众淫乱"问题被发配到这里，但这个叫道吉的校长却对刘子格外好。他难道不知道我犯下的"罪行"？他难道不知道我背下的处分？刘子对此倒是有些怀疑。但校长却是不闻不问，他只关心刘子会不会把牛肉煮熟，会不会在冬天取火，秋天猎食？

道吉经常把刘子带到家里，吃肉、喝酒。道吉的老婆叫卓玛，温柔贤良，整天都在经营他们祖辈传下的牛羊牧场。道吉还有个小女儿叫桑吉草，见了刘子格外喜欢。道吉家全是老木头做出来的，既敞大又厚实，靠里间有个经堂，道吉不让进去。说那里面有神，而刘子又不信神。

道吉因在拉尕山有片牧场和几百头牛羊，因而显得特别富有。他每年都会把很多积储献给寺里，剩余的就用来周转学校用度。道吉还说他差点就成为灵童，结果拆签的时候，落选了，但在藏人眼里，他也是个"活佛"。

刘子第一次离这个神秘世界如此近，以前他只是听说，现在却是亲眼所见。他万万没有想到，初到拉尕山握住他的第一双手，递给他的第一张笑脸，竟然就是"活佛"的手指，"佛爷"的笑脸。在这里，他竟然渐渐淡化了爱情的痛苦。他也还在想丽丽，想起小美、小满，甚至霞霞，可想到她们的时候，他感觉到的不是惜别的痛苦，而是不见的美好。怨恨就如拉尕山山林里的风一样被轻轻地吹走了。

只是深冬有些冷。最冷的时候，孩子们都回家去了，刘子一个人在学校待着，确实苦熬了几日，但很快就被道吉校长打发来的桑吉草领回了家里。

冬天最难熬的时节，刘子像尊外神，被道吉留到了他的家里。他可以在道吉家里随便走动，但就是不能接近那个经堂。

桑吉草整个冬天都围着刘子在转，一会儿给他唱歌，一会儿给他跳舞，还把他带到拉尕的群山里面，攀上冰雪满谷的山崖，还把刘子带进牛群和羊群。在刘子眼里，桑吉草就像一只会唱歌的飞鸟。

刘子跟桑吉草学了不少藏语。这个语言好美，像天然的诗。道吉每天都喝酒，当然，刘子也天天跟着道吉喝酒。青稞酒，喝完了再吃道吉家自酿的酸奶，那是桑吉草的母亲卓玛的手艺。

　　被留校察看的刘子，在拉尕山如画的山林里，倒享受着道吉一家的款待。苦难之后，必见真神。

　　开春了，冰雪融化，学校又开校了。刘子的心灵也在经过漫长寒冬后，从一种说不出来的知觉中复苏了。他满面通红，甚至胡须和头发都变得和拉尕山的山木一样了。如果此时出现在丽丽面前，她一定认不出他来。

　　丽丽过去总说他身上缺一种东西。

　　刘子问啥？

　　丽丽说，野蛮。

　　这不！现在有了！

　　如果他现在就出现到黄主任面前，黄主任一定会说，这是个逃犯！

第十章 "众里寻他千百度"

刘子的世界仿佛变了，他爱上了这里。真后悔，冬天的时候，没有在帐篷里面体会那种冰骨写诗的存在感。留校察看一年，如果察看完毕，他就要回去。到时候，他就再也体会不到拉尕山的春天了，尤其是再也体会不到拉尕山的冬天，还有那神风过林的冰雪呼啸。

这个春天，他要好好体会。

这一天，桑吉草又来找他。桑吉草偷偷告诉刘子，拉尕山最近要来一班喇嘛。

"喇嘛来干啥？"

"来找扎哥！"

"扎哥？"

"扎哥就是转世灵童。"

刘子之前有耳闻。活佛寂了，世间有他的转世之身。寻找的人通过观湖占梦，要为活佛找到转世的灵身。都找了好几年了，转山转水，现在听说是找到拉尕山来了。

桑吉草说得好神秘，既激动又幸福，快乐得就像蓝天里的精灵一样。当然，桑吉草来找刘子，除了来告诉他活佛转世的事，还给刘子送来了酸奶，同时告诉刘子，道吉可能忙活去了。

临走的时候，桑吉草叮嘱刘子，这些天千万不要随便出去。

桑吉草，走了又回来，回来又叮嘱：千万不能出去！真像一只会说话的小鸟。

可爱的桑吉草，竟然能让刘子忘掉一切。

有了寻找灵童的秘说，刘子也就对山山水水间寻找转世灵身的事情充满了好奇和神秘。这个世界能打开诗，能打开被时间尘封的诗。久久没有写诗的刘子，突然有了创作的冲动。

山花烂漫的春天里，拉尕山的春天似乎更加绚烂、更加妖冶。这是世界上最美的春天，尤其是，有了桑吉草的春天。

这一天，桑吉草又愉快地来了。桑吉草偷偷地告诉刘子，"扎哥"已经找到了。至于在哪里找到的，桑吉草不说，刘子当然不敢多问，但看得出桑吉草比说起寻找灵童前还要幸福。

那好像就是她的故事。

道吉校长终于来了，满面红光，他拉刘子回家庆贺。经堂里煨着桑，比之前更加庄盛。卓玛脸上也满是喜悦。桑吉草更如只灵雀一样。

道吉虽然不说活佛转世的事。但看得出来，他的喜乐，全来自这里。何止道吉，整个拉尕山都云蒸霞蔚，到处充满了喜乐。学校里面，天天像是在过节，随时随处都是孩子们的欢声笑语。

就连那个和刘子不怎么说话的藏语老师贡布，也喜乐地过来和刘子拉话。原来，他汉语说得奇棒。他告诉刘子，前面有活佛坐寂时，有位侍奉活佛一生的大管家，因活佛走了他很眷恋，就要舍了身，跟了去。后来一个大活佛告诉管家，你才侍奉了他一世，下一生，他还要回来，你还要继续侍奉他一世。老管家拭了泪，天天迎在门口，等待那个"下一生"的到来。据说，那个转世灵童被找到的时候，已经五六岁了。那孩子，穿过万人空巷，回到原来生活的地方，远远看到迎在门口的老管家，就满面喜悦地迎扑了上去。那一刻，宛然两个故人又在此世今生会面了。老管家抱紧那个孩子，激动得热泪盈眶，就像抱着前世已走，今生又来的一颗灵魂。

刘子听得满面流泪。

这是激动！神圣的激动！令他激动得热泪盈眶。那景幕，就如他在命运的山山水水中寻找丽丽，找到了丽丽。

当夜，刘子流泪笔书，写出了一首诗，而且，在诗中用五线谱切出格调和旋律。也就是说，他写了一首自带音乐的诗。

我坐在轮布洁白的帐里
在风中听你出门的故事
我走进贡布红霞的神殿
在烛中看到你慈祥地流泪

你像株仙花开在油菜地里
用金色的玛尼送我沉睡

你走进拉孜起伏的群山
像星星耀映在清澈的湖畔

一千只大眼睛在秋天睁开
我在凡间找你夜晚的容颜
珊珊灯火点亮了夜空
我像猎人睡在月光下面

牧人在山坡上唱歌跳舞
晶莹冰雪落在身上
滚烫的热泪已经像酒一样酌上
可长长的空巷
不见你的身影

你什么时候回来
你到哪里去了
我翻山越岭
叩遍大地
只为从茫茫世间找你回来

刘子写了一夜，也哭了一夜。

这是他重新找回来的诗歌感觉，也是他被久疏于人间，无从哭诉的生命泪歌。歌中哭诉着爱的苦涩、爱的艰辛、爱的苦难。诗中也唱着爱的存在、爱的意义。

他看着、读着自己的诗，宛然就像在热泪当中与丽丽再续生缘，再一世相见。如果来生再来一次，他还会这么走，这么过。

刘子给这首诗给了名字——"众里寻他千百度"。

第十一章　酒，不是原罪

《众里寻他千百度》就这么产生了。

写完了。泪也流完了。诗也随之像草稿一样丢开了。因了道吉赏赐的青稞酒，刘子的写作也如初入道行的山狐一样，激情当中夹杂着一股可充分带动情绪的力量。有时候，他就把这股力量，叫作神性。

青稞酒比起烧刀子，更能支配出身体对酒的持续。这酒味是清淡的，入口并不火辣，也不能瞬间抬升人的情绪，只有越喝越深的时候，它才慢慢散发出对酒的感觉。道吉说，这青稞酒也是用来奠神的，是用银碗喝的。喝起来感觉净亮，端举时，又匀称，又轻便。

刘子在道吉家里，第一次用银碗喝酒。不说别的，就这饮器，都让人仿佛舍不得喝一样。刘子一饮而尽。结果，道吉又把酒碗斟上了。刘子再一饮而尽，又被斟上了。刘子还饮。结果桑吉草咯咯笑了。还真能喝！顺手从道吉手里接过酒壶，要给刘子倒酒。酒味虽淡，但到底是酒。三碗下肚，不晕才怪。

刘子并不是酒神仙。但自从那晚喝了烧刀子，与小美和小满彻夜通宵之后，酒徒之名，就已经被筒子楼里过进过出的人类礼冠了。没有酒在那夜晚起作用，能和两个女人轮流着睡吗？筒子楼居民嘲讽之际，也不禁黯然酸涩，狗日的刘子的作为，就是古代只有皇帝才可能做到的事情，能同时将两个女人带进来夜宿，那得需要天大的本领。或许他们也幻想着尝试，但不敢，且没有这个能耐。这狗日的，能干出平常人根本干不出来的事，就算被杀了头去，也是值得的。

刘子带着令人无法想象的想象往山沟里走了。他哪里知道，他走了之后，整个筒子楼世界，才因了他而"誉"满世界。他们压根儿就不认识刘子，但对于刘子的事迹，包括他被叫过"瘤子"的传说，瞬然之间，仿佛知道得清清楚楚。刘子已经像个出版物，被小南楼里的民众，炒得都快糊了。这是一个轻易开不起的复杂的玩笑，这属于玩家们玩的。在筒子楼史上，前不见古人，后不见来者。

如果啤酒王子当天喝的是啤酒，还会发生两女一男极尽放浪的风流之事吗？事实是，就算那一晚，那一夜，刘子不喝酒，他也会被这满城风雨灌醉。

酒，不是原罪。

不过，"酒"倒是适当地解脱了刘子的原罪。如果不是酒，这个年轻干部，一定不会犯下如此犯众怒的"大罪"？！

于是，自从刘子事件以后，小卖部里的酒突然卖不动了，再热的天里，就连啤酒也没人敢喝了。老板纳闷，酒也纳闷，仿佛那一夜，天底下所有的酒都被刘子一人收缴怒喝而尽了。他妈的！就连酒的名声都被刘子败坏了。酒和饮酒都成了大忌。这可是刘子根本就没有想到的。

自从出事之后，刘子的神经都被一波接一波的询问调查弄粗了，同时弄得更细了。可诚然如此，刘子始终没有想到这事会与喝酒扯上联系。唱歌闹笑，被人举报了，关酒什么事？所以，在道吉家里喝青稞酒的时候，刘子压根儿就没有将饮酒当成是教训。

桑吉草已经把银碗儿斟满了。望着刘子，也想让他一饮而尽。刘子望望道吉。道吉甜蜜地笑着，没有丝毫阻饮之念。能喝，能放开了喝，这才是道吉先生对刘子光临暖舍最成功的考验。说明，刘子对他们一家充满了真诚和敬意。这与在省城在老家，是两种完全不同的风格。桑吉草也不像丽丽，一旦见人开喝了，就要首先进行限制，生怕喝高了，自己把不住。相反，桑吉草见刘子能喝，偏偏就拿过酒壶，使劲往里灌。她没想到这样会把刘子灌大，而是应着刘子的一饮而尽和再一饮而尽，就像把最好吃的果子献给刘子来吃。刘子虽然参加了工作，但并没有真正深入酒战的经历。在酣畅的酒战当中，一般来说，会喝的可是贯通了专门要整能喝的，酒已经不再是拿来助兴的，而是借此来拿捏、来征服的。

桑吉草的眼神像天蓝蓝的湖一样，看着令人觉得既洁净又陶醉。连道吉斟的三碗都喝了，怎么可能不给桑吉草以薄面呢？刘子一饮而尽。桑吉草又倒上，刘子再一饮而尽。桑吉草再倒上，刘子再度一饮而尽。桑吉草再倒上，刘子……他终于喝不动了。

桑吉草这才咯咯咯笑着，把酒壶还到了道吉阿爸的手里。道吉笑盈盈地接住了，笑眯眯地望着端着半碗酒神色略见晃荡的刘子，就像欣赏着一只刚入伙的小羊羔儿一样。刘子见桑吉草丢开酒壶立到了一侧，知道她算是把他放过了，终于一屁股坐到了道吉家的老木头凳子上，直在那里喘气。道吉微笑着坐在刘子对面，切下老木桌上热气腾腾的羊肉，让刘子吃。可刘子直吐着酒气打酒嗝儿，哪里能吃得下。

刘子终于缓过了气。酒从胃里散布到内脉经络中去了。他倏地站起身来，拿过道吉身边的酒壶，给道吉满满地斟了一银碗，请道吉喝。道吉面露喜悦，高兴地站起身来，接过银碗，竟把指头下进银碗里，蘸了酒，对天、对地、对着刘子，滴了三下，这才一饮而尽。

这是啥意思？

刘子顿时明白，原来道吉喝酒，是和天和地和人一起喝的。这是饮酒的礼俗。刘子深觉鲁莽。早知是这样，自己也应该把指头蘸到碗里，对天对地对人点上三下。

道吉愉快地喝完了，当然也是一饮而尽。刘子到底有些眼色。这种眼色还是在黄阿姨家被训练出来的。于是，他又把酒给道吉斟上。这回道吉再没有天地人挥指，而是一饮而尽。看来，指酒就是开始饮喝的时候，虔敬一次就可以了。

道吉喝了三碗。再要倒的时候，刘子却发现道吉的银碗里有剩余。

饮而不尽？留下余地。说明刘子敬给道吉的酒到数了。

刘子后来才知，但凡一饮而尽，碗里是必须要被斟满了的。只要碗里剩余其半，那就说明喝到头了。道吉没有提示性的话语，完全是在让酒本身去说话。这是率真的饮酒之道，也是含蓄的为人之美。饮而不尽，留有余地，这是多么质朴淳厚的生活哲学。

听说藏人能饮，刘子到藏区后总算是实信了。他们确实能饮！高寒之区，唯有饮酒，才能祛寒除疾，提升跋山涉水的壮志。能饮但不滥饮，不会渎了神地滥饮，这才是酒的神性。能饮之前就已经知道自己的限度，所以，喝再多的酒，也不会乱性。

酒是纯粮食造的，是道吉交代给卓玛自酿的。喝到后面的时候，卓玛会在酒里倒点马奶子，让人愈加美醉。

卓玛似乎什么都会干。每天天不亮，她就跑到山场里挤奶去了。等太阳出来的时候，朝霞映红了大地，也照映着她红润的脸庞，那时候的卓玛美极了。刘子把卓玛朝霞边腾着股热汗蒸得红润的脸庞称作是诗的颜色和诗的脸。

第十二章　桑吉草

自从那次道吉家饮喝以后，刘子终于探知了自己的酒量。或者说，他真正会喝了。道吉把他送回了宿舍，桑吉草也跟着去了。刘子一进屋，便倒头睡了。他醉了，没有哭，也没有闹，而是安静地睡了。同样是酒，怎么在道吉家喝的酒，会让人那么安静呢？

刘子睡到床上，隐隐记得，是桑吉草把被子盖到了他的身上，并且把道吉送给刘子的那件大皮袄压到了上面。然后，掩上门，跟着道吉出去了。

道吉是她的阿爸。可桑吉草从来不叫他阿爸，而是叫道吉。

刘子醒来的时候，已经是卓玛上山场挤奶的朝霞时刻。诗的颜色，诗的脸，还有这诗歌般的醒来。

刘子醒来的时候，并没有沮丧。不像往常，每次酒后醒来，大脑发胀，身体不适不说，而且情绪沮丧，甚至有些悲观厌世。不因别的，就因喝酒之时，陷于酣战，慷慨激昂，意气风发，及至醒来，却如幻如梦，仿佛头一天都在浮虚不真中度过的。可悦的是，这种感觉，却在拉尕山的这个早晨没有发生，而且舌不干、喉不燥、头不疼，酒就像散进身体里面最清润的仙气一样挥发了。

道吉家的酒真好。刘子第一次尝到了饮酒的乐趣。他一咕噜起来，还没有打开窗户，满屋里早就扑进通红的阳光。酒醒之后的天气，倒像个梦界。开窗的时候，刘子竟然发现一个酒壶，青铜铸的。他第一次见这么端方的酒壶。这是古物，盛酒的古器，如神庙里面供神的礼器。道吉竟舍得端出这个器物？一定是道吉见刘子能喝，特意装满拿给刘子喝的。道吉之所以给刘子送酒，是因为刘子一饮而尽再一饮而尽的天真豪饮，说明这东西好喝，故而把客人最喜的东西，送给客人。

刘子这一夜饮喝的酒，当然就是道吉送的。如果没有这一青铜壶酒，刘子会吟唱"灵魂"的来世今生吗？在诗歌的神奇景象中，道吉家的酒，无疑占据了书写的天空。

这一次的喝，是不知不觉的喝，与那次在道吉家里望着道吉和桑吉草的喝，是完全不同的喝。似乎觉都睡醒了，酒才开始发散出来。刘子借着晦黄的油灯看着写下的诗句，是激情之作，流泪之作，似乎化魂化骨，能够通过眼泪将他从万千苦难和绝望精神中带了出去。这盏油灯也是道吉送的。道吉说，经堂里面点的就是这种油灯。在晦朔的油灯下，刘子恍惚在经堂中一样。刘子读着诗，一直在流泪。他不知道，这眼泪到底是流给什么的。总之，他在流泪。就算不读诗，他也在流泪。

他在昏晦的灯花下睡去了，就像一个夜行者睡进了神殿。油灯自燃自灭。刘子睡着了，甚至没有做梦。

诗人刘子在活佛故事的秘说中，自谓写出了一支"神曲"，他的眼泪几乎都在只挚进佛堂的这眼油灯下熬干了。当一缕料峭的风穿过拉尕山中小学的大门，破过这位支教先生下榻的窗缝，而把他冷静地叫醒的时候，他终于感觉到自已已经回到了人间。昨晚他到哪里去了？那壶酒还躺在身边，就像桑吉草送给他的那一串菩提珠一样，不知不觉就已经用它的存在来计量他的人生了。这串菩提珠一共99颗！刘子数珠子的时候，就像在数他来到拉尕山的天数。那么这壶酒，他又喝了多少呢？他从木板榻上垂下手臂，想拎起酒壶，看看他到底喝了多少？结果，差点就从小木榻上栽了下去。原来，他还晕着呢。

这一次的醒来，怎么和那一次的酒后不一样？那一次是醉着醒了，而这一次是醒着醉了。人生莫名其妙地被颠倒了！这算是一次再度踏入的人生吗？如果连喝过酒的生理轮廓都颠倒了过来，那么到底是什么力量，弥漫到了拉尕的天空？

酒口子像个干眼珠儿睁着，可那串佛珠到哪里去了？刘子一翻身下到地上，九十九颗佛珠竟然四散着落到地上。那串着珠子的细绳，是被他解开了,还是断了?九十九颗佛珠散落在地上,就如九十九朵玫瑰浸在雨里,然后凋谢在了粮食学校筒子楼单身宿舍的墙上。那一朵朵被丽丽冷漠的眼睛撕碎的花儿,莫非变成了这一地的佛珠?

刘子有点吃惊,好端端的一串珠子,怎么就散落到了地上?其实,刘子作诗的时候,手里一有捻着手腕上的佛珠子,不意间,竟然解开了珠线,珠子什么时候散到地上的,陷于诗歌迷狂中的刘子,他竟然都不知道。刘子小心地捡起溜进地缝中的珠子。数了又数,九十八颗,不是九十九颗,那一颗溜到哪里去了?莫非溜进老鼠洞里去了?刘子提起透炉子的烧火棍,钻进床底下,真的寻找老鼠洞去了。

他为什么要提根烧火棍去找不慎溜掉的那颗珠子呢?因为刘子一生,几乎没有怕的东西,可就是一见到老鼠,就像被灵鬼扎中了命根。敢在黄主任家与黄阿姨和霞霞纵横天下,无所畏惧的刘子,老鼠竟然是他的"禁忌"!

显然,他没有找到那颗珠子。他把小菩提珠一颗一颗地串到牛皮绳上。牛皮细绳不是断了,而是被他写作的神经不知不觉间解松了。小珠子逃散了一地,就像自己从命运的皮绳上脱开了一样。刘子把新串好的佛珠子重新戴到手上。他按桑吉草约好的时间,到了道吉家里。桑吉草约好刘子去看野鹿。白露时分,野鹿经常出现在道吉一家的牧场边,尤其,秋末露珠挂上草叶的时候,野鹿就会出现在佛沟往里的崖涧边上。

桑吉草早先等在那里。刘子的手一直拢到菩提珠上,生怕桑吉草发现佛珠儿少了一颗。桑吉草送他佛珠的时候,可是反复交代,那珠子可是活佛手里摸过的。言外之意,不仅不能丢,而且,尤其,不能往老鼠洞里丢。

桑吉草为何会送刘子这串佛珠呢?这串佛珠还是道吉阿爸从曾经为他测过签的大佛爷手里请来的,是持过颂,念过经,开过光的。那天,桑吉草给他送卓玛风的干牛肉的时候,却见刘子立在床边神色慌张,战战兢兢。桑吉草还以为发生了什么事情,不料,刘子指着床边,说他听到了神秘的声音。一晚上沙沙沙沙,浮游在房屋当中,像屋子里游进了鬼。桑吉草笑笑,拉尕山的人从不信鬼。人死了都是会轮回重生的,一定是老鼠!

老鼠!果然有老鼠!桑吉草探身下去,从床底下拨拉出个鼠洞。指着说,瞅！老鼠窝！老鼠！果然是老鼠！刘子之所以立到床边战战兢兢，就因为怀疑那是老鼠出没的声音。鬼他不怕，但怕老鼠。见刘子如此，桑吉草直笑弯了腰。藏区不灭老鼠，老鼠和人一样也有灵魂。家里有老鼠，那是平常事。或许是见了刘子如此惶恐，桑吉草从腕上摘下了那串佛珠，送给刘子。桑吉草告诉刘子，藏区的老鼠还会听经呢，如果下次老鼠再出来的时候，就转转佛珠。刘子将信将疑，接过佛珠，戴到了自己身上。这九十九颗佛珠就是这么来的。

刘子最怕老鼠！桑吉草问他最不怕什么呢？狗！最不怕狗！

真的？

真的！

桑吉草跷了个大拇指！欲言又止，仿佛怀了个秘密。

刘子最不怕狗！那是他自小便出了名的勇气！又见桑吉草跷起大拇指，像是在夸赞：是个英雄！怕鼠之事，仿佛被桑吉草跷起的拇指抵消了！拉尕山人不怕老鼠！拉尕山里没有鼠辈！

第十三章 新的孤独

本来，刘子想把夜醉写出来的诗带上，念给桑吉草听。可当他醉醒过来，想再读一遍夜晚令他狂兴的诗歌时，他竟然再也没有在其中找到那种如幻如梦的"转世"之音。诗似乎消泯了自己的力量。再读那些语句，刘子感觉它们已经变了形，就如一串被风干的牛肉，想咬却又咬不出味道。

诗像草脱了水分，变干变轻了。流到句子上的眼泪哪里去了？

倒是那切到诗上的旋律，还能吟出几句，有点神秘的味道。

好像自己做了个美梦，梦醒了，梦里面的东西像是跑了。写诗不是写充实了，而是写空虚了，就如刚刚涌进石头洼的泉流，一桶子就被打干了。活佛从前世遇到了自己的今生，可与自己又有什么关系呢？他能像遇到这一世的自己一样，再遇到他的丽丽吗？沮丧！夜晚的振奋跑到哪里去了？拥到诗歌醉感中的自己，与醉醒后的自己，是两个完全不同的自己。

文字当中的丽丽和文字之外的丽丽，完全是两个不同的丽丽。他想念的到底是哪一个丽丽？此刻，在刘子这里，丽丽依旧而且始终是空的。转世回生的爱情越是从旋指中带产出希望和激情，就越将冷冰的现实夜以继日地带到刘子的眼前。他能不能不想？不想丽丽，不想小美，不想小满，甚至不想霞霞？可不去想意味着什么？越是不想，却越是想。

自从灵童找到的消息隐秘地传遍了拉尕山，生活在拉尕山深区的人们就走出深巷，在佛塔中煨着桑，绕着玛尼，叩着长头，诵经，祈祷。相反，刘子倒像个外客，被疏落在外。他越是想靠近那一煨香火，佛塔间便会传来诧异的眼神。刘子本能地一怵,莫非,他们都已经知道自己是一个被犯淫事,身体和灵魂都不洁净的人?

整个藏区都在庆祝,到处都是规模宏大的佛事活动。大活佛顶礼的经轮法会,让道吉忙得又匆促又幸福。这个拉尕山中小学校长,哪里还记得被组织上发配至此的革命同志:刘子。学校不上课不是意外,继续躲进课堂上课,那才是意外。可怜的刘老师已经被他们晾到一边去了。刘子越来越感到,他与这里还有距离。这不是时间上的距离,而是关于此世与今生你会在哪里的反差。这是刘子无法跨越出去的裂口。

刘子感觉到了新的孤独。可爱的桑吉草哪里去了?当然是跟着她的道吉阿爸一起往佛祖显灵的地方叩长头去了。那一刻,就连桑吉草都把刘子丢下了。拉尕山中小学已经空了。刘子应该干什么呢?他的支教期已经到了。老刘师傅说不定哪天随时就会来接他了。

留校察看一年,也就意味着他只要在这里待够一年就行。一年前的刘子,正在与小美、小满夜晚同宿的风波转停里不停地被组织审问审查和写检讨。那是他受伤之后再度被中伤的剐心的刀影。他能感觉到那一统无形无影的凌迟。他受了酷刑,虽然还没有被处死。但那个痛,却像个阴影。而现在,这个突然显开的裂缝,才真正让刘子拉大了自己与生命的距离。这些整天和他欢笑在一起的孩子们,并不是把刘子当成他们知觉上的老师,而是浮游此地的陌生人。他和他们应该怎样弥合这个距离呢?如果真的有距离,那么距离能够被弥合吗?在孩子们眼里,这个刘老师迟早要走,而且他就要走了。如果他走了,会不会偷走我们甜蜜的灵魂呢?所以,为了防止被偷走,必须把自己隐藏起来。

大地有隐蔽自身的喜好。这是以山、以水、以歌声、以草场为旋曲词段的山里人的天性。美好之物在内心深处呈现的同时,也最为神秘,不容暴露。这是远离都市,在山山水水中独自陶醉的隐逸风情。

桃源世界真的存在吗?刘子不止一次地问过自己。直到来了拉尕山以后,刘子才认识到,这个提问理应反诘:你没有在桃源生活过,自然不知道其中的真味。或许在他们眼里,陶渊明的诗,对于那个桃源世界,也许只是一种聪明的假想——如果这里真是个神仙世界,伟大的郑处长也就不会向校委会提议,让这个孩子就去那里去支教。但真正进入这里以后呢?多年以后,刘子甚至认为,来到这里简直就是命运的奖赏!

第十四章　审讯

老刘司机一路上拉着刘子和学校捐赠给拉尕山中小学的课椅桌凳，顺路便丢下刘子走了。老刘师傅一路上几乎没有和刘子说话，好像生怕刘子身上淫过乱的毒性沾进自己的骨头。老刘师傅对刘子能同时带上两个女人夜宿，充满了嫉妒。这怂已经享完了一辈子的福分，现在该是遭罪的时候了。刘子看得出他其实是个好人，否则，也不可能稳稳当当地把这辆货车开进山林。只是他觉得老刘师傅爱惜车的程度，都远胜过对他的同情。老刘师傅眼里没有同情。或许任何事情都可以被同情，唯有这一类事情令人鄙夷。越是看着刘子那有些弱不禁风的身体，老刘师傅就越是对刘子产生不可想象的鄙夷，就好像刘子提前睡掉了他们的女人。

刘子一路上饿得肚子直叫，而老刘师傅丝毫没有想在中途停下车来下一顿馆子的意思。他倒是一只手握着方向盘，沿途啃光了两个饼子。刘子哪里想到从筒子楼到拉尕山会是如此遥远？所以，出发之前，刘子都没有想起来用早点。这是对他那一夜又吃又喝彻底展示完品种营养学之后，最直接的惩罚。刘子卸完货的时候，已经累趴在地上，连个向老刘师傅打声招呼的本能都没有了。饥饿让他失去了礼数。老刘像个衙差一样将他押送至此，刘子还得感谢他一路上带他翻山越岭。

他怎么不停下来留一夜再走呢？在老刘师傅眼里，这里穷山恶水，留下来等于自己找死。所以，当一车课桌、椅子卸空以后，他连个招呼都没有打，就踩开油门往璀璨都市回返了。刘子眼睁睁地看着革命同伴和这辆大卡车在轰隆隆的油门声中跑了，但还是坚强地站起身来，向汽车的背影招招手。

他在告别，就像是在重新告别人类。结果，车突然停下了，对着天空轰出几声刺耳的笛鸣。刘子没有反应过来。好半天，才见老刘师傅跑下车来，手里提着一样东西。原来刘子的随身听落到左驾驶室里了。那刺耳的汽笛声，是他召唤刘子去取落到车座上的随身便携录音机的。看着是个朴实的人，此刻却是一脸的冷漠。诚然如此，刘子还是极其友好地表达了感谢。唉！刘子如果是个志愿下乡的干部，老刘师傅会不会一路上对他歌颂功德呢？幸亏道吉和贡布气喘吁吁地从黑影子里赶到了。见刘子像条狗一样趴到地上，还以为他得病了。道吉的手指，道吉的笑，佛爷的手掌，佛爷的笑，总算是让刘子感觉到了这还是一个人的世界。

  道吉没有想到送支教物资的车来得这么快，直到听到刺辣辣的汽车喇叭声，才从四处穿风的学校门堂里赶出来。道吉看到一堆黑木头。哦！呀！呀！发出惊声的同时，也哦！呀！呀！握住了刘子的手。在道吉眼里，这一车做成桌子、椅子的木头，就是刘子送给拉尕山中小学的礼物。不禁竖起拇指，向刘子说声：人才！

  刘子饿得都已经站不直了，哪里还有气力向道吉和贡布闪出笑容。他仿佛已经饿得麻木了。那一堆做成桌子、椅子的木头，就黑压压地堆到了暮色深处。贡布接过刘子的大背包，像是个驱魔人一样，往前引路。道吉跟在后面，叽里咕噜不知在说什么。刘子前顾后盼，才知道，道吉和贡布在说话。显然，道吉在指示贡布，待会，留下来，和刘子一起在他家用膳。

  香喷喷的羊肉，早从老木头屋子里传出来了。老刘师傅走了真是可惜。估计，他这一辈子都想不到，也吃不到。初入拉尕山，刘子就咥上一顿连筋带骨的美肉。他只留下两个干饼子，一路啃回省城。刘子像条狗一样，咬住大骨头，不放。吃完羊肉还有酒，可刘子哪里顾得上喝哩。

  老刘师傅的冷漠其实是可以想见的。刘子的夜饮风波起潮之后，就连最普通的叫不上名字的人，都对刘子产生了不该有的冷漠和隔阂。这只能说明一个问题：刘子对自己所犯的事情，认识还远远不够。他原本想，这么个事情，就像被父母惩戒一顿，很快就会过去。不就这么个事情嘛！？大学里面，常常通宵达旦，又唱又闹，谁管谁问。可这事儿挪到校南筒子楼里，咋就变成个大问题了？！

事情并没有他料想的那样快过去。不仅没有过去，而且被说得越来越严重。他紧锣密鼓地写检查写报告，就是想让这团不快的阴云快快散去。熟料，他越是写检查，写报告，这个"莫须有"的事情，就逐渐变成了实有真有的罪过。

当纪委书记老王审问刘子："你如实交代，你和那两个女的，分别发生了几次？"那一刻刘子顿时火冒三丈！拍案而起，指着老王的鼻子："我又不是个畜生！"结果，老王同样拍案而起："我就觉得你是个畜生！"刘子立扑过去："你他妈才是畜生！"他真想把那个老东西扇上一顿。刘子怒不可遏！坐到一旁的老黄，一把把刘子按住："好好说，莫动气，如实交代问题，争取宽大处理。"老黄还是一口西安话，就像在小三楼里。刘子垂下了头，一句话未吭。他给老黄留了面子。但从老黄阴郁的表情里，他生觉出他们已经确信他与小美和小满发生了关系。刘子在和王书记暴跳争论的，而陈秘书，则在一旁认真地记录。

这都啥年代了，张学友的《吻别》都已经红遍大江南北了，这个调查组怎么还像是气氛森严的五六十年代。事实证明，就是刘子跟王书记的这雷暴跳，强化了事情的严重性。王书记何许人也，当年可是红袖章领导红卫兵在政府大院里武斗过的红卫兵领袖！他当然不吃刘子这一套。

可他们为什么会发出如此具体的提问呢？这问句当中浓烈地隐动着极其下流、卑琐、色情的一面。刘子早有听说，这个王书记，每次借年轻女干部入党之际，都会色眯眯地将女干部叫到办公室里，名为修改一下入党申请书，其实是借能否批准入党的时机，要挟出性关系。这老东西，早就胆大包天。可他怎么从来就没有受过组织处分呢？漏网之鱼！藏到革命队伍中的坏分子！

老黄紧紧地按住刘子，手上显得特别有劲，这是炒过菜的功夫。刘子无奈地看着老黄，就像在小三楼里深情地望着黄阿姨，他多么希望，老黄能像黄阿姨那样，镇住老王，让这个拥有天地雄心的年轻人，霞霞同志未来的老公，人民教师刘才子刘老师，速闪地从这桩"莫须有"的事态中过去。他之所以还听老黄的，就因为他还想着在这个周末，与霞霞与黄阿姨与黄主任一起，把自己的委屈一五一十地道给他们。此时的刘子是多么的渴切，同时又是多么的天真。

审讯以较为沉默,但也以较为稳妥的方式结束了。刘子被放了回来。他低着头走进筒子楼。筒子楼里的同事纷纷举头望着他。他望他们,他们迅速躲开了他望他们时的目光,就像遇到个会收魂的妖。

王书记依旧强势地要求刘子先写份检查!随时等待组织的调查!刘子以前写过检查。那还是小学的时候,因为迟到,写过检查。可真正意义上的检查,此生还是头一回。可他写什么呢?写自己为何迟到了吗?

刘子绞尽脑汁,一个字也写不出来。他想写首诗,只写出一句:"我是个被偷走睡眠的人!"接着便什么也写不下去了。直至第三天,刘子都煎熬在写不出检查的痛苦当中。第四天的时候,刘子突发灵感,以筒子楼年轻生命的身份,写了一份告全筒子楼人民书。书的内容就是声歉,那晚他因为无知,用酒和歌声惊扰了大家。他们的睡眠被他偷了!

"告筒子楼人民书"交上去了。王书记看了一眼,就甩到案上!"这是个什么东西!对自己的罪行一点没有交代。"原来,写检查是要交代罪行,不是要道歉的。刘子仓皇而出。他越来越认识到自己真的摊上大事了。可他到底交代什么呢?第二份检查,他就连那天上课迟到的事情都交代进去了。他搜肠刮肚寻找自己的罪恶,可惜到单位时间不长,他还没有来得及犯下错误。早知如此,应该多犯些错误,这样,也就不会熬干心汁,一页检讨书上,还搂不出十个字来。这是诗人刘子吗?这是可拿龙场悟道放眼天下的王阳明自比的刘子吗?刘子一次接一次地沮丧在自己涩笔无语的尴尬当中。他的语言功夫完全被废掉了。最后一次,刘子的写作功能终于被极限式地激发出来了。他写了一份自白书,题目就叫"我的自白"。他洋洋数万字,自白了自己深受的冤屈。自白书交上去了,因为字数太多,王书记这一次没有甩到案上,而是轻轻地拿到手里。刘子转身就出去了。这一次,他可是连黄主任都没有瞅上一眼。因为,每次周末一场的大聚会,在那个周末并没有从黄主任口里发出邀请的指令。他对老黄失望至极。刘子的事情,就如后来的那样,简洁同时又直接被做了定性。他屈死了,但还得认罪并担当。

风雨密集的审讯过程,算是以校委结论画上了句号。郑主任再参"试讲迟课"一本，也就顺势把刘子下放到山区了。自从老黄主任近乎抠进他肉里的铁手将他触摸过一次后，刘子就再也没有接受过任何一个人对他身体的接触，直到道吉用他宽大的手掌将他握进掌心，刘子才幡然醒悟，原来，这还是一个人的世界。

　　刘子的事情从刘子自身暂时过去了。可事件真正发酵，却是在他离开学校，往扎尕那山区走了以后。自建校以来，包括国民党统治时期，学校里还没有出现如此放浪的事情。看似平静的校园，原来也会翻江倒浪，大事诡隐。也或许这个事件只是偶尔被抖落了出来，刘子一定不止一次，带着男女来同宿的。在总务处同志们的眼里，怪不得刘子像只哈巴狗儿一样非要要个单身宿舍，原来是为自己过宿男女筹划准备的。狗日的，他不是说，如果没有这个宿舍，他辛辛苦苦追求的女朋友就要和他分手吗？有没有女朋友？有！不但有！而且是两个！狗日的，我儿子还都快三十了，连个媳妇都还没有娶上，倒被他耍了流氓。好女孩，就是被这等流氓分子带坏的。这成啥世道了？总务处长，单就为何给刘子独分一间宿舍，做出了检查。做出检查之余，他自然向纪委领导，包括在内的老黄如是愤愤然。

　　单身宿命的危害性，一目了然。君子"慎独"，古人一语中"诋"。一时间，总务处进行了单身职工的大管理。凡是住一人单身的职工，统统住成两个。学校就是空着宿舍，也要谨严因一时疏忽而酿出类似的"刘子事件"。一时间，民怨四起。青年们究问何故，刘子大事，才大面积地浮出了水面。人们纷纷将总务处这次清房举动，迁怒到刘子身上。这狗日的犯事，与吾等何干！？

　　青年们沸声四起，愈加引起学校的警惕。显然，在学校的管理目标上，需要收紧了。虽然改革开放了，但这个开放，是向人类文明的开放，而不是那个开放。青年老师座谈会当然进行了不止一次。学校主管教学的领导强烈提议教师坐办。总务处长无奈地摇摇手，坐办，哪有地方？校委会再次召开扩大会议，研究决定：不坐办也行，但青年教师但凡无课，必须向所在的研究部教研组报到；外出的必须申假说明事由。教师们更觉冤枉。刘子真是个毒瘤子，坏细胞都扩散到每个人身上了。时时刻刻都要向组织报到，这不把人民教师当成是被假释的犯人了嘛！别的单位怎么不这么干！？因为别的单位没有刘子！这三折腾五折腾的，刘子的事情，已经昭然于大众。

　　刘子的放浪奇事，就连从来没有听到过的也听到了，人人相互传说，明听暗问，不几日，刘子之名就已经在校里校外传遍了。就连校外都有人专门赶过来，看看刘子何人？！刘子之闻如果登报，估计也会像四大天王一样，迅速红遍大江南北。当然，不是红遍，而是黑遍！

　　刘子像个横空出世的奇异物种，在筒子楼的人民之声中被树传。人们公开打探并挖掘刘子的故事。于是乎，私底下，刘子同志成为筒子楼里走门串户的笑料话柄。在公共领域，刘子同志则成了学校教化和警示新生成员和广大中青年干部的"优质"教材，当然是反面教材。刘子接受了处分，反而，这个"莫须有"的事情，就此获得了永恒的定性，就像他去给丽丽道歉一样，一旦去道歉就意味着他头一天不是去给丽丽意外惊喜的，而是去跟踪、去窥探。接受惩罚，就意味着承认错误。刘子同志想回来抹，都是抹不掉的。此时，刘子还能被叫"同志"吗？

第十五章　她为何害怕他跟踪？

丽丽为什么会想到，将刘子定为是对她的跟踪呢？莫非丽丽真的是在一个不易让刘子看到的宴饮现场，从而因了这份担心，因而反嫁祸给刘子一个并没有靠实的罪名？据说，宋江本无意杀阎婆惜，只是当那个婆娘突然叫"宋江杀人了！"的时候，宋江才被提念的。于是，他就真的杀了阎婆惜。语言的魔性，是说话的人根本掌控不住的。就像那一晚，当丽丽说刘子是不是在跟踪她时，刘子还真得就怀疑，丽丽已经和别人在一起了，想到这里的时候，就飞快地吃醋了，于是，才惨烈地爆出"分手"二字。

在一夜无眠的深夜里，刘子接着想到的是，如果真的离开了丽丽，他选择这个城市将是没有意义的。可一个人为另一个人做了那么多，就真的可以让这个人同样对等地接受他：因为为她做了这么多，所以，你也应当为我付出这么多吗？刘子不是圣人，他也不可能是圣人，相反，他憎恶圣人。刘子似乎在用他微弱的一生，写一首反叛的歌。不过，可怜的刘子，还真的就像是做成了一件大逆不道的事情，两女一男激情过宿，就是放在魏晋，也未必会有这样的风度。刘子之为，几乎能将一部中国历史烧烫得体无完肤。平庸世境，岂能容他？刘师傅一路冷漠的表情，都已经是最轻的了，至少，他还愿意接受这个衙差，将刘子不带手铐地押解到他该去的地方。换了其他人，你试试……

丽丽比刘子早工作一年。因为刘子上的是本科，丽丽读了专科。本科四年，专科三年。所以，丽丽比刘子较早地踏入了社会。当刘子还意气风发地表达自己生命的理想时，丽丽就已经在现实面前承受面向未来的生存压迫了。女人比男人早熟，因此在这个问题上，丽丽也要比刘子早熟。可为什么人们又说，女孩子是天真的呢？刘子后来断定，丽丽那晚一定有一种不想让刘子窥到她何去何从的隐性心理。丽丽已经开始变了，她说不定正在尝试自己的变化。蛇到了一定阶段就会蜕皮。丽丽到了一定阶段，就要适应她的蛇期。这是在拉尕山里，刘子面对着那眼空洞的酒壶给出了对丽丽的解释。如果，他当时就能想到这些，他还能和丽丽分开吗？

丽丽何去？丽丽正挣扎在自己复杂的思想里。这个挣扎是针对刘子的吗？是！但不全是！已经步入社会的丽丽，知道刘子有才，但那个"才"仅仅限于考试、班级文艺和同学聚会时拿吉他来助助兴提提气。可那是栋梁之材的材吗？那是可以一语即出便得广厦千万间的才吗？那是可以颐指气使，在大礼堂里，面对成千上万的人民群众做主题发言的旷世之才吗？才！才！才！拉尕山中小学的道吉校长，第一次见面就竖起大拇指说刘子是个"人才"！后来桑吉草再向刘子竖大拇指时，刘子也似乎被当成是"人才"来看待了。刘子啧啧于这股诙谐的味道，他一直都在怀疑，这个道吉校长怎么就不知道这个"人才"早已经把他那个原来的世界闹得天翻地覆了？

丽丽极其简单地就变得现实了。刘子动不动就兴拯救天下之语，初，丽丽还当刘子有副陶醉山河的高亮眼界和大气魄胸襟，后来发现，简直一点都不切合实际。此人志大才疏，眼高手低，说白了就是一个永远都没有长大的孩子。

丽丽现实了。丽丽已经现实了。这种现实感来得太快，以至于连她自己都没有发现自己的变化。与刘子相比，丽丽已经知道了什么叫作工作。她懂得了工作当中随时都会发生问题。比如，如果不与领导处理好关系，稍有不慎，便会被调到地方上去。办公室里下去的不是一个两个了。漂亮顶用，但要看顶什么用？如果这个漂亮能被领导相中并捏住，命运的果子可能是苦涩的，但工作和生活可能就是甜的。丽丽每次进刘主任的办公室，都是战战兢兢的。她怎么就这么害怕这个男人呢？不因别的，就因这个男人看她的眼神像狼一样。而且，办公室里面那几个下到地方上去的人，本质上就是由这个男人决定的。在整个粮食局里，这人官不大，但位置重要。

那天晚上就是这个男人，也就是所谓的同事，拉她到凯撒龙去吃饭的。

凯撒龙，省城里面最著名的火锅店，而且还带西洋菜。

刘子的"虚伪"也不是丽丽首次捏造的。她其实早就对刘子总隔着幌子在她面前故意摆阔有所警觉了。就上了个重点大学，连国家贴息的补助全部算上，还不到四十九块钱。就算能阔，又能阔到哪里？可刘子偏偏打颗牙咽到肚里也要在她面前装阔。那年刘子来了，还是她毕业那年，从成都带了一包好吃的。丽丽问刘子吃饭了吗？刘子说吃了。在哪儿吃的？兰山饭店！丽丽冷笑一句，兰山饭店？那是省级领导，才去吃的。刘子漠然。他第一次感到丽丽也会嘲笑人了。可刘子的确是在兰山饭店吃的饭，不过，不是丽丽理解的那种省级大餐，而是远近有名的牛肉面。到兰山饭店吃这个牛肉面的人可多了，难道那些牙到马路牙子上，端着牛大碗吃饭的人，个个都是省级干部吗？刘子没有辩解，他自感无趣地低下了头去。丽丽并非不知道那里有常人也可以去消费的牛肉面，只是那与对刘子的期望不对称罢了。

她总觉得刘子太远了，离自己的生活太远了，而且工作分配还是未知数。如果她答应等他，他分不到省城怎么办？她为了留到省城，可是费了九牛二虎之力。就这么着，没有上班报到的那一天，还是不敢打包票。她知道留进省城的难度，尤其对于像刘子这样的家世来说，可以说，祖宗三代，都是农田野战的，除了会种地，啥也不会。她一直在问自己，我凭什么要等他？初恋是美的，但也是苦涩的。她承认，她与刘子的交流是甜美的、心动的，可心动的火石，燃烧起来，也就一瞬，随之，也就闪灭了。电光就是个幻影，是虚幻的，甚至会伤人。心灵可靠吗？心灵有能触、能摸的肉体可靠吗？据已经毕业出去不久前才搬出粮食学校筒子楼里的师姐说，和领导睡上一觉，转眼就可能分到一套房子。心灵顶个屁用！现实就是这么冷酷，也是这么容易。只要你能打破那个本就虚幻的心理底线，不再守护那可怜的单纯，你就能非常简单地得到你想要的。丽丽当初如听天书。但当不久，这位本来准备留校的师姐，瞬间就去农牧厅任职，且很快从筒子楼里搬出去，并且分到了一套三居室的房子的时候，她终于信了。那师姐还说，找工作，其实非常容易，没有色的，可以送财，没有财的，可以予色。千万别那么想不开，闭闭眼睛，就那么一阵，干净着呢，你得不了病的。丽丽觉得师姐的话有些荒诞。照刘子的话说，这一类人是没有灵魂的。可灵魂又是个什么东西？能当饭吃吗？

丽丽工作不久，便迅速领悟到了那个师姐所说的话。要面对现实生活，首要面对的不是灵魂问题，而是单位领导问题。她的大学教育，很快就被工作现实改变了。随之，她对天真男人的赏识，也就迅速从对办公室主任的沉稳干练的威力中倒戈了。

丽丽被生活倒戈了。理想主义，从小学到中学到高中到大学听多叫多了，现在已经生锈。她厌了。水洗蓝的牛仔裤该淘汰了，不能再穿了，因为不严肃。穿着牛仔裤去见把西装当成是中山装穿的上级干部，那是不尊重的。刘子在她身体上唯一欣赏并下过重墨写过诗的东西，已经被丽丽的记忆放飞了。不过，那天，当她穿上正装往办公室刘主任处送材料的时候，刘主任却奇妙地问出一句："你那件牛仔裤怎么不穿了？"丽丽迅速领会到了他的意思。他的意思不是反喻说丽丽应该穿起正装，而是在热情地打探丽丽那件可以走进诗歌的热装。他果然有一双透骨的眼睛，看似沉稳持重，原来眼里也噙着那盏蔚蓝的海灯。显然，刘主任想看到一个更加性感的自己。丽丽笑了一下，放下材料就走了。这个提问，太个体化了，它已经打破了她和刘主任开初保持的上下级关系。接问的时候，她都有些害羞了。能在刘主任面前害羞，极有可能说明，丽丽对刘主任对她的关怀和指导，已经有些心动了。果然，当丽丽下班再回到粮食学校筒子楼的时候，她第一时间就从柜子里抽出了那件令刘子迷狂的水洗蓝的下衣。第二天，她竟然就穿上了。不过，临出门的时候，却又脱下了。她穿了一件不是正装，但稍微接近牛仔的休闲装。她把刘主任每天都会需要的材料送了过去。刘主任点下头，默不作声。不过，老辣的刘主任一眼就瞅到了丽丽的改变。这个接近恢复性的改变，使刘主任觉得老虎已经有了可以出更的时机。于是，还没有下班，刘主任就指示办公室，今晚聚餐，凯撒龙，去吃火锅。刘主任给出的理由是，入秋以来，大家的工作太艰辛了。又过了许多天，刘主任刻意让丽丽加了个班。第二天，当丽丽把材料交给刘主任的时候，刘主任当即肯定了丽丽的工作，同时，做出指示，今晚到凯撒龙用餐。丽丽迟疑了一下，随之点头答应了。丽丽一点头，刘老虎当即就感觉到自己已经出更了。

所以，当那晚，刘主任再度约她往凯撒龙去的时候，丽丽穿着水洗蓝牛仔裤去了。这是一个非常明显的暗示：说明丽丽已经在意刘主任对她着装的非工作性重视了。凯撒龙的晚上除了丽丽就是丽丽，因为这是刘主任精妙安排的对丽丽加班的奖励。这个奖励不仅奖励成洋餐，而且中西合璧，刘主任点的是最贵的红酒——张裕葡萄酒。整个晚上，丽丽的用餐都是在刘主任嘉奖的眼神中度过的。为了掩饰被刘主任看的自己不慎的心跳，丽丽频频举杯。那一碰，似乎就能把被一直盯着产生的紧张和怕乱掩盖掉。而在刘主任眼里，丽丽频频举杯和那条性感的牛仔裤已经明确地提示他们很有可能进入下一步的动作。这个规划周密，虽然比预想中的来得略微快点，但刘主任还是做好了比较成熟的心理准备。接下来，是他频频向丽丽举杯的时候了。这不是对丽丽举杯的礼貌性回应，而是趁机拿下，并征服。粮食学校的筒子楼，他进去过。丽丽的单身宿舍，他也以主管领导的身份同其他工作人员一起"侦探"过。那是个可以共语而又轻易不为人知的绝妙之地。尤其，在那样的空间里面，特别适合谈恋爱。刘主任没有过成熟的恋爱，所以，尤其对丽丽处在西把头，内伸背阳的那个十二平方米的空间极度向往。

两瓶张裕已经喝下去了。他主动了一瓶，丽丽主动了一瓶。丽丽的脸已经发红了，微笑间已经夹带着一丝妩媚，那是被恋爱的颜色和渴望被恋爱的颜色，还有那件牛仔裤，足以让任何男人都产生幻觉。这是丽丽平生喝得最多的一次酒，而且还是和一个半生半熟的男人。她喝得有些冲动。尤其，身体的某些部位有些潮湿。她想擦擦汗，便借故从洋座位上移开了。刘主任稳健地站起来，想把丽丽往洗手间送送。不过，被丽丽打住了："我没事！"刘主任稳重地向丽丽指了指洗手间的位置。丽丽一个微笑，妩媚间转身前去。那瞬间，就连刘主任也怦然心动。丽丽风情万种，令他浑身激动。他目送着丽丽远去，目光始终超大胆地盯着丽丽的屁股在看。刘主任彻底陶醉了。这难道就是迟到的恋爱？原来，让爱情上手也很容易。拿下丽丽的速度，比伺候一把手领导的周期要短要快。权力的快感再度令他喜心悦目。早知道如此，他早就应该给出丽丽加班的时间。

丽丽进到洗手间的时候，在大镜子里首先看到了自己的形象。不知咋的，她突然很想刘子。她想和刘子做爱。虽然，刘子在触手可及的地方总是惶然陷于停顿。他是个革命的空想主义，有时候根本就不知道女人的需要。

丽丽妩媚地望望自己。如厕的时候，才意识到自己大面积的潮湿。那是急需要男人安抚的征兆。刘子虽然触摸过她身体比较显赫的部位，但对于最私密的地方，刘子碰都不敢去碰。那是他始终解脱不开的原罪。丽丽有点怨恨刘子。至少，刘子没有勇敢地让她尝试一次女人的快乐。伴随着有些发黄的尿液，丽丽从体外排出去了自己的激动。喝过的酒像是被解淡了一些，同时身体也恢复了平静。她终于知道自己快要喝醉了，而且是和一个不是刘子的男人。她觉得她有点对不起刘子。如果被刘子看到，不知他将受到多大的伤害。她还是在学校宿舍里，第一次享受过刘子的拥抱。那天刘子很激动。她能感到刘子身上的热息，而她似乎比刘子还要激动。刘子望她的时候，瞳孔都好像有些放大了。那是生命的一半进入另一半的强烈的渴望。可诚然如此，刘子还是不敢动。还是她实在控制不了自己的冲动，在刘子胸脯如海平面反复起伏的最难自已的时刻，她把身体侧了上去。随之，就被刘子用他那会弹吉他的手紧紧地抱住。没有想到激动的刘子却燃烧得鼻窍突然出血了。欲望的火力太猛，身体已经到了极限。流出生命穴窍的鼻血，就像她的经期返潮。她浑身潮湿，毫无贞操感地渴望一场强烈的性爱，可刘子却一把推开丽丽，捂着鼻子从宿舍门里窜出去了。

他怕鼻血流到丽丽身上，遗到丽丽宿舍，向楼头的洗手槽里冲去了。刘子用冷水先把鼻血洗净，接着含口水不停地唔唔唔地在那里倒翻，最后，用冷水使劲往额头上拍，直到彻底把浑身上涌的热脉降下去。头部制冷了，身体的冲动也就退逝了。刘子冷静了，及他冲进丽丽宿舍的时候，丽丽也已经冷静了。他们错过了电光火石的一刻，就像写诗的灵感没有被顺利抓住一样。刘子腼腆地笑笑，接着就连手都不知道往哪里放了。这就是丽丽一直认为刘子在她面前放不开不够野蛮的原貌。一个大男孩，一个有天下之志的大男人，书写的激情和千仞高的文章都能挥指间抖露出来，可就是在一个女人面前缩手缩脚。这样的男人，到底能不能干成他胸壑中伏荡的大事呢？这就是她与刘子刻骨铭心的初恋。诗人刘子在最为激动的时刻，用身体拥抱自己的梦中情人时，却被一股无法控制的鼻血把激情的高潮给击退了。丽丽还是娇媚地伏进已经用冷水将身体制冷的刘子的怀里。他的身上还起伏着不规则的热度。这一次陷于冷静的拥抱，终于让丽丽数出了刘子的心跳次数——83跳。这个奇异的数字，竟然和她对自己心跳的测试一模一样。他们难道真是天生的一对？

　　此后，她与刘子的身体进度，也就停留在了出鼻血前和出鼻血后的幅度当中。当刘子再度抱紧丽丽的身体后，他唯一敢于突破的防线就是把那只会写诗的手往丽丽的胸部伸了进去，并且用拨过弦丝的手指，第一次触摸到了丽丽的乳头。那乳头还没有触摸，就已经硬了。可这时楼道里已经传来了脚步声，丽丽室友已经往他们中间逼近了。心跳和乳头，此刻成了爱情中最令人迷恋也忘不掉的记忆。而刻骨铭心的记忆再强烈，也只能停留到上半身并不完善的画面当中。丽丽和刘子都没有完善下半身对爱情的需要。于是，在刘子的诗歌中，他把丽丽的下半身当成了洞房花烛的爱的礼仪。这幅画他要用最传统而且最虔敬的方式画出来。预想是如此的理智且微妙，但刘子永远都没有想过，如果丽丽成不了他的新娘，那么这幅爱欲的图画，将永远以半残的景象停留在那原始的观念里。江山打下来了，但也只是半壁。

　　丽丽对着镜子，脑液中冲出来的就是与刘子初尝禁果但却没有尝到的一幕。想到刘子血流满面，她突然失声一笑。仗还没有打呢，他怎么就负伤并流血了。这失声一笑，令丽丽彻底清醒了过来。同时，她想到坐到自己对面的，是她的领导，成熟稳重的刘主任。

第十六章　单约

凯撒龙经理徐冬芳如常过来,也端一杯张裕。刘主任是凯撒龙较早且稳定的客户,也是她必须留住的对象。这个主任遑论有权有势,不过他手里的确握着一只能够签字的笔。单位又有钱又豪迈,是管粮食的。民以食为天,民大!天更大!凯撒龙虽然主要是卖龙虾的,不然怎么会叫凯撒龙呢,但在粮食皇帝的眼里,龙虾也是要吃五谷的。虽然,这一层,释放着 Only You 超级金唱片的西洋餐厅,食物原材料来自地中海。到这一层里来消费,是最贵的。至于凯撒龙的火锅,虽然名贯全城,但在刘主任和"凯撒"眼里,它还是大众的。除丽丽之外,和单位上那几个婆娘一起以加班之名搞点犒劳的时候,刘主任一行是被恭候到火锅厅里的豪华包厢的。诚然如此,能入凯撒龙,那在省城里面已经是数一数二的了。三楼开辟出特殊的洋餐。凯撒是西元大秦的大帝,有凯撒之名而无凯撒之实岂行?所以这凯撒洋房里供给的是离地中海最近的凯撒故地意大利风情的食物,那是必须也必然的。

凯撒龙有洋餐深度提示出:一,它是有融资伙伴的,是中外合资合作经营。二,它能弄来进口食物。甚至这里的牛肉都是进口的。至于龙虾,一说是来自台湾海峡,一说是来自香港,又一说是来自渤海海湾、天津,最权威一说,是来自青岛。青岛的龙虾甲天下!是往外国出口的。这里的龙虾一只卖价二千八,美元二百八,也就是说可以美元支付。当然,刘主任来了,签字即可。一只二千,天哪,消费的不是虾,而是龙。丽丽算过,刘子一月的收入50元(教育补贴29元,国家助学贷款21元),一年550元,四年下来，总收入也才 2200 元，还吃不起一只龙虾。这个测算，如一道冷电穿过丽丽的心脏。这差距也太大了吧。丽丽之所以对刘子有此测算，一是刘子说的，二是她不相信，刘子敢到兰山饭店消费一顿。在省城能进兰山饭店的比能进凯撒龙的还要高贵。说实话，如果不是因了刘主任请单位几个女同事作陪从国家粮食局里下来的一个领导，而有幸进过一次兰山饭店，丽丽还没有这个机会呢。就连刘主任也不常去。刘主任不去，不是说消费不起，而是他的政治敏感度。极有可能一去，就能碰上比他职级更大的领导。他频繁出入，不就显得比单位领导还牛吗？但凯撒龙是个面向全城开放的。凯撒龙和兰山饭店相比，更符合开放社会的结构。到凯撒龙消费，完全可以把消费理解并解释为个人性的。再说，一般女的，他也不愿意带她到兰山饭店去。而稍有姿色的，极有可能让大领导们碰上，尴尬不说，而且是自寻死路。再说兰山饭店里顶多内供手抓羊肉，好吃！的确好吃！但就是整支羊也还没有凯撒大龙虾的一只腿贵。虽然，龙虾的腿，从来不像羊腿那样，是掰着吃的。

　　丽丽从洗手间里获得了对自身处境的清晰认识。她照着镜子，硬是通过冷水把自己的热脸清敷了下去。虽然下面还有些潮湿，但总算是抑制住了。怎么就会那么湿呢？喝了酒的缘故，还是刘主任的眼神对她有刺激。这个男人很帅，与刘子相比，刘主任身上还流淌着一股令少女心动的气息，成熟干练不说，那个板寸，加上白衬衫、红领带，显得既儒雅，又有力，既像保镖，又像老大，还像杀手！单位里常有人开玩笑说，刘主任是出了名的少女杀手！

　　丽丽觉得自己有些放纵，尤其，情绪上的放纵。她愈发觉得有些对不住刘子。其实，她换上水洗蓝牛仔裤，来到凯撒龙里和刘主任单独来消费，她就有些懊悔自己。她穿上这件性感身衣，到底是因了刘子的喜爱呢，还是因了刘主任的那一句提示呢？丽丽望着镜子里的自己，就如望着从背后走出来的刘子。在英文金唱片徐缓而深情的播唱声里，刘子的诗声却不禁然地从远处飘了过来。更玄妙的是，她的刘子西装革履，就连长头发也变成了板寸。此刻的刘子就像个杀手！刘子之所以渐渐蓄起了长发，就是因为她内心里总是按捺不住一股天然的野性。可刘子那刻意畜起来的长发，就像焊接上去的一样，而且，神色腼腆，在她面前，总是提不上气，总像是怕她一样。刘子在丽丽面前释放不开，可在外面，刘子又是那么从容奔放，一脸的天真，一身的灿烂。这她就有点搞不清了，他在自己之外就如一只放出笼的野物，可放到自己面前的时候，他为什么就那么拘束呢？诗人的风度，为何偏偏在她面前打不开呢？丽丽反复想着刘子。但想到这里的时候，就又有些沮丧。她想象的刘子，不是近到她面前的刘子，而是从她身边离开的刘子。只有她不在场的时候，刘子才会在满人间跑跳；一旦她出现，刘子就像一只乖乖受困的家猫一样。这是丽丽对刘子的感受。这同样也是刘子对自己的感受。他之所以反复拿黄主任与黄阿姨比较，就是因为他在外面就像黄主任离开黄阿姨的监视，一身傲据，不可临界；而一旦进到黄阿姨的目光之下，这只老猫就迅速钻进自己的笼子里。他看不起这样的黄主任。可这样的黄主任，何尝又不是丽丽目视下的自己呢？！

丽丽彻底冷静了。不过，张裕不会过得那么快。她脸上还散着无法驱散的热息，妩媚依旧。她看起来怎么就天生有股媚态呢？可在刘子的诗里面，她可是一张瓜子脸，如出水的仙子，是清丽的。丽丽竭力来降低这股媚态。于是，她把下垂的流瀑，挽了个髻。接着又拆散，捋个马尾出来。小女生的马尾辫，她习惯的。可马尾翘起来的时候，她的耳郭却红丢丢可见，愈发现出差点醉酒的一面。于是，她又解散了，还是保持原样，越是弄来弄去，越让刘主任觉得她在打扮自己。丽丽知道，头发也是个暗示。听那个师姐说，她的性敏感区，不在乳部和下部，而是在头部。丽丽捋来捋去的时候，果然也有股感觉。虽然不算是冲动，但能促进潮湿，于是，她迅速终止了对头发的摆弄。

丽丽低着头从洗手间出去了。刘主任等了好久，他到底沉稳。他担心丽丽在洗手间呕吐。丽丽在洗手间时间越久，他就越相信，今天的张裕起了作用。红酒的力性与白酒相比，爆发力还在后面呢。红酒与白酒相比，更有股比较隐忍的情色魅力，这符合他的耐性。

刘主任见丽丽进来，一起身，又把丽丽的坐椅向后腾腾，借机嗅到了丽丽身上的味道，少女的芬芳，加上张裕的香醇。丽丽的头发显得略乱，像风尘中出来一样，妩媚间透出一股野性，这样的发丝加上紧绷的牛仔裤，真配。有那么一刻，刘主任想抱住丽丽，但他迅速从丽丽身后离开了，沉稳地坐到了对面。不急！张裕还要散发它持久的魅力呢，吃完龙虾再说吧！粮食学校的筒子楼，极有可能就是他与丽丽创造激情时刻的地点。在工作岗位和单位视野里，他静着呢，但到了筒子楼里，他浑身都是野性。到时候，他会像狮子一样咆哮。不然，怎么配称是少女杀手呢！

　　徐冬芳经理过来的时候，龙虾也便按指令的那样献上来了。什么时候上龙虾，徐经理早向刘主任请示过。刘主任指示，等丽丽从洗手间回来，坐稳了，喝完徐经理礼敬的张裕酒以后，就上。

　　徐经理先向丽丽敬酒，满饮而尽。丽丽抿了一下。不过，徐经理微笑一下，嘴往上努努，意思是她都干了，丽丽也要干了。丽丽初会凯撒龙里这个堂堂经理，出于回礼，也要一饮而尽。丽丽果然又把一杯张裕干掉了。"真是个好妹子！姐喜欢！"徐经理把丽丽夸奖了一句。"以后有事给姐说。"扭身才又到刘主任面前。刘主任已经恭敬地站了起来。这是办公室主任最会礼应的情致。徐经理甚至不再多说，两只杯就轻轻地触上了。徐经理微微一对目，刘主任领会着，两人一饮而尽。随之，两只大龙虾隆重上来了。那么大个的海生动物，丽丽第一次见到。光这两只龙虾，就五千多块，够刘子上两个大学的了。不过，再饮张裕的丽丽，此刻，在龙虾面前，并没有如在洗手间时那般，感觉到龙虾的沉重。再杯下肚，那只龙虾，她实在是没有胃口再吃了。直到他看到刘主任儒雅地把整只龙虾下腹，她还是没有胃口。那只龙虾，二千八一只的龙虾，就如一颗海底的化石，永恒地终结了时间和速度，像个不容打开的记忆，和没有喝干的第二杯张裕葡萄酒，留到了凯撒龙 *Only You* 反复播放的贵宾包厢里。

　　丽丽没有吃，刘主任知道，但没有强调。他知道，他如果刻意强调，就意味着他对这只龙虾的价值还是有所倚重。对他来说，到这里消费龙虾和喝张裕是一样的。他带丽丽来这里，不是带她来吃龙虾的，而是创造气氛的。他面对丽丽就像面对单位首长一样，不能说龙虾上来了，首长没有动，自己跑过去告诉首长，别的可以不吃，但龙虾一定要吃。这样强调的结果，可能就是首长连他都不如。这是最为明智的主任艺术。他要做的，就是把所有的可能性都预计到，让事件在时间的水波中，自然地流逝。今晚，作为工作，突出的重心在于，他需要让安丽丽完成的不是龙虾，而是张裕。徐冬芳微妙地一敬，就足以实现他来到凯撒龙的意义。

时间不早了。或者说，到凯撒龙应餐，绝对不是来消耗时间的。到这里的时间绝对是珍贵的。不速，不慢，实现原初设计的氛围就可以了。丽丽还没有彻底起身，刘主任就将西装挺到了背上。字他早就签过了。所有的事情，他都不会向丽丽给出他在向她示好的暗示。这同样是深居办公室多年造修出来的艺术。比起拿下领导，拿下安丽丽比他预想的要容易。不因别的，除了已经炉火纯青的办公室主任艺术，他个人形象上还流射着几乎无人能比的杀手气质。

丽丽自那杯张裕再喝下去以后，突然变得静寂了。这次下饮，不是激发了她差一点就控制不了的情欲，而是感觉到身体的沉重。她有些懊恼自己。这是她控制酒，同时酒也在控制她的双重搏击而发起来的感受。总之，她没有先前那么高兴了，当然，也没有在厕间那般懊悔了。曼妙的醉态，不是让她兴奋了，而是保持了一股安静，原始的，但又自行形成的安静。离开凯撒龙的一刹那里，丽丽再没有感受到自己，没有感受到自己的头发，也没有感受到自己着身的牛仔裤。她有点沮丧，有点迷失，就像一只羔羊，将自己丢进了暮色里。丽丽在凯撒龙辉煌的楼底下，等待刘主任的车到来。车到了，就像汤姆·克鲁斯的风雪宝马一样，在丽丽面前猛然一止，随之就带着丽丽离开了。珊珊灯火，在车窗外璀璨闪逝。那一刻，丽丽感觉自己就像突然失了恋的少妇一样。她奇怪自己，怎么没有了少女的感觉？丽丽坐进车里，突然有股成熟的堕落。她没有想刘子，只似看非看地闪过灯火夜市，她也感受不到刘主任的存在。

第十七章　撞上

刘主任把丽丽送到了胡同口。单位的公车，对刘主任来说，就像自己的一件玩具一样。刘主任自驾的车，以前是切诺基，现在却是宝马。像这类单位，既监管调配全省的粮食流通，其下又有多经营多入口的实体，可以说，在计划与市场双向写意的时代里，它的存在得天独厚。以前单位有个司机，其实，现在也有，刘主任只有在接待领导或上面来人的时候，才启用。对于平常，包括个人私事，刘主任是不用司机的。他在部队车队历练过，开车简直是一种简单的乐趣。要知道，这位刘大成主任，最初转业，就是以专职驾驶员的业务能见度进粮食局里的。按说，到单位开车才是他的专业，但人的运气咋偏偏就那么好呢？！转业不久，他就成了单位一把手领导的司机。有次下乡，车坏了。以往，这类省职单位的司机会开车但不会修，如果车在路上坏了，重新调配个专车过来接一下领导，非常方便；或者领导往随行车辆上一换，不影响领导下乡工作。坏了的车，打个地方电话，还不来一堆修车的人。可这次领导借出差要回个家，所以打发走了其他随行，就带一个司机，结果车抛锚了，领导心里咯噔一下。这穷乡僻壤的，就是叫个能修车的，也要挨到夜黑，恰好又是冬天。刘司机下车瞅了半天，先把车里的暖气供热，让领导先在车里暖暖地睡会。自己打开前车盖，开始修车，果然修好了。送领导回家省亲的事情一点都没有耽搁。当领导看到脸冻得通红的刘司机，笑盈盈地上车，启动，继续往前奔驰时，一股由衷的欣赏倏然而至。这小伙子不错，还会修车，到底是当过汽车兵的。领导心里欣赏，嘴里也没有说啥。一路上司机也不多语，凡事听领导指令。

不但听话，而且很会听话。领导一路省亲，这司机可把他没有想到的事情都想到了，包括给双亲的礼品特产。领导没有说啥，他倒是揭开后备厢，腾腾腾就把东西提进领导家了。领导之所以只带个司机，就是怕引得单位上说闲话。这个刘司机真有眼色，不用领导提示，就能把办公室里要干的事情，全部干上；而且，除过朗笑，很少多语，凡事守口如瓶，领导用着多放心啊。这趟下来，领导竟然喜欢上了他，但凡出差just叫小刘司机，就连单位应酬，往兰山饭店就餐，往往没有办公室主任啥事，刘司机一人就行了。该报销什么，一把手一签字，直接拿财务处报了，根本不需要通过办公室。就是因为这个领导的直接赏识，把个刘司机彻底锻炼了出来，所以签字报销，该用什么名目，选择什么时机，全学会了。

有天领导叫过去，和他谈了一次话。谈话内容有二：一是公事，关于刘司机升迁的事，领导想让他当办公室主任。但现在的主任还在，不如他先当个副的，干上两三个月，把那个主任顺手往直属企业提拔了，他本人也没有怨言，位置就自然给他空下了。车还是由他来开。刘司机当然高兴了，不过，还显得挺谦虚。说自己转业时间不长，副主任之职，怕还不能胜任。领导说这个事，他和人事处、政治部的同志都了解过了，刘司机部队转业是副营级，到地方上理应也按营级对待。你来当司机，还真亏待了你。刘司机哪料到领导如此赏识自己，直感动得宁愿效死。提拔的事，就算说定了，这算是公事。接下来领导就谈了个私事。说他有个侄女，还没有出嫁，本人觉得小刘不错，想介绍给他。刘司机一听，心喜，当即就答应了。其实，刘司机在部队时，谈了一个，是部队文工团的。因为对方还没有转业，所以，平常很少见。那女的是跳舞的，从刘主任的角度看，气质、身材和性格都还不错。刘司机说实话，也挺喜欢的。他本来还想借了领导的赏识，帮忙把对象转业到粮食局呢，不想领导突然出口，这可把他一愣，随之做出喜色。刘司机内心早就盘算着，这一把手领导的侄女与那文工团里还待转业的女友相比，显然这口划算。连姑父都这么风度，那侄女定然玲珑曼妙，姿色肯定差不到哪里去。刘司机一口答应，周末便被领导叫到了家里，侄女当然也在。天哪！不见则已，一见可把刘司机给蒙住了。那侄女简直一头肥猪一样。她怎么就那么肿胖呢？真是粮食局家的亲戚。说实话，刘司机没有看上。那女的虽胖，但沾了自己是老省城出身的，又有个当大领导的姑父，说实话还瞧不上当司机的呢。但见这人标志，部队身材，精干，瞬间也就不计较其他了。听姑父说可以提拔到领导岗上，一家人喜笑颜开，就准备撮成两人关系。

刘司机晚上回到筒子楼里，满脑子都是自己女朋友的形象。以前没有比较，现在一比较，发现自己女友简直美若天仙。但经过一夜思想斗争，终于决定，还是和领导侄女谈，从此就和女友断了。为了图上好前程，为了攀上龙凤会，可怜的刘司机很快就和那个胖妞喜结良缘，洞房花烛了。这事都这一步了，他还一直瞒着那个女友呢。巧了，那女友后来自己去了总政。据说，闻知追她的汽车兵这样，反而一笑：当初拒绝他是对的。

领导果然兑现承诺，很快就把他提拔成了副主任，并且很快因为主任提任直属企业，他就转为了主任。领导后来到人大去了，还成了省里领导。新上任的领导又是原来的领导一手培养提拔起来的，所以，他这个刘主任就顺顺利利、风风光光地干上了，而且干得得心应手。唯一难受的就是要回家里面对他那个肥壮的大老婆，这使他浑身都不是滋味。为此，这个刘司机转变而来的刘主任，暗地里经常瞟单位新来的女大学生。先前也有几个，但总不够风情。其中一个，他相上了，还下了点功夫，想搞到手里，结果，有一天却发现人家竟然怀孕了，来单位上班前，就已经和别人好上了。刘主任非常失落。后来，竟然把这个女的下放到地方上，名义上让去支教，其实，直到现在都没有回来。刘主任处心积虑，一直把目光对准到单位的新人身上。可惜，入他法眼的不多，直到安丽丽出现的时候，他才瞅到了新的目标。丽丽太像他文工团工作的女友了，而且比女友还要漂亮。于是，他利用自己越来越成熟的办公室经验和越来越有位势的主任身份，开始在智慧和机会同等作用下，集中对安丽丽展开了追捕。他就不相信，这只鸟，还会逃出自己的手掌心？他没有想到单纯而又想急速进入现实的丽丽这么快就上钩了。

刘主任把车停住了。要不是那个胡同口太窄，沿巷又有许多商铺，往来人流如梭，刘主任就直接把宝马车开到筒子楼下去了。

丽丽下了车，张裕到底发挥了作用，她有点晕。不过，酒劲只往头上涌，

第十七章 撞上

没有再往下涌。她为自己在洗手间突然潮湿的下身，有些沮丧。这到底是因了酒的缘故，还是因了眼前这个刘主任让自己身体发潮了呢？身体发热，绝对不单是因为刘子。丽丽一路都感到自己背叛了刘子。她对这次非常规赴约愈加懊丧。她为什么不拒绝？此刻，她急切地想离开这辆车和这个人。

正是丽丽一路上对刘子的复杂想象，且想急切地回到自身当中，所以下车的时候，只匆匆地向刘主任打了声招呼，她甚至没有来得及说声谢谢，车门一拉就下去了。刘主任急着想找个容易泊车的位置，他本来还想下车把丽丽搀扶一下，结果，车还没有停稳，丽丽就下车了。等他停稳车后，发现丽丽已经低着头往胡同巷子里去了。这个拒绝和想快快离开的姿态，令刘主任感觉到丽丽有股晦涩、大胆且隐微的暗示。她好像对自己不能和他进入未来的联系——某一种无法定性的关系，显出一些遗憾和沮丧。丽丽冷冷地离位，至少说明，丽丽没有把刘主任当成主任，丽丽也没有把刘主任当成一个普通同事。她已经把他当成一个不小心介入她生活的男人了。

刘主任虽然没有听到丽丽嫣然的感谢，但那一刻，这个男人被自己的童话拟制了。她为什么既没有说声"谢谢"，也没有说声"拜拜"呢？！他感觉到丽丽急促离开，一定是期望着自己能够跟上去。刘主任有股莫名的心欢。诚然如此，他还是把车停靠到了一个安全而又隐蔽的地方。毕竟，筒子楼里认识这台宝马的人太多了。先前把车直接开进筒子楼的想法，他觉不妥，那意味着他必须送丽丽以后离开。现在，车没有开进去，说明，他可以不离开了。于是，他追着夜灯和闹巷间已经看不到的丽丽往筒子楼里稳健地去了。

也幸亏通往筒子楼的巷口太窄，令镶嵌在夜华当中的宝马无法转身，躲在深巷口的刘子，才没有看到身穿水洗蓝牛仔裤的丽丽和西装革履白衬衣与红领带结网的刘大成主任酒饮之后，在巷口"离别"的景象。当刘子像个幽灵闪出来的时候，丽丽着实被吓了一跳，酒几乎被吓醒了一大半。丽丽恼火就恼火在这里。"他总是这样，乘人不备！"丽丽没有为刘子突然从离筒子楼最近的角落里闪跳出来，感到兴奋，反而，正碰触到她懊恼的情绪之上。丽丽甚至有预感，刘主任保不定真的会尾随其后，往筒子楼中跟了上来。这个筒子楼，他非常熟悉，刚转业就直接从部队宿舍住了进去。

温柔的女人向来有股野兽一般的直觉。那一瞬间，丽丽感觉自己正被无法撕开的两道阴影夹击。如果这两股力量真的遭遇到一起，刘子将会是最大的受害者。于是，刘子还没有反应过来，丽丽就信口直责：你在跟踪我？！丽丽的出语是本能的。这句话的隐形事实是：如果我与刘大成的约会被刘子撞见了，不知道刘子会怎么"想"？！当刘子果不其然地被她撞见的时候，她第一时间的反应就是不让刘子去那么"想"。怪不得她一路上特别不安呢。女人直觉太怪异且厉害了。当刘子行色匆匆往筒子楼里来时，不可见的灵魂，似乎早就提示出刘子的来到。这就是这两个人长期用灵魂纸书而训练出来的一致。可两颗如此相近的灵魂，能终生贴靠在一起吗？"跟踪"两个字直接把刘子打蒙了。这激动变为了嫌疑，而且意味着降低和卑鄙。恰如刘子所言的：鼠辈！

从华灯初上等到已经满天星斗的刘子，还时不时担心，丽丽从加班的现场探过这道修长的深胡同巷道时，会不会害怕？他无限地体会着丽丽的艰难，并发誓自己回来了，一定混出个人样。至少，这条笛子巷，他要在夜晚时分替丽丽克服黑暗。有那么几次他想迎到巷口去接一路踽踽而行的丽丽，可又生怕自己离开这唯一关锁着丽丽现身筒子楼口的通道，会不会第一时间错过了丽丽。于是，他像只蝉守在那里，只要丽丽一现身，他就迅速变化为蝴蝶，飞过去，告诉她：我回来了！

刘子一直处在幻想的兴奋里。他甚至将自己的回来，当成是可弥漫丽丽人生惆怅与缺憾的唯一力量。当丽丽不止一次地强调留到省城之难，并预警性地表达出两情相共的苦涩时，刘子竟然自感他已经是一个越破迷障的修道者，只要回到省城，和丽丽同处于这数万平方米的蓝天之下，丽丽的人生体验就将是幸福的。然而，当刘子躲在冷角里奇思妙想，自己把自己一遍又一遍弄得又激动又欣慰甚至莫名幸福时，夜华中果然孤独现身的丽丽却对他当头就是一棒。

刘子的意外和痛苦就在于，丽丽不仅没有当场掀起喜悦和激动，而且，这根本不像纸书中表达过惆怅的丽丽。他和丽丽的距离并没有字挨着字那么近，他和丽丽的情绪热度并没有词和词那样相互热渴着的烫。幻想跌落了，刘子吃瘪了。恋爱的火山瞬间就像被漫天的冰雪制冷了。他设计的这个恋爱高峰，这场真正为了一场能够有结果的恋爱，四年来卧薪尝胆，甚至对班级女生目不斜视的高冷姿态，瞬间被制冷，摧毁。他先是冷了，心冷了一大截，同时也恼了，在曲折的委屈当中恼火了。他无语失语仓皇失措之际，最终只能丢下一句：你如果真的认为这样，那就"分手"！这是恋爱至此，刘子想都没有想到过的终结点！他没有想到四年纸书的热烈交爱，会在最滚烫的会面间，瞬间就把爱情推入了幻境，同时，也如露水一般消失了。

　　刘子转身而去，愤愤而走。四年来，他从来没有想到过"分手"这两个字。可"分手"这两个字怎么偏偏就猝不及防地出口了呢？这难道就是对理想激情突然一落千丈，无奈苦屈而又寻找侠义出口的力量性挣扎？当理想激情闪电般陨落，情爱的陨落者在绝望之际为了激发出最后一丝拯救，而闪电般地抛出"分手"这颗天体的时候，刘子形同在担受爱的死亡。那个词怎么就那么不识时务无法自控地飞出口了呢？！

　　当"分手"的语词天体，令刘子有股受到憋屈以后的最仓促最狼狈也最失风度的一次自我证存时，丽丽已经闪进她只想快快隐身的筒子楼了。在刘子眼里，此刻的筒子楼就如大学里从来不敢入但又神秘的"女生宿舍"。他只能眼睁睁地看着丽丽愤然且冷漠地闪进女生宿舍。他本能地在楼道口却步了。如果中国大学不对男女隔河相望进行规定上的封禁，刘子就算是再启动一次本能，也会追进丽丽的宿舍。可那个瞬间，刘子想到的并不是冲进丽丽的单身宿舍，而是冲进了所有女生的宿舍。这是图腾与禁忌，是弗洛伊德描述到的精神现象学。这一切突然像个梦境，阿波罗造型似的被撕裂的梦境。

第十八章　崩溃

刘子高声宣苦的时刻,刘大成主任其实已经挨近了丽丽阴暗中通往的筒子楼。他万万没有想到会有一个男人,先于他已经把丽丽接应到了楼口。那一瞬间,他也蒙了。原来,她已经有了男人。一晚上在凯撒龙共饮张裕,虽然那只龙虾像道永恒的记忆搁到了凯撒龙,但所有的意料都像星星一样画在天空里面的时候,一颗流星却突然改变了天体的轨道。狐狸带着温暖的幻想就要捕到美味的时候,却跳出了一只截食的狼。筒子楼深巷间梭巡而至的刘大成,就如不慎撞到了火上。

当丽丽嫣然一转头,被那双修长的美腿带进巷道口的时候,这只雄鸟的蓝色荷尔蒙其实已经疯狂地起潮了。他能慎重地选择两瓶张裕葡萄酒与美丽的丽丽共饮,就是为了在女人最需要通过幻想来度过接近子夜的夜晚时,由他代替酒并且可以极其浪漫地把责任推给酒。他也需要酒来削弱自己的成熟,他也需要再给自己壮壮胆,尤其,包封已久的色胆。他急急地放好车,便来跟踪丽丽的步伐。初,迈开大步,就像军营号吹的紧急集合,及看到巷道中抛投的个别诧异的眼神时,他的脚步放缓了,就像走进集合完备已经列队的军营。可就算他以军人的特殊练习,在行动上保持了平衡和平稳,可那颗心却始终怦怦怦跳个不停。他虽然密稳着步行,但内心深处却是心急火燎。他倒不是猴急,因为猴急就意味着丽丽对他的暗示已经明题,就像考试之前已经知道了自己分数。猴急就要意味着自己能够准确且不怕风险地上进丽丽的身体。他心急火燎,是想争取到一个阴暗些的角落,比如刘子驻守的那道一个人夜行可能会显得孤单且阴暗的没有灯光的,但可以望见筒子楼亮光的那个神秘花院。他想第一时间越到那里,然后,拉住丽丽,在阴暗当中将男人空阔的身体笼罩到丽丽猝不及防但又意外欢喜的心怀。因为在这个神秘的通道里,丽丽可能会本能地反抗,但迫于离宿舍楼太近,离职工们不远而不得不放弃反抗。接下来,身体就会在张裕酒的辅助下,服从于灵魂。接着,他就可以直接用眼神把丽丽拖进筒子楼。接着,进到筒子楼,闪进单身宿舍。只要进了宿舍,他就会是武士,而丽丽就是他的公主。

岂料,刘大成缜密的精神设想却被刘子截和了。那一刻刘大成突然垂下了臂膀。到手的鸭子还是飞了!这使他迅速将自己抛进了他"励精图治"准备好要稳稳下手的前办公室助理崔媛媛同志的阴影当中。当他用十足的耐性,千锤而又百炼的性理基础,准备向革命同志下手时,崔媛媛同志却意外地怀孕了。怀的当然不是他的孩子。这个打击,就像是已经和崔媛媛同志结婚了,并且就要发布山盟海誓了,崔媛媛却突然告诉他:她怀孕了,对不起,我怀的不是你的孩子!这不仅仅令人恼羞成怒,更是将最高的智慧和最冷静的深度,瞬间摧入了地狱。他大骂自己就一傻子,而且是人间最大的傻子!一长段时间里,他都在怀疑自己的智商。也正是在连续怀疑自己的这段时间里,他终于痛下黑手,将崔媛媛同志发配到了"边疆"。他不知道这个孩子的父亲到底是谁?他在残忍地报复那个他从来没有见到过的身体。同时,也用以警诫和惩罚自己。他把自己关进欲望的"警备室"里,反复向自己警告革命的军纪,发誓不能让同样的事情再发生一次。

自从崔媛媛事件以后,刘大成变得低调了,同时也更成熟了。他被自己深刻而狠狠地考验了一顿。这是一次真正的"浴火"。他甚至不想"浴火重生"。但安丽丽偏偏又出现了。经崔媛媛"浴火"的刘大成被迫"重生"了。谁让他天天面对的是状若蚕蛹的潘小真呢?丽丽就像个前来拯救他于水火记忆中的天使,既能够覆盖还在部队文工团里迟迟复员不下来的梁燕子,又能够接替他报复了尚不解恨的崔媛媛,更能令他彻底无视肥胖的潘小真。安丽丽是令他重生的天使。所以,刘大成才用办公室主任深粹的火候,和面对崔媛媛不慎失手的教训和痛苦,迅速将他对安丽丽的接手摆置到了老辣而温润的渡口。

他给自己与安丽丽之间设置出了更长更缓慢也更艰苦的距离。令他意外的是,这个全机关最漂亮的女大学生,与他对崔媛媛的投入相比,还不到半程的距离,就让老虎出更了。到底是他的驭术已经到了最高的火候,还是上神派丽丽这个天命来拯救并补偿他的痛苦?总之,刘大成,只用一次的单约和两瓶公款购置的张裕葡萄酒,利用凯撒龙无人随便可以光幸的风水宝地,就已经有十成的胜算,钻进筒子楼里,把安丽丽同志完整地拿下。一切都在他近乎以整步方式接近的地道间酿熟。孰料,革命的果实,再次被黑暗中突然闪跳出来的影子截和了。功亏一篑不说,刘大成像是彻底被击溃了。他像个马上被发现的奸细一样,本能地逃离了。他不像个逃兵,而像个被完整地击败的敌人。刘大成仿佛凄鸣着走了。宝马车启动的时候,他像是又往凯撒龙方向去了。幸亏部队汽车兵历练的成熟,那匹宝马,就算是骑马的战士情绪早已经失控,但它还是稳稳地往凯撒龙前兜了个圈,接着就往粮食局大楼里走了。此刻的潘小真或许已经从午夜小睡中醒了。

刘子如一团旋风将自己裹走了。他穿过筒子楼前的巷道的时候,已经对这个城市留下了再也抹不掉的记忆。那一刻,他脑子一片空白,但却如刀一样刻下了痛苦。

刘子的痛苦中伴随着大学校园里那些因为丽丽而被他强行挤出心怀的影子。丽丽可能永远都不知道,他天天往粮食学校寄一份情书,纯然是为了不让任何人挤掉丽丽占进他的心灵。简单的刘子甚至以为,只要对任何一个女性动情,不仅是对丽丽的亵渎,而且就像赴上大功名的状元意外丢弃了自己遥在乡间的老婆。他极端可怜地维持着自己对爱情的忠诚。生怕稍冷一语,就会彻底解构自己对爱的真诚。于是,他每封"天书"都发誓着对爱的忠诚。而在丽丽眼里,这些高强度的近乎呐喊的表白,简直有些无中生有。

刘子的天书(每天一封的情书)令丽丽有些反感。说实话,每天收到一份天书,对丽丽来说已经有些头疼。毫不避讳地说,后来再寄到的天书,丽丽很多压根儿就没有打开。不是丽丽心底里没有了刘子,而是刘子那千腔一调的热烈呐喊——对爱的忠诚,只会增加丽丽对他的淡薄。丽丽也在强行维持那现于纸书间的爱情。她害怕自己对刘子产生反感。尤其,放下刘子,而突然会很想另一个人。

第十九章　"如果不把我抓紧，你有可能会失去我"

丽丽不是没有这个可能，她恰恰就遭遇了这个可能。就像千百次地丽丽想让刘子站到她面前，然后说："看着我，把我抓紧！如果不把我抓紧，你有可能会失去我！"

丽丽之所以有这个玄想，是因为毕业那年，她其实被温长庆盯准了。这个来自长庆的财会老师，自幼出生在石油家庭。较强的学习能力和富裕的家庭环境，使他毕业以后就顺利留校任教了。从事实上说，温长庆是丽丽的师兄。丽丽入校那年，也就是温长庆毕业那年。在温长庆眼里，丽丽就是新来的校花，虽然羞涩，但并不天真。不是说丽丽不单纯不天真，而是说在丽丽身上有股相较于其他大学生提前成熟的地方，尤其丽丽的身体发育，较早较高水准地将女性线条提前呈现了出来。清丽的女生形象，又给人成熟性感的适龄女青年的感觉，还需要看出一个女孩的"天真"吗？当然，这道"乍泄"的青春，完全得益于丽丽提前上身的那条水洗蓝牛仔裤。

丽丽气质与众不同，这在温老师眼里，迅速成了性感尤物。温老师不仅是丽丽的财会老师，而且温老师顺理成章地成了丽丽的班主任。丽丽从此成为温老师重点维护、保护的对象。丽丽学习名列前茅。

当然，丽丽聪明，自小跟母亲已养成好的学习习惯，在全班三十六人当中名列前茅也绝对没有问题。但可以肯定的是，如果没有温老师暗中相助，可以名列前茅的丽丽，绝对不会名列到全年级前三名里去。这其实为丽丽留省城，甚至留校打下了基础。温老师深知专科学校毕业留校甚至留到省城的可能性有多难多大，但还是想以自己的经验为丽丽做好一切准备。既然丽丽成熟，所以温老师较早地就唤醒了丽丽面对就业的态度。可以说，其实像一般大学生一样天真活泼尚要无邪地感受青春校园生活的丽丽，就因为温老师的独到启发而提前将自己从大一渡入了大三，即毕业季。

温老师是班主任，他没有让丽丽当班长，也没有让丽丽当学习委员，而是让她当文艺委员，这样就可以潜在而且明确地开发出丽丽的特长，尤其文艺方向的特长。

丽丽有哪些特长？在刘子眼里，还真的列举不出来。丽丽喜欢听歌，但不喜欢或不擅于唱歌。丽丽也不会跳舞，因为母亲是老老师的缘故，所以中小学时，就限定了丽丽不允许上各种志趣班。在老师妈妈眼里，丽丽只需要好好学习，而且理科的就业面和招生数量较文科巨大，所以丽丽从小是当理科生培养的。所以丽丽既不会跳舞，也不会画画。

丽丽还会有什么呢？温老师终于发现了丽丽的一个特长。丽丽说话的声音好听，普通话标准，可以当学校广播员。丽丽可以被培养着给全班同学念诗，直至为全校师生朗读。单这一得天独厚的特长，就迅速让丽丽名贯校园。每天中午，同学们和老师们都能听到丽丽的校园广播。接着会在"五四"或国庆活动，还有毕业送别会和学校迎新晚会上听到丽丽朗读的诗歌。丽丽获奖无数。这为成绩往名列前茅里直去，创造了不可想象的线性基础。基本上从大一后半学期开始，到毕业前一学期，丽丽都是名副其实的全班第一。留校的呼声不言而喻。学校里的老师和校长全都因为丽丽青春亮丽的那条水洗蓝牛仔裤而灼灼入忆，宛然绚烂桃花，落满古城。形象与气质俱佳，学习与品德俱优的丽丽，如果从学校配备师资的意义上，显然是这一级的不二选择。而且，为了鼓励学习，营造良好的根系团队，每年学校都会有法定留校的名额。丽丽从进粮食学校并留到粮食学校的机会不仅是个可能，而且已经成了一个事实。

没有温老师，丽丽能被这么快启蒙并快速到达人生的成熟吗？正因为丽丽被温老师经验的温火炖得又快又扎实，所以，当刘子还在大学里面歌颂青春并因壮志未酬而为赋新诗强说愁时，丽丽终于从气场上觉得刘子太天真、太不成熟了。丽丽后来不再读刘子写的诗，不再阅读刘子写的阅读体会和笔记，不再读刘子写的校园趣事，不再读刘子笔下的人类命运，就是因为她已经被这团温火炖熟了。最初，丽丽被温老师推荐到校园广播电台的时候，丽丽还有些惴然。她把自己紧张的心情用纸书告诉了刘子。刘子迅速就来了封加急。在深切鼓励并热烈肯定的同时，也为丽丽在大学的进步鼓掌欢呼，为了让丽丽能够有面对广播足够广深的美学素材，刘子为丽丽抄了许多古今中外大诗人的诗词名篇，尤其顾城的那首诗——"黑夜给了我一双黑色的眼睛，我用它去寻找光明……"

丽丽相信刘子，也从刘子的加急中获得了气壮河山的鼓励。第一次试播，她就读出了顾城的《一代人》！刘子的目光果然非同凡响。当满大街都在读徐志摩和泰戈尔的时候，刘子却给她送出了顾城。更牛的是，刘子第二次加急抄送的时候，他给丽丽附上了海子，尤其那首《面朝大海，春暖花开》。丽丽的播声其实一般，声音没有抑扬起伏的磁性，就是普通话好，标准。但丽丽播送的内容，可是炒热了校园。顾城和海子迅速成为一种新的体验，新的诗歌标准。就连温老师都突然对丽丽刮目相看了。他早就对丽丽刮目相看了，不过，这一次，他感觉到原来自己与丽丽也有距离。理科生的特殊头脑，和精确至导的财会分析、规模庞大的数据统计、丝丝环扣的财税算计，是这个温主任久稳的特长。他以为丽丽最终也会是这样。不了，丽丽却能深情地诵读顾城和海子，这可是令校园温度持久的人文。他也没有想到自己推送丽丽站到广播室里，未了却渐渐造成了自己与丽丽的距离。

但更要命的是，可爱的温老师因为良好的班主任素质和学校严禁师生恋爱的明纪校规，他迟迟，或者根本就没有向丽丽表达出喜欢。他几乎让爱情沉寂于温暖的洞穴。及至他想趾高气扬地偷偷提出来时，他竟然奇妙地发现原来自己和丽丽会有差距。唉！当一个男人喜欢上一个女人时，那种先前毫无体会的自卑，刹那间，竟然也油然而生了。虽然温长庆老师感觉到了自己与丽丽的差距，但正是这个差异，让丽丽终于内在地感受到温老师对她的好，是与众不同的好。当温老师一见她就本能地把金丝框的眼镜一扶，接着摘下来，拭拭，丽丽就知道，这个师兄其实已经开始掩饰自己的紧张了。那是男人面对漂亮女人时的特殊紧张。或者说，是一个对她有想法的男人必须发生的紧张。

温老师咋就突然自卑了呢？正是不慎陷入略微自卑的温老师，让丽丽觉察到了那眼镜框后面的温老师原来是个和刘子一般大小的男孩子。师兄，温老师，尤其温老师这个称呼把他衬托得太老了。就这样，丽丽竟然奇妙地与温老师拉近了距离。她不再把他当温老师去对待去想，而是当作一个名叫温长庆的男人去想。在这个认知的瞬间，在以摘眼镜来掩饰的温老师面前，丽丽竟然也表现出竭力不让自己和温老师觉察到的害羞。面对一个班主任和一个老师的感情，现在，在丽丽身上已经发生了微妙的变化。说实话，丽丽竟然有点喜欢这个温老师了。如果温老师提前，而不是放到毕业之前，向丽丽提出一起去吃个饭然后再去看场电影的要求，估计，亲爱的丽丽早就下决心把刘子甩了。可温长庆同志偏偏在校纪校规和精神成长里捅不开可以透风的窟窿，于是，他面对刘子的所有优势，几乎被捂死了，但这些并不是丽丽没有和他在一起的理由。真正的原因，却在于专业业务和家境都极其良好的温老师在默默培养丽丽往高地上成长的同时，为了弥补自己与丽丽的差距，他竟然在丽丽毕业那一年试考天津财大的研究生。结果一考命中！也就是说，当丽丽就要毕业留校的时候，温老师又要开始自己更高级别的研究生历程了。虽然，温老师的人事关系还在粮食学校，但至少三年，他是不能和丽丽近身地出入校园了。这就是成长的苦恼。谁让他因为那一点不值得同情的自卑，就突然发奋图强了呢？谁让他发奋图强得火力那么强猛，竟然一发就命中了呢？那个时代，考上研究生，就如人类登上了太空。温老师至今名垂粮食学校青史。因为，他是该校自建校以来，首位，甚至是最后一位考上名牌大学的研究生。

温长庆已经是丽丽眼中不可限量的人类。这个丽丽眼中快要成为神的人，差一点就让丽丽对他的爱冲昏头脑。丽丽一直在坚忍，绝不能让温长庆看出她对他的欣赏，已经出自内心的欣赏。她生怕失去对这个师兄的唯美印象。可丽丽压根儿也没有问，他对自己为什么就这么好呢？或许在丽丽看来，放进广播站的就算不是她而是另一个女孩，温长庆都会对她同样好的。丽丽竟然没有从温长庆身上发现他对她与众不同的差异来。所以温长庆就算稳稳当当兢兢业业，老谋深算一心都在丽丽身上，丽丽也并没有格外强烈地感受出来。与其说温长庆是个班主任，还不如说是个师兄，与其说是个师兄；还不如说是个哥哥。能心底里把温长庆突然叫成是哥，这已经是丽丽的极限了。因为丽丽从来就不敢奢想，能有这么优秀的一个哥。

学校的制度和品学兼优，事实上把温长庆身上最动人的部分遮盖了。他就是属于那种想表达但又表达不出来，能够表达但又觉得表达时机不合适的那一类"后觉者"。当这晚黄昏，温长庆向丽丽说出他为什么推荐丽丽做文艺委员时，终于让丽丽感受到温老师的与众不同，尤其对她的与众不同。与其叫温老师是哥，还不如叫成是男友。多么危险的逻辑造型！它来自理性，但又突破了理性，它拟制出一幕生动的亲情，接着却极其危险地将双方都抛进爱情。哥变成男友，这将是一个怎样情形下的逆转？

丽丽一时陷于情感的漩涡。就是那时候，她忽略了刘子天天会来的天书的同时，也急切地想打开刘子的天书，并渴望刘子就那么一封一封地坚持，就算她不看，她也不许让刘子的爱变成幻影。温老师可以放进来，但那个极限绝对应被限定到哥的层面，不能再往上冲蹿并深入了，稍有不慎，可能会把一根已经陷入微妙的神经丝拧断。丽丽接下来其实一直在想，她还能不能像一开始面对温老师那样继续面对他呢？丽丽觉得应该可以。所以，当广播播完后，她远远看到停留在校园图书馆一角的温老师，主动并热情地迎了上去，大声叫出一句：温老师！这反让温长庆觉得有些陌生，甚至有些刺耳。这是一个刻意的提醒吗？丽丽快三年了才这样提醒他，是不是一个暗微且不失胆大的拒绝呢？温长庆那一刻蒙了。丽丽为什么偏偏叫他个温老师呢？就是叫个师兄，他也还可以持续对丽丽大学一直维护的温度。至少，就算他不会发热，但也不会被洒上一盆凉水。

温长庆一脸愕然，他对自己的身份突然有些迷茫，接着像是被校园里丽丽放的歌给提醒了，这里还是校园。他五年前来到，便从此再也没有走出去的校园。要得到丽丽，仿佛必须走出这个校园。正是这个微量的妄想，使温长庆老师后来果然想走出校园。而已经留校的他，要走出校园，只有一个途径，而且对他来说是优势途径——考研！他果然一举命中。

第二十章　他想哭，但是却笑了

　　刘子吵完走了，丽丽也受伤地走了，而更受伤的却是刘大成。亲爱的刘主任可是差一点就跟到跟前，黑影子里想一把拖住喝了红色张裕的安丽丽。不想，丽丽面前却冒出了个男子，而且这个男子和丽丽的关系非同寻常。从那争吵声中，他至少可以肯定一点，那双在空中挥舞着的还欠火候的手，一定抱过丽丽并抚摸过丽丽的身体。虽然两人在灯火阑珊中争吵，但这类吵是典型的情爱之争，里面激动折腾着的可是两颗已经碰撞到一起的灵魂。虽然刘子跑了，丽丽也受伤地回到筒子楼里去了，可在刘大成眼里，他已经被安丽丽郑重地放水了。那条通过张裕葡萄酒来进一步陶醉的美学陷阱，就算依旧在秘网中打开着，他也得收手了。

　　刘大成就像加了一晚上的班，却没有拿出像样的成果一样。他吃醋了，嫉妒了，同时也恼羞，并终于在回到宝马车身边的时刻怒了。他一拳砸到车上，宝马怒鸣，惹得满街的人都停下来看他。他溜进车，一脚油门便飞驰着跑了。他越想越有些失控。时间不是让他冷静了，而是让他有点疯狂了。

　　汽车营出生的刘主任，驾着全城仅有几匹之一的蓝色宝马，顺着黄河大桥，一个斜丁字弯道，奔驰到了刚刚人工开凿不久的滨河大道上，就像自己和自己拉练一样。

　　张学友的情歌再次响起："我和你吻别，在无人的夜……"

　　它这是在唱给自己，一个不慎失掉崔媛媛的自己，现在又丢掉安丽丽的另一个自己……

　　刘大成越开越快，幸亏黄河老桥的前方突然杀出一条施工的信号，不然,被蓝色宝马托顺了的刘大成刘主任,可能直接把车开进张学友正《吻别》现场的香榭大道了。

他是一个轻易不会疯狂的人,但一旦疯狂起来,就好像再也冷静不下来。就像他从来都不会喝醉,但一旦喝醉了,他就会像个婆娘一样哭。

滨河路断崖般施工的信号,终于让刘大成放慢了速度。速度被迫削弱了,激情也就被迫丢失了。站在马路中间不断摇晃施工旗帜的一个穿黄马甲的工人,就像部队里的总指挥一样,用不断的招摇和晃动,恳求急驰的宝马落下蹄来。那个晃动反而给了刘大成高音再起、继续前冲的错觉。幸亏,他有拉练塑造的肉体记忆和直觉,不然,他就撞到挥动旗帜的工人老大哥身上去了。

那人怒怒地怂泄一句:妈得屄!不想活了!

刘大成能听到他在骂人,但在继续《吻别》的旋律声中,他听不到他在骂什么。

刘大成掉转了车头,就像掉转了记忆。在掉头转弯的后视镜里,他还能看见那个施工老大哥冲着宝马车的屁股怒骂着!

刘大成本能地"靠!"了一句。一加速就朝原路返回了!

那黄马甲摇曳黄旗的恶姿,就像张裕葡萄酒中突然闻出一股中药的味道,在提示刘大成同志生病了的同时,也提醒他醉了。丽丽剩下的那只大龙虾他没有吃到,但丽丽不能深入的那瓶红色张裕,他可是在徐芳冬微妙的挑逗中完全喝下去了。张裕没有帮助他趁机拿下丽丽,倒是把他拿下了。

他想哭,但是却笑了。

刘大成再从黄河大桥返回粮食局家属院的时候,他已经彻底恢复成了先前的没有见过安丽丽之前的刘大成。奇怪,每次到自己家门口的时候,他所有的记忆仿佛就突然断电了。他只能记得潘小真那台比切诺基还要粗阔的形象,那形象令他厌恶。他选择这个婚姻,完全是因为"革命"的需要。

刘大成把宝马开进单位车库。车库后面就是家属院,他不用走几步,就像个战士一样上了自家楼道,悄悄把门打开,进去了。

潘小真呢?

潘小真当然睡了!每天十点之前必须睡觉,否则,潘小真第二天就像中了邪一样。

刘大成轻轻一猫腰就钻进潘小真为他留下的空位，像老鼠一样钻进了猫的世界里。潘小真虽然在微鼾，但还是本能地把身体转过去。刘大成本能地得令。他必须从后面抱着她，把经常试着去偷情的那只手，笼罩到她的乳房之上。乳头略挺，刘主任捂到手里，就像用炭火点烟一样。潘小真，酣梦深处的潘小真，本能地呻吟一下，既像个婴儿，又像个病人。那一个瞬间，刘大成仿佛与所有的女人都绝缘了。革命纪律就是这样，不能在执行命令的同时，还想着叛变革命。接着，他仿佛睡去了。在睡去的过程，他首先想到崔媛媛突然变大了的小腹，接着想到了安丽丽被牛仔裤绷紧的屁股。它们作为形体部件仿佛全都落到了潘小真这只肥猫身上。此刻，它们都像是被他摇着黄旗，召到病床上来施工。

记忆中接收到的，仿佛都是能够衍起恨的东西。这个绝对臃肿的家庭，当有琳琳朗朗的玲珑之音介入的时候，瞬间张开的是一个充满缺憾的天空。

第二天醒了，刘大成主任洗漱完，准备着装出门时，他才发觉那件白衬衣和红领带与革命的颜色极不相称。那颜色放在晨曦下，就像突然僵死的条虫，没有了生机。

红领带像条冻僵的蜥蜴一样躺在白衬衫那里，就像红葡萄酒倒到白裙子上面，刘主任本能地想到就像渗出女人白色内裤的月经。他一怵，顺手便丢进洗衣机里去了。洗衣机，"小天鹅"牌洗衣机，公款买的。不过，能够摆置到他们家里的哪样像样的东西，又不是大笔一挥，就可轻易消费得了的。可在刘大成眼里，它们还不如一只龙虾。

不过，也有让刘大成满意的，就是那套家庭影院，尤其那台影碟机，能放影碟，比起录影带方便多了。自从入伍之后，刘大成的世界就是一个野战兵纯男人们的世界。因此，他几乎时时刻刻都在幻想和女人们单处在一起的景象。

只有在这个时候，刘大成才能意识到这是个家，是个私人独处的地方，这里能够安魂。当然，前提是只有他一个人在家，而且绝对不能让潘小真知道。

或许是这个被纯色情投幕营造的世界经常将他带入恍惚的感觉当中，

所以，他对单位女人们总是产生曼妙的冲动。奇怪的是，他欣赏的是电影里色情女人最放浪形骸的暴力情色，而又总幻想着与清纯如水的青涩女人手拉手靠在一起。崔媛媛是这样的女人，安丽丽也是这样的女人。只是当清纯的崔媛媛肚子突然变大以后，他瞬间就被摧毁了。他暗地里咒骂："真是一个不要脸的女人。"脑海里瞬间闪出的就是那些放浪形骸的镜头。

第二十一章　惩罚

刘大成把西装往新亮的家属楼里绝情地丢弃了。他穿上了部队复员时的那件便装。虽然身体略有发福，但原来的板形还在，看着依旧像个军人。这使他有股想发号命令，并因此脱离苦海的感觉。他照照镜子里面的自己，尤其那双略略含酸的眼睛，强力校正自己：

"他妈的，他不是有了一双越来越亮的眼睛，而是生出了一双越来越会变瞎的夜珠子。"

这个镜子里面的"他"，就是自己。

诚然，他有些鄙夷自己，但还是对着镜子里面的自己敬了个军礼。

走下家属楼，拐进单位电梯，他一直想的就是怎么惩罚安丽丽？换上这套休闲军装，就是在向自己明示：通过发布命令，证实自己的强大和存在。

当年他给崔媛媛宣布下基层的红头文件时，穿的就是这身衣服。

不过，惩罚安丽丽的方案，还和处罚崔媛媛的方案不一样。处罚崔媛媛，那是他动用了单位的火力。要惩罚安丽丽，先从他开始。

怎么开始？

比如那一大堆需要当面提交给他审阅的材料。

办公室里落着一大沓本该由安丽丽处理的材料。其实，那是他刻意留给安丽丽做的。通过安丽丽持续的加班，借机到凯撒龙款饮，这是一篇既合理又合法且可演示抚恤与关心的自然文章。

每次丽丽硬着头皮要加班处理材料的时候，刘主任都会暗示一句：

"不要急，慢慢来！"

在丽丽眼里，刘大成主任能让她单独处理这些机密材料，那是得天独厚的信任和赏识。对于一个毕业不久到省级机关工作的女大学生来说，能够迅速接触到这么大单位如此重要的材料，丽丽内心里当然能够识别出事情的好坏。就算再多再难再怎么加班，她都是乐意的。

可每当刘大成主任发现安丽丽拼了命地要完成那些任务时，他都会刻意打断丽丽，要么这事，要么那事，反正都是往领导跟前送材料或取什么的工作，仿佛他怕安丽丽太早太快地完成他刻意密交的任务。

当通过工作上的施压实现了单邀安丽丽到凯撒龙宴饮之后，刘大成终于算是松出一口气。幸亏，那些材料还落在丽丽案上，不然，她如果快速处理光了，光怪的借口，不就也速电般闪了吗？

但今天可不一样了。他就想把那一大沓材料当面撇给丽丽，让她天黑之前就全部给弄出来！

对于女人，太手软了，就是个缺陷。

致命的缺陷。

哼！他妈的！对她越好，就越会被抛离其外，就越会被忽略轻视，甚至狠狠地甩开！

刘大成像是在惩教自己犯了一个致命的错误，同时还怕自己再犯同样的错误一样，强烈地思索着自己应该出手的惩罚模式。

尤其，当潘小真一早的肥腴形态与安丽丽清丽又性感的个体形象发生强烈对比的时候，刘大成更是坚定了自己必须对丽丽迅速进行处罚的意志。否则，他的生理密码就会彻底遗失。

第二十二章　莫非已经开始退化成一个女人？

潘小真每天都会在黎明时分醒来。醒来的第一件事，先是打开床灯，迷幻色的床灯。每每这个时候，他也会醒来。那台灯就像部队晨起的讯号。接着潘小真缩回身来，像只毛毛虫，面贴面地钻到他的身上。一脸讨好，同时过度天真。在迷恋的灯光下，开始慢慢地挑逗他。

每当这个时候，他也就会本能地配合着她，让身体像海岸一样逐渐清晰并强大，而那个东西也就会像逐渐露出海的山崖。直到潘小真的手指彻底从深海当中托出那轮灼热的发着热光的太阳。

这是他们从黎明唤来日出最后大放天亮的性爱模式。

但是，当有一天，潘小真的手再也触不起他身体的海岸线的时候，这个伟大的黎明模式，好像出了本质性的问题。

潘小真惊疑，同时他也着急。

怎么以前翘得好好的东西，现在突然就没有了反应？

潘小真在寻疑，他也在寻疑。

潘小真没有猜中源头，但他却找到了缘由。就是那天，当他知道崔媛媛已经怀孕以后，那天夜里他就没有了反应。

所以，当第二天黎明，潘小真启动她的夫妻性爱模式的时候，那道海岸线却突然变成了一座冰封的古海。

潘小真既意外，又惊疑。

这男人咋了，头一天还好好的，怎么突然就像日本鬼子一样垮台了？！她怀疑并着急，他是不是得病了！？日出没有成功。潘小真也就起床走了。

害得被遗弃到冷宫里的刘大成幻想着各式色情镜头，也还是没有把那轮日出从隐匿的海岸线上托起。今天不日出，而是下雨了！

刘大成整天都没有精神，气不知跑哪里去了？这令他沮丧。坐在办公室里，不断地想逗弄自己，可自己仿佛消失了一样。

第二天一早，他如期地接受潘小真的挑逗，可身体还是那片被冰封的古海。伟大的晨勃没有了！彻底没有了！任潘小真再怎么发出疯狂的色情的叹息，他就是没反应。诚然如此，潘小真还是不愿放弃，她把他放进黎明的试验室里，反复逗弄，可试验的结果是：一点都没有反应。

这东西还会尿尿吗？当然还会，不过不像以前会像冲出梭子的子弹，像个高力压缩的喷头，现在，可是滴答滴答地像股受伤的眼泪。

为了不让尿液淋到身上，他竟然像个女人一样坐进马桶。天哪！外形彪悍的刘大成，莫非已经开始退化成一个女人？！

潘小真着急。他更着急。潘小真出门一走，他就急不可待地打开碟影，放出欧美最疯狂的色情电影，企图唤出突然坍塌的晨起！金黄色的色情在地中海沙滩上被残暴地观演着，陡陷生理危情的刘大成，在全方位呼唤身体本能的进程中，虽然有过一些微弱的反应，可再持续着往高峰间升起时，很快就疲软了！

天哪！莫非他已经成了个废人？！

刘大成那段时间，可以说完全变成了另一个人。以前理直气壮的他，现在，到了单位楼道里，他竟然是躲开人走的。一进办公室，就锁起门，就连领导敲门，几次他都不好意思打开。领导见他神色颓废，如压进土墙里的一条灰虫，顿生疑窦，想问但又不知如何问地打声招呼走了。这使刘大成愈觉生命如同一道残颓的长城。

为了快速将自己复原，他开始练习静气功，可封进龟壳里的那只乌龟就是不出头。

潘小真每天如期地逗弄他，可要么是在逗弄一根软条的小木棍，要么是在挑逗一个身材壮硕的老太监。可诚然如此，潘小真还是没有放弃她黎明前的试验。结果，功夫不负有心人，这一天，他好不容易，终于被亲爱的潘小真给弄大了。据说，潘小真握着那杆日出，卧进他的怀里痛哭。

他也不知道是他的生理间歇终于越过了冰雪周期？还是因为这一天办公室里突然来了一个人，名字就叫：安丽丽？！

而这一天，也正是崔媛媛隐着肚子到北城县基层挂职锻炼报到的日子！难道被崔媛媛无情折蚀的阴影，突然被安丽丽水洗蓝的牛仔裤驱散了？！

总之，这一天的黎明，他的确有了反应，而且是看似依旧强大的神风反应。潘天真哭泣的同时，也爬到他的身上笑了。结果，他像头猛虎，直接把可怜的当了几十天冷冻绵羊的潘小真一翻身压到下面，疯狂地向她履行了性爱的义务。

从此，刘大成主任西装革履，逢人便笑，在门壁大敞的办公室里投入了格外愉快的工作。

潘小真喜欢早晨的时刻，既与她先天的习惯有关，也与她后来对刘大成身体的领悟有关。自从她的大姑夫将刘大成逐渐推上了领导岗位，潘小真便一心一意为刘大成的时间做准备。

自从刘大成升任办公室正主任之后，他身体的时间，随之也就发生了微妙的波动。以前是在午夜，后来是在子夜，再后来是在深夜，后半夜，现在终于被潘小真逮到了黎明时刻。

这是刘大成的天文时间，是部队生活已经操练出来的晨起时刻。潘小真终于像个天文学家一样紧紧抓住了刘大成在黎明日出之时必须如雄鸡打鸣般崛起的时刻。

她怎么就那么准那么明确地发现了这个时刻呢？

就是因为刘大成每天晚上几乎都在加班。就算再精神，回到家里，也累得像头猪一样，而且往往满身烟酒味，在清爽的欲爱小房，潘小真一点都感受不出欲爱的滋味。而她又有十点以后必休的睡习，否则第二天浑浑噩噩，整个人生宛然被梦魇掏空了一般，有股半死不活的疲惫。

另外一点，是她从另外女人那里获得的警告。

说现在的社会开放了，三陪四陪多了，以前是卡拉OK，现在已经变成KTV了。以前古城里的路灯是素淡的，明晃晃些照亮马路就行了，现在可是霓虹的、璀璨的、炫色的，照到脸上就像施了粉一样，尤其，女人在那样的灯色里，再丑都能看得像个狐狸精一样。

历史古城为什么会变成这样？还不是身边的男人们一个一个都变坏了。

潘小真本就是老城根系。虽然不能说是祖祖辈辈的老城人，但祖父在解放西北那会，就定居到老城了。她的那个大姑夫之所以对她的事情慎之又慎，格外关切，还不是因为潘小真的爷爷给过他成长的机遇和力量。若没有她爷爷，余纪乐保不定还在西县农场喂猪要饭呢，能当上大厅里面的一把手吗？

可惜，到了潘小真爹这一辈，家里面的官荫似乎缺茬子了。好事都帮给亲戚们了，自己家后来倒没怎么混起来。可诚然如此，潘小真的父母包括她自己可都是好单位。父亲在工商上，母亲在老干上。她呢，被安排到了外贸上。除过早晨去打个卡，一整天人都是闲的。

她喜欢拉几个姐妹到黄河游船上去打打牌。都是十足的老城人，说起老城话儿系不攒劲。老城里的变化，这伙姐妹可最有发言权。说男人们容易变坏，潘小真当然是听她们调侃议论的。

这伙婆娘们到了一块，比这比那，稍有不慎，就会被比下去。不过，在比老公这个镜头下，潘小真可是炫亮的。因为再怎么说刘大成也身高一米八二，身材笔挺，像棵松，又常年板寸，西装革履，像中南海保镖一样。

大成生成这样，姐妹又都羡慕，常戏着潘小真说，你们家大成能不能给我分上一半，我们家那个比起你们家大成就像大郎一样。言外之意，大成就像武二。这是以肥胖为美的潘小真最自豪、最有成就，也最得意的。

不过，话虽然是话，但潘小真到底警惕着，老城的霓虹灯亮了，老城里的男人们变坏了。

怎么才是个变坏的准则呢？姐妹们说，一是外面找三陪。

哪三陪？

以前说是陪吃陪喝陪跳。后来进化为陪吃陪喝陪睡。尤其，陪睡，成为男人变坏的铁尺。

那么第二呢？

哎哟，还第二呢，光第一就够坏的了！

怎么才能判断出男人真正变坏了呢？

女人们天花乱坠地说出了不少主意，其中最有效的，就是：重新检验一遍。

啥叫重新检验一遍？

婆娘们说，回家以后让老公和你做爱，如果还能起来，就说明还没有变坏。

这是个啥理儿？

意思就是说，再厉害的男人，在外面被人陪睡了，不可能在家里还被老婆陪睡。

潘小真相信了。于是，每天都警惕着刘大成夜晚的一举一动。她也想过，把刘大成逗逗，看会不会那东西突然充血，如个小老虎猛然从裆里蹿起来，可身体就是不争气，好不容易耐到十点以后，自己就睡了。习惯养成的睡眠优越性，很难被艰苦的革命改变。再说大姑夫也说了，当了办公室主任可是有不少，少不了，甚至没完没了的应酬，这是工作需要。办公室主任主要的工作不在白天，不在岗位上，而是在下班以后，在外面。

这是大姑夫当着潘小真的父母说的。要提拔也可以，就是需要大家理解和支持这个小伙子。能得个如此标志帅气的快婿，又能乘上余姑爷这条龙，办公室主任又历届都是提拔最快的，干上三五年，至少也能到下级单位当个一二把手局长、书记什么的，这两个红二代，焉不早早就教导了潘小真，一定要理解并好好支持大成的工作。

潘小真做梦都没有想到自己会嫁给个这么大的帅哥。说句不好听的话，当她某一天连自己都愁得嫁不出去的时候，就是把她倒赔给武大郎，她都有些愿意。

父母话还没有说完，她就小鸡捣米一样，连连点头表示：绝对愿意！

这不刘大成就成了她家的大门面，也成了她人生的大光彩吗？可姐妹们又这么说着，潘小真又岂不留意。她再不在意刘大成整日晚归，也不可不在意刘大成被外面的女人陪睡。可要检验刘大成到底有没有变坏，她实在是得不出良法。虽然她知道——再检验一遍——那的确是个良术！

潘小真的神态再怎么像一头猪，但毕竟是革命的后代，脑袋可不是个猪脑袋。某种意义上，她虽然拥有一点身体过于肥美的缺陷，但正是这点缺陷，却使她脑袋瓜儿会转得机灵一点。

这一天，当灵感突然降临的时候，她站在河岸上，突然出其不意地先期预警了。男人变不变坏，说白了还在于家里的女人。不能等男人变坏了，再去检测。能不能有一种办法，根本不会让男人变坏呢？

有！

那就是，她先检验，然后，让别的女人根本完成不了这个检验。

于是，黎明早号前让突然定时就会起勃的刘大成像只雄鸡一样当着自己的指尖打鸣，就成为潘小真最愉快、最光辉、最拿手，也最得意、最具生命性的预警时刻。

一大早逗弄着刘大成让他泄了，他就是头雄狮，也不可能从已经被她弄倒的地方爬起来。被她提前弄翻的刘大成，就是有只母狗翘着屁股在办公室里等他，他也爬不上去。因为他不会再促生那个兴趣，也不会迅速恢复那个能力。由她先行履行这个检验就够了，而且足够了！

仔细想来，潘小真从"娶"到刘大成，到以智慧检验的方式预警刘大成，说明，潘小真一直就走在刘大成的前面。说白了，虽然她的身体与刘大成不是比翼的，但心智却是超前的。上帝没有给她那个，自然也就会给她这个。无论命运如何，在这个观察点上，上帝几乎是公正的。

在黎明的欢乐时光里，潘小真像童年一般醒来，迎着朝阳，打逗着这只晨风中爆鸣的公鸡，潘小真理所当然地获得了自己的青春和刘老公。而且在刘大成雄壮但还有些朦胧的滋润中，潘小真坠沉了一晚的芳华，彻底在这欢乐雨露中如沐着一湖春水，在黄河中心的那艘高级渡轮上容光焕发了。

聪明智慧的潘小真真听了她们检测老公的神奇言论，自己却装得若无其事。以至于，那么警惕老公在霓虹灯下寻柳的婆娘们，因为潘小真的存在而没有那么小心和警惕了。人家老公那么帅，都没有像只急头鹅那般在水船上急叫，咱们那个货，就是他看上个女的，那女的也不一定看上他咧。

而她们哪里又知道，潘小真早在老屋子要起火之前，就已经把火给灭了。

潘小真偷换了别人的发明，而且隐藏心底，守口如瓶，压根儿就没有也不会向这群尿娘们分享出来。这些人还沉醉在一个极富科学阴谋的情色理论当中，如何更进一步地测试一个男人的忠诚度。而她呢，早就已经执着地领悟到：根本不需要像个鬼影一样跟到后面亲自侦探，只需让他重新来上一遍，就能测出他有没有和别的女人睡觉。也就是，当她们个个像只争食的母鸡尚滔滔不绝于科学理论时，她潘小真却像只懵懂的睡虫早已经完成这个科学实践了。

在潘小真丰腴的脑液中，一个伟大的早晨已经属于她了！刘大成不可能再把第二次给别人。所以利用早晨先行置入的时刻预警性地将刘大成先行降伏到窝里，是她潘小真的绝对优势。潘小真就是像只母狗啃根干骨头，也要把刘大成的骨髓给他吸出来。

这个行动，既合天理，又合人欲，不仅强硬，而且美妙。潘小真有时候会笑，偷偷地放声大笑。

可令她纳闷的是，刘大成一段时间竟然不辉煌了，令她热血突然沸腾的晨起艺术竟然不再像黎明的日出。

太阳都高架到桑树顶上去了，那杆枪还像斗败的公鸡迟迟不来鸣叫。这是咋了？通过再来一次来检验男人的忠诚度哲学——"两次不能踏进同一条河流"，隐隐地似乎对她带来了伤害。她怀疑这家伙是不是昨夜和别人弄了。

潘小真怵然缩起了眉骨。她的警惕度首次让她在刘大成面前认识到了自己的缺陷——尤其肥胖。是不是我太沉重了，以至于把习惯性打鸣的雄鸡都从习惯中弄逃避了？刘大成如果真的和别的女人好上，我潘小真到底能不能接受呢？

绝不！

刘大成有今天，还不是仗了我老娘家的优势。

潘小真反复提炼着自己的强大。

他不敢！

他绝对不敢！

可不敢？为什么起不来了？

潘小真有些愤怒！接着还是愤怒！接着，她趴到客厅的沙发上哭了。反复提炼自己强大的过程，原来是为了掩饰自己的脆弱。她在黄河渡轮上暗自得意自己提前上手的"人不能两次踏进同一条河流"的高端智论，本质上来说，还是她并不自信与刘大成的性理接触。她之所以提前并预警性地将河流摆渡到貌似不再起涛的位置,其实是她怕刘大成真的经不起这个试验。在婚姻面前她太软弱了!

趴在沙发上痛哭的潘小真,一直在问,如果刘大成真的和别的女人有了关系,他还会回到自己身边吗?如果没有了刘大成,她还会到黄河渡轮上呷着三炮台边笑边看河水的流逝吗?

潘小真的思考是复杂的。但就不再晨起这个突发事件来说,她依旧是敏锐的。事情还没有到她必须看出自身缺陷的时候,一切还能控制。

刘大成不能晨起的原因,除了头一天和别的女人干过之外,有没有另外的意外?

潘小真想了很久,也没有想出另外的意外。她愈发相信刘大成和别的女人好上了。

这一天,是个阴郁的暗影。本来头一天还约好和姐妹们上渡轮玩几轮同花顺呢。可刘大成没有起来之后,她连起来上厕所的心思都没有了,好像她自己都没有"晨勃"了!

她像只癞皮狗一样,癞到沙发上想了一阵,偷偷地哭了一阵,接着竟然睡去了。她做了个梦,梦到刘大成正把别的女人抱在怀里,指着她直笑。

她悚然惊醒,像头母狗冲进卧室,然后,穿上风衣,想冲到刘大成的单位上直接找刘大成去。奇怪的是,亲爱的刘大成同志竟然躺在床上昏然而睡呢。

他没有上班去?

难道他生病了?

潘小真把手触到刘大成的头上,感觉有些发烫。她想找温度计来量一下,可翻遍了家里所有的抽屉,都没有找到。

其实,她们家里根本就没有温度计,但她感觉好像是家里应该有一个。

自小受到父母宠爱的潘小真,在紧急事态面前,根本就束手无策。她能吃那么胖,还不是因为自小被像猫一样喂的。情急之下,她到洗手间透了块湿毛巾。沾水带露地一把罩到了刘大成的头上。刘大成悚然惊醒!还以为一把刺刀杀进了头皮。原来潘小真往他头上罩了块湿毛巾。

刘大成吓了一跳。

"你干嘛呢？人睡得好好的！"

"我以为你生病了呢！"

"哪里有病？！你才有病！今天休息！后天要出差去！"

刘大成嘟囔几句，接着就又睡去了。其实，一把冷水激醒，他哪里睡着了？只是不想和潘小真说话而已。

潘小真蹑蹑地出去了。她想趴到沙发上继续哭，可又哭不出来。一整天潘小真都像只狗一样守着被圈进屋子里面的贼。

刘大成之所以睡倒，是因为崔媛媛给他的打击太大了。他一点要到办公室上班的心思都没有了。他确实对崔媛媛动情了，甚至有的时候，他想起崔媛媛离去的背影，就莫名地惆怅。

也或许是神经绷太紧了，太累了，他果然在家里极其任性地躺了一天。他在想，没有他的这一天，单位里面还会发生什么样的大事？

天黑了。潘小真胡乱做了点吃的。她本来想去提点外卖，可生怕自己稍不留神，刘大成就会跑进别的女人的怀里。所以，她宁愿煎熬自己的手艺，也要盯住这个疑犯。

刘大成根本没有胃口吃饭，尤其在凯撒龙吃习惯了，潘小真那点手艺，说实话，能把饭煮熟就不错了。

刘大成没有吃，潘小真当然也没有生气。她当然知道自己做出来的是些啥。她还巴不得刘大成不要吃，这样，就不会进一步明确她的缺陷。

她一直守着刘大成，看他钻到被子里仿佛又睡着了，才轻手轻脚地钻了进去。她把刘大成睡衣的衣襟揪得紧紧的，生怕自己十点以后的沉睡，不慎又放跑了好不容易一整天都出现在她视线当中的刘男人。可贵的是，今天，她的十点钟按时入梦并没有来到。生物钟被她调迟到了，她一直醒着。直到午夜以后，刘大成都打呼噜睡着了，她才略微有了些睡意。

晨醒之后，她第一时间，便去触摸刘大成晨起的幅度。天哪！还是一只不来打鸣的公鸡。再怎么用温柔之手去拨弄，也无法让这个偷猎者举起那杆猎枪！

今天的刘大成和昨天的刘大成一样，没有了晨起时刻！

潘小真顿时释然了。没有晨起的刘大成让她兴奋！"人不能两次踏进同一条河流"的真理虽然失效了，但她并没有受到伤害。

潘小真在客厅里窜跳着，像只突然得了癫痫的猫。这个狂跳的精神病患者，那一刻她需要的男人宁愿他是个太监。刘大成没有晨起，她想到的并不是病理性问题，而是一个男人必须履行的对女人的贞洁。

潘小真狂跳了一阵，唱着山歌，把自己从头到尾洗刷了一遍。接着蹦出房门，到黄河渡轮上找她的同伴去了。刘大成今天上没有上班去，她甚至想也没想，问也没问。

不过，快到黄河渡轮的时候，她突然想到一个问题，这家伙该不是得病了吧？！

她这才意识到问题的严重性。天哪！这男人该不会变成太监了吧？他不是当过兵吗？那玩意难道没有经过特训？

潘小真还没有踏上渡轮，就极其敏感地失落了，这娃还没有怀上呢！在喜结良缘后的两年里，她都是用指尖和嘴巴侍弄刘大成的，虽然肥水没有流进外人田里，但也把那株高粱弄枯萎了。

潘小真一整天都在姐妹们的喧闹声中沉默着。她既沮丧，又心事重重，姐妹们都看出来了。还当是她和刘大成闹了别扭，问又不好问，只好有语无语地暗劝几句。此后，就任由潘小真望着河水去想她的心事。

潘小真一直在想，要不要给刘大成找个中医看看？

潘小真早早下了渡轮，还真跑到黄中医那里去了。黄中医还没等潘小真说完情由，就张旭体药谱画出一张，真正的大手笔！好家伙！虎鞭，鹿茸，锁阳，苁蓉，该用的全部用上了。

潘小真足足提了两大包。

"两个疗程！放心！不出三天，肯定见效！"

黄中医淡然一笑。开这类药方，他总能看出女人的疯狂和需要。

第二十三章　崔媛媛

潘小真守着液化气炉，控着小火，煎药。刘大成初还诧异，接着也就明白了。

作为男人，他同样为自己突然被击打退潮的生理感到了危险。他也想搞清楚，自己突然变得阳痿，到底是因为崔媛媛的缘故，还是他的身体本能已经涸枯？

他需要潘小真把他从死寂中复活！

没有欲望的男人，根本就不再是人！

可他虽然不再勃起，但满脑袋依旧是崔媛媛好几次在他面前转动的谄媚，如果不是崔媛媛有一次想请他到蓝宝石独饮，他还发现不了眼前这个女人其实早就对他萌发了想进一步获取生理需要的基础。

说实话，他能下胆将干部用餐搬进凯撒龙，还就因为崔媛媛说徐冬芳是她的表姐。而事实上，徐冬芳也并非崔媛媛的表姐，她们只是名不副实的假老乡而已。

崔媛媛之前是百货公司卖货的。有一天上面指示开辟个外贸专柜，由她站柜。这不，专跑外贸的徐冬芳就和崔媛媛扯上了关系。崔媛媛长得确有几分姿色，否则，也不会被委派到外贸专柜前站柜。老城里面到底有没有前来专柜消费的老外，咱不清楚，但一大批经外贸部门严格审批并免税降税处理的进出口外贸物资确实出现在了南关百货公司比较气派的柜场里面。

接到这个委任的时候，崔媛媛还着实高兴了一阵。高兴之余，她还被派往百货公司下的外贸局培训了一番。崔媛媛就像突然要到党校去学习的干部,有种瞬间被提拔重用的感觉。

崔媛媛按照指示果然走进了外贸局,接待她的正是宛然十里洋场正春风得意的徐冬芳。

徐冬芳能进外贸局,就因为她妈是英语老师,而拥有先天遗传的她还没有考上师范外语专业就已经能够说出一口流利的外语了。毕业以后本来是到学校任教的,但恰逢外贸局要搞一批外贸干部培训,经徐冬芳妈妈托人引荐,她就到了这个培训机构专门给一帮不会 ABC 的人搞起了 ABC 训练,顺势也就留到了这个机构。开始还有理想抱负,但当英语训练仅仅停留到 ABC 组合,"GOOD MORNING""GOOD AFTERNOON""GOOD NIGHT""GOOD BAY"等最简单的日常用语中时,气质独特并天然有股洋性的徐冬芳终于感觉到了什么叫"英雄无用武之地"。

但从时代而言,能够 GOOD 这,GOOD 那,已经是一场划时代的进,既表明国家已经开放了,同时也表明老城里面极有可能大规模出现前来投资消费的老外。

老外到底涌来多少,徐芳冬没有估计过,的确是涌来了些,但国家开放却是写进宪法里的事实和大义。外贸机构拥有先声夺人的优势。虽然外语培训没有令她一展洋性扬声的用武之地,但动不动就发到手的福利,几乎令她瞠目结舌。这个以前从来没有听过的单位,好得简直令人窒息,好得就连她妈也没有想到。而她妈之所以能够将她推荐到这里,还不是因为外贸主任和她妈是师范院校的近水同桌。

按徐冬芳爹的描述,那时候如果不是他更优秀,她妈差点就成为外贸主任的囊中之物。她爹教政治,一般老师。而那个没有获得徐妈妈芳心的外贸局高主任,却一路直上。他还没有评上高级,人家就已经副职试用,结果外贸一火,高主任外语科班出身的优势,迅速让他进一步地青云直上了。

为了顾念旧情和表达自己的进步,偶然机会,当两个临水而居的同桌在同学聚会中阐释各自的未来的时候,高主任边问边答应:"为什么不让孩子到非教育单位来工作呢？"

"非教育单位哪个要？冬芳可是走得教育类的专项指标，必须回到教育岗位。"

高主任微微一笑。指标也可以迁徙，候鸟的春天早就到了。

正好组建和理顺外贸外项业务，高主任也就特意搞了个外贸培训，而学习出色，自小就有洋气场的徐冬芳当然也就进了外贸比教育更需要专干的迁徙轨道。

她出乎意料地在她妈和高主任差点旧情复燃的老马路上，进入了命运的快车道。

说实话，当时她还固执并错误地迁怨自己被从酷爱通过英语歌唱来促进教学的教育梦想中被挪移到一个既没有教室也没有学生也不见洋人的非梦想之地。结果，当第一批福利以超乎想象的姿态惴惴而激动地领到手里的时候，上帝，我被命运意外地眷顾了！

徐冬芳甚至想也没有想就到百货公司当场给自己买了一件衣裳，那件她垂涎已久的高领毛衣。冬天刚到，她就芳华灼目，就连高主任都不敢相信她竟然有超胜于她妈的气质。

徐冬芳的洋性气质大幅度提升并惹人注目不说，而且外贸局，又持续培训培养了一批接一批的外贸干部。徐冬芳的工作何止是成绩斐然，简直是取得了触目惊心的成就。对外开放的脚步越迈越大。往人民百货公司开辟外贸专柜的宏伟计划，也从高主任架着金丝边眼镜的老目深视之下，适时地实施了。因为比起搞培训并正常地收放福利，搞外贸专柜还有更加巨大的隐形福利。

这个福利到底隐了多大的形，开始时就连徐冬芳都无法估计。原来，那么名贵的东西，到了她和他们的手里，竟然便宜得像个"假货"一样。出口转内销，外贸专柜已经成为人民百货中的大景象，而且价格可以人为浮动。

徐冬芳既作为外贸培训专干照常领受原工资和福利，现在还可以作为独立实体展开这个为国家计的出口转内销的贸易运动。她还没有准备好，就已经成为富人了，气质愈发洋派而卓越。她简直对她妈妈那个旧爱高主任无比感激，如果不是她妈硬夹在中间，她都不知道自己会和高主任贴近到什么程度。可诚然如此，在她眼里，高主任已经不再是她妈妈的旧同桌。而在高主任眼里，徐冬芳也已经不再是徐妈妈的大姑娘。她和高主任就此产生了暧昧但却又充满距离的联系。

为了不让更多的人知道这个出口转内销的秘密，徐经理竟然突然启智，将外贸专柜的设定以单位实体的方式拿出来与人民百货公司进行了联营合作。这在资本形式上已经有了对外合资的雏形。百货公司何乐而不为呢，不仅辟出最敞亮显赫的专场场地，而且派出本系统最具姿色的崔媛媛同志干具体外贸工作。

一直站深内柜台的崔媛媛说啥都没有想到，凤凰也有出窝的时候。自从认识了徐冬芳，她感觉到自己已经变了。她迅速就和徐经理扯上了关系，尤其被强调出来，她们的爷爷辈其实都是从东北往西北过来搞支援的。

崔媛媛长得萼婷亮丽，不用加工，就能流逸出性感的身段。由她站这个柜台，当之无愧。外贸专柜不仅专售衣服、针织、毛巾、化妆品这些日常而气派的被冠以洋性的东西，而且出口贸易中还涉及更隐形也更大的一块油和粮食的生意。未来的皋城人，可能一不小心吃到的就是"洋粮"和"洋油"哦！

这不，通过高主任，徐冬芳就认识了潘小真的大姑夫。作为隐秘交易，潘小真也就被悄悄引渡进了外贸岗位上。为怕争议，潘小真的人事关系留在外贸，但她可以来上班，也可以不来上班，最好是不要来上班。因为她的形象太"卓著"了，这不适合外贸局一向对干部的引进和适用。

于是，自小养尊处优的潘小真听说有工作还可以不上班，高兴得像只突然脱水的鹅一样，于是乎，终日和她那一班古城姐妹度华丽时光于黄河渡轮，欣欣然，如游梦境。

崔媛媛将外贸专柜站得极好。可以说，让徐冬芳得心应手。徐冬芳该赚的该拿的都稳稳到手了。结果这一年冬天，就因为外贸期货，她认识了台湾出身并将生意已经做到欧洲意大利罗马——凯撒故地的华人老板刘先生。凯撒龙之梦的圆舞曲很快就被奏响，天生具有洋性的徐冬芳需要这个更势派的坐标和气场。甚至，她没有出一分钱，仅仅和这个身体略弱的刘先生进行了一夜似有似无的浪漫夜会,财大气雅,据说和林青霞一起吃过饭合过影的刘先生,就甩出一笔钱,让徐冬芳搞一个华盛帝国——"凯撒龙"出来。

第一个合资形式出现的餐饮带娱乐的实体——凯撒龙,就此进入了这座老城的历史。

外贸专柜还搞吗?

不搞了!

因为徐冬芳根本没有这个精力了,她无心顾及这个小水池。再则自己不到场地让崔媛媛去搞,她担心这个流淌着妩媚野性的东北后裔,知道太多的内幕以后,对她不利。

外贸专柜以合作到期的方式冠冕堂皇地撤了。被冠以外贸之花的崔媛媛自然要退回到她原来的岗位,可原来的岗位已经换上了新人,她到哪里去呢?

其时,改革的步伐已经越走越猛。下岗择岗的论题已经从学术界出现到了内参上,并且从内参逐渐被登上了人民日报的头条。崔媛媛的危机不经意间就已经来临。

天要绝人?

崔媛媛在这个命运的节骨眼上,终于想到了一个人,即潘小真的大姑父余厅长。徐冬芳何止一次让崔媛媛认识潘小真的大姑夫,为了让自己的出口转内销做得更顺更大更流畅,她几乎每周都会拉着崔媛媛和高主任一起打牌唱歌走夜场。既然领导担心外面的"三陪"产生不利影响,那就让她们陪。

崔媛媛很快上手。束身律己的余厅长时间久了,竟然对崔媛媛产生了曼妙的依赖和幻想,只是还没有胆量和机会进一步动手。顶多搂到怀里跳跳舞,这算一陪;一起吃个饭,那算二陪;可第三陪呢?

余厅长等待的第三陪终于随着外贸专柜的历史性撤退而来临了。精神苦闷的崔媛媛终于在一次唱歌跳舞时,酒后向老余表达了自己的忧境。老余微妙地听着,不时地点头。

他点什么头?难道宁愿让她接受这样的处境吗?

老余散场了，崔媛媛当然送出歌楼。照常老余是要按时回家的，可出行前老余却说他还要去加个班。崔媛媛说，有没有她可以效劳的地方？老余笑笑。"哪敢劳这芳华千金。就是个材料。出差前需要整理一下。"

崔一听就明白，这个班她可以帮助他加。于是，溢着外贸的暖香和被美酒恍惚的身心，崔媛媛第一次踏进了粮食局大楼的大门，并且神不知鬼不觉地踏到了老余的办公室。就在一排布艺沙发上面，她和老余进行了一场跨世纪的"加班"。

老余开会的材料还需要她来整理吗？刘大成副主任作为专职司机和主任早就弄得像不扣扳机就能射出去的子弹和枪。

自从这场神秘的"加班"之后，崔媛媛就克服了眼前的危机。不久，她就到粮食局报到并上班了。不过，意外的是，余主任这次出差之后，不久也往人大上任去了。而刘大成主任也顺利升迁了。

崔媛媛刚往粮食局入柜，就将自己彻底暴露到了刘主任明锐而又冷静的目光里。按说老余能把崔媛媛放进办公室里，就因为那"加班"的伟大记忆和刘大成是他养大的虎子。他人虽然走了，可人留到办公室。有刘大成在，他还有什么放心不下的呢？

为了让刘大成快速上手，他临走之前还放权给办公室：办公室消费，不需一把手签字，由办公室主任代签以后，就可直接进行财务报销。他这样放权其实是为了能够让刘大成必要的时候向自己和家人履行方便。

可这个精明能干一丝不苟的刘大成，自从见到崔媛媛以后，却不知道被什么东西冲昏了头脑。这个女专柜一出现，他就闪忘了大姑夫余厅长，而想起了自己文工团里让他失恋的女人——梁燕子。

余厅长是他姑夫，余厅长能告诉他，崔媛媛其实是和他一起加过班的女人吗？

凯撒龙如日中天。但为了更加中天，徐冬芳需要往这里引进中天大户。粮食局这个让民以食为天的单位自然成为她必须攻下来的城池。老余走了，但还有崔媛媛这个卧底。于是，仗了老余在另外场合的蜜月般的提醒，徐总终于明白，只要崔媛媛向刘大成提醒一下，粮食局里的应酬就可以从兰山饭店移到凯撒龙。

可刚刚入柜不久的崔媛媛并没有把这套政治艺术修炼到手。她总是担心，老余走了，自己会不会在新贵面前下岗。所以，虽然徐总提示了她几次，单位的派饭还是被安排在了兰山饭店。最后，当徐总再次提醒她进粮食局完全是因为外贸专柜历史性卡拉OK圣战的结果后，她才硬着头皮想到刘大成面前一试。

可如何更有把握地接近刘大成呢？她只能拿出站柜的基础和本能。岂料，貌似威严的刘大成，那一刻内心正等待着这个新来的办公室成员能以私人的形象气质和身份站到他的面前。

崔媛媛被迫向刘大成显露出示娇和谄媚。说到底，不就因为徐冬芳向崔媛媛介绍认识了潘小真的大姑父，从而一夜"加班"之后，使崔媛媛理所当然地留进了粮食局吗？因此，徐既以"国女"待之，崔媛媛也就想方设法地想报答这个"表姐"！

事实上，徐冬芳和潘小真曾经是同一系统的。徐冬芳之所以能够搞起这个凯撒龙，还就因为她在外贸局工作的时候，认识了当时到老城来投资的外资老板。她只用一个不需要反思的夜晚，就让这个华人出身的"老外"在西关什子直盯的繁华地带投资搞起了一个闻名遐迩的凯撒龙！潘小真不知道徐冬芳，但徐冬芳绝对知道潘小真。

如果不是刘大成后来出了事。刘大成说啥也没有想到自己一生所犯的最忌讳的事情就是：原来是动了人家潘家大姑爷的奶酪。崔媛媛是人家的人！就算他平时不用，但也绝对不能让别人去用！他真是吃了熊心豹子胆了！

第二十四章 心疾

潘小真按照黄中医的指示,细火煎熬,恭敬地把汤药端给刘大成。刘大成一愣,吃什么药?他有病吗?潘小真笑笑。没病!给你补补!这不是中药,而是补药!他没有多想!补就补!补好了!不就亮化自信了吗?有共产主义政治理想的男人,绝对不能在一个女人面前倒下。

潘小真的补药刘大成确实如实地喝了,但并没有如黄中医所说的不出三天就会见效。因为里面放的东西确实比较充分,所以,潘小真如常地在黎明前挑逗已经喝过药的刘大成,可亲爱的刘大成就是不像雄鸡报晓时黎明的天空。又过了一个疗程,还是不见效。潘小真有些惶急,该不会是黄中医开错了药,让刘大成吃错药了吧。她急急跑进黄中医家,汇报了用药的情况。结果老中医冷冰冰地说,哪有一天就吃胖的,那总得有个过程。他不是说三天就会见效吗?潘小真本来想质问一句,可又怕中医生了气,真个故意把药开错,让刘大成吃错了药。

黄中医重新又开出药方。内容愈加丰富了,不仅有动物的器官和肢体,而且还有石块一样的东西,好像是白垩纪的化石。这中医竟然开出明矾一类的化学药物,难道要让她去炼丹?

既然药新置了,再试上一个疗程再说。于是,第二个疗程启航了。这次潘小真倒也耐心,不急着一天两天,用完一个疗程再说。可一个疗程完了,刘大成依旧是一只被黎明和黑暗彻底斗败的公鸡。不要说打鸣了,就是滴颗眼泪,都很艰难。

潘小真惶恐得绝望了。她还要不要到黄中医那里去了呢?

再去一趟，至少这次要问问清楚，万一不行，就再换个医生。可老城里黄中医治这病是江湖独大，人家可是世家，莫说是阳痿早泄这类浅表的病症了，就是不精不孕，他都能药到病除，龙出升天！世界上哪里还有比黄中医更好的医生呢？

潘小真硬着头皮去了。刚一进去，黄中医就开口说话了："莫不是还没效果？"中医的话是有艺术的，这问句可含双意：如果应了，那说明他早料到了；若不应了，也说明他早就料到了。

潘小真惴惴点点头，不料却说出个"效果不大"。本来就毫无效果，她偏偏说出个"效果不大"，言外之意，就是还有效果。中医有点暗自庆幸，至少潘小真反馈的信息，没有颠覆他的名望和医术。他于是又给潘小真开出一副，这一次既没有动物肢体，也没有化学药物，而是纯纯的草木。潘小真哪里识得这些东西？于是像揣着《本草纲目》一样，回去了。

慢火细炖，就像时间煮雨一样，刘大成也如实地把药喝了。一个疗程又过去了，这只不再打鸣的公鸡，宛然退化成了一只老母鸡，就连上厕所，也直接坐到了马桶架上，哼哼唧唧拉不出来，尿尿不出来。

他难道真的已经成了太监？

潘小真彻底绝望了。

而比潘小真更绝望的却是刘大成同志。

我的天哪！崔媛媛对人的打击会有这么大吗？闹个情绪沮丧神亏气损也就可以了，怎么把一只雄鸡直接从本能上给阉了呢？据说太监虽然没有那个东西，但看到皇帝和皇后相互发飙的时候，也会使自己的身体在欲火的煎熬中反复扭曲。他怎么连个太监都不如了呢？

潘小真第四次直下中医堂。黄中医一看，就知道效果不大。潘小真还没有开口，黄中医就说：他这是不药之疾！

不药之疾？

什么意思？

难道已经无药可救？

潘小真震惊。

当然不是！他这不是通过吃药就能治的。他这是心疾！

第二十四章 心疾

什么是心疾？

就是心里有病！

那怎么办？

黄中医反复看了看潘小真肥硕的已经变了形的身子，诡秘地一笑，要不换个别的试试？

还要换？

不是不药之疾吗？

黄中医会心地笑笑。他不是会了潘小真的心，而是会了自己的心。家里顶上这么个婆姨，那当过兵的，再硬也迟早都得卸枪。

黄中医在阴郁地笑，而潘小真则还在等中医的答案。她还以为黄中医会开出个奇方，比如无源之水什么的。可中医迟迟未动。潘小真像只快要发情的母虎一样一直盯着。黄中医终于抛出一句："心疾就得当心病来医。回去吧！药暂停一段时间再说。"

停药了！

不仅不再出奇招，另开他方，而且直接停药了！

事实证明，黄中医还是料事如神的神医。他早该告诉潘小真刘大成患的是不药之疾。

潘小真回去了。回去的路上，她就打定主意，不能再看中医，这都是幌人的东西。不如住院，看西医。可怎么做刘大成的工作呢？

其实，黄中医的意思，是另外一个意思，让他换个别的方法试试。如果激发刘大成的不是眼前这个肥头大耳差点就变成猪八戒的潘小真，而是风情绰约而又妩媚放荡的潘金莲，刘大成会不会突然就会咆哮了呢？

换个别的方法试试，黄中医的意思是让刘大成换个能够激发他情欲的地方，比如跳情色钢管舞的会所或摸吧，再比如有色情按摩服务的水吧或者洗浴中心。

可潘小真愣是没有领悟到这里。

第二十五章　"甚至一次也不能踏进同一条河流"

刘大成的药停了，这反倒让他松了一口气。好家伙，一天三大碗汤药，就像上古神兽的体脏熬的，全是肉汤。哪里还有心思吃饭，光药都喝饱了。

刘大成的外部活动骤减。不是骤减，而是直线跌停。他又像是回到了军营里面，按时作息，按部就班，和潘小真一样，几乎养成了十点就睡的习惯。只是黎明自己能够醒来，那只雄鸡不再打鸣。

说实话，身边躺个潘小真每天早晨都为"早晨时刻"复苏预热，他还真希望这东西永久地沉睡下去。刘大成越是没有了欲望，崔媛媛也就从他记忆中退化得越快。他还相当年轻呢，就已经老了。那些上古肉汤没有造就今早复兴的奇迹，但却把他养了个白白胖胖。

刘大成那东西不成了，反而人更富态了，只是办公室里再也没有活力。送过来的材料，他看也无心看，就让小韩统统拿过去处理。只要不违背方针政策，只要不违背领导讲话，就由小韩一人把关。

他想清静。

办公室变成了方丈屋，办公楼仿佛个寺庙。

小韩，韩柱冰，和温长庆在粮食学校不分伯仲，名列前茅，同等风云的人物，差点就取代温长庆留校。可以说，温长庆因为丽丽而选择留在了学校，而韩柱冰则因学校推荐而进了主管粮食学校的这个机构——省粮食局。

粮食学校严格来说，是粮食局的下属单位，所以每年都会有1~2个名额收留粮食学校培养出来的优秀学生。安丽丽能进粮食局，当然是因为这层行政关系。当然，最关键的是，师兄和班主任兼具的温长庆为了让安丽丽能够留校，可是煞费苦心，处处都帮助安丽丽，把安丽丽培养成了粮食学校学生中数一数二的人物。

刘大成把办公室里由他系统把握的材料统统让韩柱冰同志处理，这对韩柱冰来说无疑是最风光的奖励。这里面蕴含着巨大的信息：信任！迅速上位！被培养！随时被提拔！

就在刘大成征服大世界的欲望彻底溃坍的时候，韩柱冰反倒感觉到自己命运的第二个春天来了！第一春乃留粮食局！第二春乃被刘大成彻底重视！

小韩同志自被刘大成叫进办公室委以重任，并同时把领导讲话稿和上批下达的材料收发权以完全授权的方式委托给他以后，他整个人不是被工作压垮了，而是突然像吃了补药，干什么都特得劲，不因别的，就因为他对人生事业充满了期待。

刘大成交付工作就像交代遗嘱一样，而韩柱冰接受任务就像被皇帝诰命一样。

刘大成把自己窝进办公室里，不多走动。吃了黄中医的药还有个奇效，就是一长串绵延不息的瞌睡。这老东西，当真神医：一、吃了药可以不吃饭，不想吃饭；二、引领睡眠，而且不盗梦。就算偶尔被一股小阴风破开了窗户，或主管领导紧急打来了电话，将他从安睡中惊醒，刘大成除过意外蹙起神经，如先初从车队踏进办公室一样，又复精明外，很快就又窝进禅房长椅中去了。这药真奇怪，可以让突然醒来的人继续接着睡，继续不盗汗不盗梦。

他被黄中医熬成了个圣人，也因此被熬干了兽欲。

按说在刘大成逐渐衰变为一个废物的过程里，潘小真借此该憔悴下去才对。

潘小真的确是像煎药一样被事实煎熬了一长阵，可她并没有憔悴。没有憔悴，也就没有消瘦。没有消瘦，也就是说潘小真在刘大成完整的时候是个什么样子，刘大成成了废物以后还是个什么样子。

她为什么就没有消瘦了呢？

　　或许，在潘小真眼里，这个几乎已经在中医理论里成为废物的男人，恰恰治了她的心病。"人不能两次踏进同一条河流"，而成了废物以后的刘大成现在就连一条河流都踏不进去了。潘小真宁愿他一条河都踏不进去，也不愿承受对"两次踏进同一条河流"的忧虑。

　　她反倒是欣赏起了刘大成这个帅哥被身体和中药双重塑造出来的圣人模样。既美美富富，又像个僧人一样。她想尽快通过西医手术来治愈刘大成的冲动，等到她冲上人民医院第十三楼的时候，就已经退逝了。治好他是对的。为了治好他，她不辞羞涩尴尬和艰辛地一次次跑去找黄中医，是对的。但为自己治好了他，同时也为别人治好了他，这就不对了！

　　也就是说，黄中医说，停药！做无药之治的尚方理论是对的！

　　刘大成成了圣人。这一天，潘小真把最后一碗上古海汤温火熬好之后，突然长吁出一口气。她终于可以出狱了。

　　那帮姐妹不知道在黄河渡轮上等了她多少个春秋。没有潘小真肥丽靓影光幸的渡轮哪叫渡轮？！没有潘小真瞭望过的黄河哪叫黄河？！没有潘小真聚气的圈子哪叫圈子？！

　　一进门，她放下药，将那些药渣像垃圾一样统统倒进楼道垃圾洞里以后，就像突然卸掉了最令生命不快的往事。她像只欢乐的孔雀一样，穿着肥大的开屏的粉红的摇摆裙，飞下楼去，洒脱地一叫，便直飞黄河渡轮去了。

　　那一天她玩了个尽兴，简直无忧无虑，而且横竖是个胡，仿佛一个瞬间，就把自己失去的东西全都赢回来了。都已经暮沉了，她还不想回家，不想让时间再流逝。她想来个夜战，可惜，其他人实在是扛不住了。

　　数月不见的潘小真不仅回来了，而且大变。她怎么突然变得无牵挂，既不为形役，也不为物累？他们家刘大成到底把她怎么了？这婆娘在黄河水岸上简直就是一股喜流。她神经里头仿佛跑着一匹白马一样。

　　其实，潘小真突然这样，突然能够这样，就连她自己都没有意识到，她正在逃避刘大成的世界。只有在这条河岸上,她才能感受到一个没有寂死的世界。她既要让水流,同时又要要求水不动。而停泊在黄河水中的这只从来都不会位移的渡轮,就是她魂归臆想的"形而上学"的世界。

第二十六章 三楼上到底有什么？

每到十点，潘小真准时睡觉。没有了熬药的工作，她瞬间就长出了自我解放的羽翅。她已经陷于绝望，也因此不再为刘大成和自己的生活配备希望。如果此刻的刘大成是个圣人的话，她，潘小真就是圣人浑天仪中灵灵旋转的圣女天使。

或许是已经固若金汤的肉体记忆，每天黎明时，潘小真还是会本能地伸出手去，往刘大成那只已经枯萎的鸟身上一放，摸摸，触触，它还在，还如原初一样。她放心了，接着，放下手，掉转身，又香浓地睡去了。就连刘大成起来坐到马桶上像个女人一样尿尿，她都再也不知道了。

她睡足了，让身体的脂肪彻底舒展开了，才又像只开屏的孔雀唱着灵歌儿，往她的那条流而不动的河面上踏去。她变了，变得更加投入了。说实话，没有潘小真，大家都觉得渡轮之修缺味，但自从潘小真把游戏当成生活以后，她们都有些陪不住了。

古城越来越灯红酒绿。凯撒龙已经超过兰山饭店，成为时尚的标志。潘小真去吗？当然去！她赢了那么多，而且还在持续赢。这大把大把的钱，不往凯撒龙里消费，怎么把这些玩偶聚到一处？

潘小真是赢了，但赢来的，她统统以凯撒龙高级消费的方式统统又分发到各姐妹的胃肠当中去了。为此，就算令人陪不住的潘小真，也始终引不起她们的厌恶。她们相反对潘小真更爱了。

潘小真不用上班，就可以拿到很高的福利和工资。她们不是羡慕，而是为潘小真高兴。因为她们也几乎和潘小真一样，在这条渡轮上玩着耍着，不用上班，就可以入囊享不尽的福利。能和潘小真每天在一起渡"蜜月"的，也只有达到这种条件的人，只有她们才能在黄河渡轮上上线！这才是她们的身价！也是不通过沾沾自喜就能持续性大喜的意义！有时候，工资在她们眼里那叫个啥。能和潘小真走到一起，严格来说，潘小真能和她们走到一起，她们哪个人身后没有几把刷子呢？这真是一个建立在贫民窟里面的贵族共和国。这个渡轮虽然不是富人的帝国，但绝对是不劳而获者的王国。她们同时在这里享受着：流而不动！

潘小真她们在凯撒龙的消费固定在一楼火锅店。虽然这么豪门的一个饭店，但当潘小真她们从黄河渡轮上款款下来的时候，也有没有座位的时候。为此，潘小真很是烦火。为了便宜，为了舒服，为了面子，为了大姐大，为了不让自卑再情不自禁地浮出水面，为了一到凯撒龙，就有凯撒大帝的宽阔王庭开敞着接客，潘小真在一次结账的时候，直说自己是外贸的。

这可把徐冬芳暗惊了一跳。她怎么知道我的底细？不经意间，徐冬芳竟然给潘小真免费。潘小真也是一愣，这妹子真大度，是个能做大生意的人。随之，就说，从此以后，凯撒龙就是她们的世界。

当徐冬芳请问潘小真的贵姓的时候，潘小真不假思索，说姓潘！名叫潘小真！徐冬芳大惊！原来她就是潘小真！潘小真的姑父不就是余主任吗？

徐冬芳忍住惊愕，愈发觉得自己给潘小真免单简直是神来之笔。不过，当潘小真透露了单位和姓名之后，无论从表情还是从言论上看出她对徐冬芳一无所知的时候，徐总终于放心了。她倒不是害怕什么，只是觉得自己眼前的胜利在背后隐着一个随时让人不安的黑洞。她的眼前和她的背后似乎不成比例。为此，她最不愿的就是让别人知道她的背后。

潘小真一行从凯撒龙出来了。潘小真还在姐妹们面前炫耀免单的优待时，徐冬芳已经礼貌而得体地送出门来，直言凯撒大厅邻侧的玛丽厅就是为潘小真等贵妇凡来必入而准备的。那可是"帝后"之位！徐冬芳说啥也没有想到在刘大成被崔媛媛拉进凯撒龙终生消费以后，另一个到凯撒龙终生消费的竟然就是刘大成的婆姨：潘小真！但介于这是绝对的商业秘密，徐冬芳没有向刘大成，也不会向刘大成透露半个字。后来，徐冬芳让刘大成移驾二楼凯撒西洋厅，就是为了预防刘大成和潘小真极有可能的照面。

当然，凯撒龙还有三楼呢？既然餐饮和娱乐一体，没有娱乐怎么行呢？

刘大成还没有被徐冬芳调度到三楼上去。

三楼上到底有什么？徐冬芳没有说过，刘大成当然也还不知道。凯撒龙高三楼就像城堡一样神秘。据说，三楼上寄生着一群真正凯撒大帝的女人们。老城里最早来的一批白俄罗斯少女，就隐藏在"凯撒"的王宫里。那里才是就连古老凯撒都没有征服的西伯利亚风景线。

第二十七章　徐冬芳

潘小真随后即入凯撒龙玛丽厅,似乎填补了刘大成突然不去凯撒龙享受的现象断层。

刘大成怎么不来了?

徐冬芳确实有些疑虑。据线报,崔媛媛怀孕了。怪不得她在她面前也不联系,不来了?原来自己把自己玩被动了!她还没有结婚呢?肚子怎么就被搞大了?站柜的永远都是站柜的,就那个寒酸命,自己把自己往窟窿里掉,而且是往冰窟窿里掉。

她肚子是被谁搞大的?徐冬芳随之一怵。她迅速细想和崔媛媛走到一起的男人。这伙男人现在都在凯撒龙隐秘的王国里呢。崔媛媛的肚子如果真是这里的某一个老鬼搞大的,他们不可能玩得这么冷静,而且玩得那么尽兴。

莫非是被刘大成搞大的?想到这一点的时候,徐冬芳不是笑了,而是一怵。她也不知道自己怎么就本能地一怵。因为,她第一眼见到刘大成的时候,身体的下方竟然湿了。

她好久没有想和男人主动做爱的冲动了。可刘大成的西装革履和那个保持钢铁战士风格的板寸,说实话让她兴奋。

自从经营凯撒龙后,她就学会了节制。这是一个大场面!不是小情调。这里来的都是深不可测的显贵。自己必须以超越的女性形象挺立在他们面前。她可以引发男人的动,但自己绝对不能动。一动就会进入缺陷,进入经营大场面的缺陷。

她像个处女一样想把自己包封起来。这么多年的营略使她深深地认识到：她的成功不是因为自己的才能和机遇，更主要的是她的洋性气质和东方女人的含蕴已经完美地结合。说白了，机会对于每个人都是公正的，不过，不公正性就在于各人把握机会的能力。为了把握到机会，她没有想到就因为自己的洋性开放和古典敛束，大把大把的机会竟然就跑到她面前来了。许多有钱有势的男人都想到她面前一试。

　　她开始以为自己只是一个或有或无的华裔老外的情妇。可不久就发现，她到底算他的情人呢？还是算他的情妇？她突然觉得不好界定。在真理的曲线上，能够支持她干这么大事业的那个华裔，当最终问题被复杂化后，她可以把他处理为朋友，甚至不处理为朋友，只处理为改革开放政策镜像下的中外合作伙伴。

　　高主任对她依旧。但她的生意突然做这么大，胆子也这么大，他其实也有些蒙了。说实话，他还不具备这个能力，这么大的场面他根本就罩不住。徐冬芳背后一定有一个更大的人物，甚至不在皋城……

　　幸亏，他和徐冬芳的妈妈有大学暗恋的蜜涩经历，所以对于徐冬芳背后有个无形的搂着她的腰的手臂，没有产生过盛的情绪激动。他顶多有股酸劲。接着，就在徐冬芳离场的暗示中，他和连凯撒都没有抚摸过的乌克兰美女泡在了一起。唉！可惜身体不怎么行了。老头子默默地捉摸着古典语文和英语的优劣，并借题意会中西男人的生物学体格。他谑着得出个结论：和他一样的中国男人，面对西洋女人，唯其也只不过摸摸而已。下面太陈旧了，他实在是没有办法！惹得乌克兰女神经常笑，天真的笑，不带嘲笑的笑，充满游戏感的笑。

　　凯撒龙的合资情况，他当然清楚，这也是他来凯撒龙神秘大三楼尽情挥发徐冬芳的妈妈遗留到他生命憾缺中的甜蜜的毒汁的正当理由。说实话，他也很憎恨自己为何就像吸毒上了瘾一样，偏偏天天想的就是这个地方而不是办公室。工作？他的党性哪里去了？他还对着"马恩列斯"起过誓呢！可他偏偏就像被历史亏欠得太多一样，仿佛必须通过到这里，以这种方式，才能把命运的凋谢之花重新从大地上开出来。

　　世界变化太快了，尤其在外贸口上，世界很快就会变成且已经变成十里洋场。在国家开放之前，必须先让自己开放，才能与时俱进，为革命重新杀开一条血路。这样想想，他仿佛又理得了。心虽然还不太安！但很快随着乌克兰少女迷人的微笑，他什么都不想了。不是不想了，而是很快就忘记了。这群俄国少女，就像想象中的咔秋莎一样，也来自曾经伟大华盛的社会主义国家。她们自己走偏了道路，结果在自己的母邦当中再也得不到安慰，于是偷渡来到咱们伟大的祖国，重新投入健康成长的社会主义事业的坚强怀抱。如果不是因为她们念旧，她们怎么可能东渡，来这里欢笑？高主任这样一想，不禁又为祖国选择的道路和面向世界的态度获得了政治上的自豪和忠信。他现在怀里抱着俄罗斯少女，就像怀抱着不慎被打碎的真理的花瓶一样。这是文明的遗产，而不是一个风情万种，只会用身体表达存在的妓女。

　　高主任瞬间就用无奈的身体把自己弄高调了。他不是通过她们来安慰自己，而是他正在安慰她们。孩子！别哭！社会主义伯伯还在呢！抱紧点！不要笑！更不要哭！虽然喝不上奶汁，但乳房还在，坚硬的乳房还在，就像真理一样！

第二十八章　韩柱冰

突然有一天,"神迹"出现了,刘大成复活了。潘小真看着那根神器,热泪盈眶。

刘大成上了神梯,穿过神道,一只神脚还没有跨进办公室门,另一只神脚就把小韩叫进了办公室。韩柱冰?韩冰柱?小韩都工作快三年了,刘大成还把他的名字颠倒着记。韩柱冰!韩冰柱!狗日的,竟想用一个寒冬,一层薄冰,就想把神庙毁了,神枪冻碎。门都没有!神庙已经耸起来了!锅盖头已经复原,天庭已经暴露真相了。太阳早出来了!狗日的!

刘大成像个诗人一样,跨着门槛暗自笑骂。

韩柱冰像团小旋风一样,侧着身子快速游来了。幸亏,他近着墙壁,楼道里又窄,不然,你会怀疑,这小子走路时,不是在走,而是在跳,不是在跳,而是在旋转,他脚后跟好像从不着地,像春姑娘要跳天鹅湖一样,一幅乡村芭蕾的出镜形象。

他怎么老是贴着墙壁走路呢?仿佛不贴近些,自身就会从高空里跌下去。也许是自己瘦的缘故,也许过去一直贴着墙壁学习的缘故,他喜欢贴壁,身子一侧,像是随时都要面壁。

小韩走路,尤其从楼道往刘大成办公室走的时候,身子就侧得更厉害了,仿佛刘大成的这个办公室有磁性,而他又像只干蝴蝶从斜风当中被吸到地面。他欣欣然像只神鹅来到了刘大成面前。刘主任还没有这么洪亮地叫过自己呢。虽然只叫个"小韩"!但能够如此洪亮地叫已经够了!这意味着刘大成主任不只把他当成心腹,而且当面向系统摆置出与他的关系,被器重不说,而且就像叫家人一样叫上了。

刘大成当然能够看出他那副得意的姿态,心里暗笑。他突然觉得小韩就像个小丑一样。

连小韩的暗自得意,刘大成都能看得出来?

当然!

他现在已经是刘神!

他想限制一下小韩的得意,毕竟他一直都在控制自己的得势,不能让这家伙再把自己感染起来。刘大成僵住了满脸的笑。就算暗笑,那股对人有些轻卑的笑,他也要迅速藏起来,以显示出自己面向存在的沉重。

小韩已经近身。

"材料呢?"

小韩一愣。还当什么事?哪个材料?他要哪一个?小韩像被一股冷热风突然打愣的歪头鹅。他的确在刘大成面前愣住了。

这个的确愣住不是因为材料,而是刘主任突然变相了。这个相应该是指神,即神气。

刘大成在他眼里有变化吗?当然有变化!自从崔媛媛被作为奖励性处罚遣送支教以后,刘大成就渐渐地像只蝉一样消匿了。昔日荣光的板寸已经长成了个锅盖头,莫说西装革履了,就连皮鞋都懒得擦。革命军人追求朴素?可革命军人追求的朴素,不是邋遢,而是精神,是简单的辉煌!可刘大成变成那样,既不朴素,也不辉煌。尤其,那个锅盖头,彻底吞没了刘主任彪炳气象,一个革命党人,好像变成一个通缉犯了。瞅那股蔫劲,就连通辑犯都算不上,贵族变平民,平民变乞丐,这个过程倒像。

韩柱冰虽然看着对"现象"不善捕获,但他对刘主任的"变化"却是敏感、敏锐而充满想象的,只是这个变化太快。平常刘主任是不这么大声叫的。他一个内部电话,就把他像闪电一样秘密地招来了!这样嚣叫着,就像替他向办公室老员工们叫阵!

韩柱冰一愣的当儿,迅速地再次当面捕获到了刘主任的"变化"。他素寂已久的形象中,仿佛被镶进了一颗核弹,好像快要爆炸了,单那声音就有一股十足的火药味。当然,刘主任的火药味不是用来打仗的,而是用来鸣放欢乐颂的。

韩柱冰的"一愣"当然也与材料有关。自从刘大成主任钦点他处理办公室所有材料以后,韩柱冰就像得了宝一样。你可知道,有些材料可是报给一把手直接看的。韩柱冰系统地分了个类,按前后左右,按重点和次要,一一排序,这既是发挥自己才干的时机,也是因一文一语甚至一字就可晋爵的宝贵机会。

自从被人从背后挤掉他留校的名额之后,韩柱冰一直对自己和对他人耿耿于怀。他还以为刘大成不急着要材料呢。因为,自从崔媛媛作为前一段时期的大事,办公室里着实紧张了一阵。接着,整个西线突然没有了战事,办公室平静了,而且越来越平静了。单位上也极端平静,一切按部就班。也没有什么学习,也不开什么动员大会,甚至也没有人员调整,只是有些不属于办公室管的小事,比如每年都会有从粮食学校分配来的大学生和其他学校的人员分配下来。

因为崔媛媛走了,办公室空出个位子,人事处说昨天来了一个报到的。刘主任男高音叫着,韩柱冰还以为刘大成叫他与那个新分来的安排工作什么的有关,他还思谋着是不是刘大成主任要交代他把那个新分来的带一带,甚至作为直接下属被他领导着熟悉工作并借机锻炼呢。他正美呢!结果刘主任当头一句,材料呢?

他一愣,迅速调整出回答:"快出来了!"

"才快出来了?!都拿过来!"刘大成接问。

刘大成顺势把另一只神脚踩进了办公室大地。他不是作为方丈踏进了神庙,而是像个刚刚被拯救出来的皇帝踏进了自己的朗朗宝殿。他妈的!那东西翘起来了!敢情像是从方丈还俗,直接当上了皇帝!

小韩侧着身子,又像一只迎风飞翔的蝴蝶,振着翅,流着汗,颠颠颠旋进自己办公室,随之颠颠颠拢着一大沓材料进来了。韩柱冰将材料端到刘主任面前,就像学生到校长面前,虽然略有些摸不着门道,但还是禁不住渗出一头的汗来。毕竟,他重点处理的那几个材料,因为把握不准用语和措辞,正翻文件寻材料读阅时文,然后准备隆重下笔呢,结果,刘主任一早来了就要呢。所以,他意外之余,感觉材料还没有完全出来,本能地抽出了汗来。

刘主任让他把材料一放,没有再说话,也没有看材料,盯了他一眼,目光旋即又放下了。按照惯例,这是要打发他走的意思。他刚要侧转身,不了却被刘主任叫住。

"去把昨天来的那个什么安什么的叫过来。"

刘主任说话的时候托着股犹豫。这犹豫不是让"那个什么安什么的"叫不叫进来的犹豫,而是该不该让他去叫,或者要不要让他知道他要把"那个什么安什么的"叫进来的犹豫。

韩柱冰听到,没再多想,顺势,侧转身就去履命。

刘大成对那侧影招了一下,不过韩柱冰并没有看到。他迅速把手放下了,再没有作声。不过,心却本能地跳起来了。他不是变得活蹦乱跳,而是就像见到梁燕子,或崔媛媛一样,本能地在跳。

刘大成向韩冰柱背影招一下手的意思,是想表达出:让那个安什么的进来,他就不用再进来了!可,话到嘴边,却不知道怎么说。这种意思,往往需要对方去领悟,自己不能说。幸亏自己没有说,不然,会被看出来心跳。

不知咋的,自从韩柱冰嗖嗖嗖往办公室楼角去叫那个新报到的什么安什么的时候,刘大成竟然不知道自己现在应该干些什么了,他有些慌乱。这是因为见到新女性,尤其是那种直接能传出特殊感觉来的新女性的时候,往往会给予他的不稳定性。

他常说自己远没有老辣到稳如泰山。不像大姑父,虽然心里有意思,但往往对男对女对老对少对上对下对内对外对远对近都保持出不露声色的淡定来。他虽然心如花萝卜,但外表看起来却是清素质朴永远都给人一副严肃的面孔。大姑父既会钓鱼,也会收竿子,而他,感觉连个线都还不会放。

其实就算刘大成不强调,韩柱冰也应该明白,可他偏偏就没有明白。他嗖嗖嗖侧着身子,像只快要飞翔的鹅,叫安丽丽去了!

刘大成所说的那个"什么安什么的",就是安丽丽!

安丽丽？！

他岂不认识！温长庆费尽心机要树为恋人的学妹学生干部！和他一样在粮食学校的校史上名列前茅过！

安丽丽进来了。一身水洗蓝牛仔，秀发披肩，盈盈走来，像秋天的童话，呈现到了暂以"锅盖头"示人的刘大成刘主任面前。

韩柱冰跟了进来，倒好像是安丽丽把他往刘大成这儿叫来似的。

刘大成看了一眼韩柱冰，没有看安丽丽。他想看，但本能地抑制了。他闪过这道蓝色的海风直目韩柱冰，其实就是为了掩饰他的想看！唉！怎么每次见了青春女性，他总是想看，又不敢看，如带股原罪。

刘大成看了一眼韩柱冰。韩柱冰笑笑，接着就在安丽丽身后立住了。从这个角度看，韩柱冰和安丽丽一样消瘦。不过，这是两种不同的瘦：一个看着美！另一个看起来弱！

刘大成本想让韩柱冰出去，但又怕这一声"出去"，会让韩柱冰和安丽丽同时感到他让安丽丽出现在他的面前有了更明确的私人性。无论如何，此刻，现在，他与安丽丽的会面都要是公务性的。所以，此形势下，韩柱冰不能被"出去"。

刘大成随便抽出一份材料，让韩柱冰给主管的局领导送去审阅。这是办公室历来的工作惯性。韩柱冰之所以挖空心思在材料上下功夫，就是等待着这一笔，能够让刘大成之上的主管局领导注意到他。他果然如愿！

韩柱冰有些得意地走了。出门前没有侧身，出门之后，很快就侧着身子贴着墙壁飞去了。不过，他还没有走到主管领导办公室，便迫不及待地想再欣赏一下自己亲手写的材料。他把那份材料看了一下，幸亏看了一下。原来，不是他写的材料，而是一个红头文件！是局机关印发的关于崔媛媛同志响应党的号召，积极申请到乡村支教的红头文件。

韩柱冰惊出一头冷汗！同时一脸纳闷！是不是刘主任把文件弄错了。他想紧急回头，可没有走几步，就停下了。不如先回办公室坐坐，说不定刘主任发现文件不对，会放开声音叫他呢！他已经享受了一次公开召幸！如果连续来上两次，他和刘主任的关系，就在整个办公室里搞定了。

诚然，他有些惶急地出汗，但还是迅速调整出得意！他之所以出汗，倒不是因为做错了什么。不知咋的,他一见到领导就会发怵,尤其,工作处理不那么完美的时候,领导还没有说啥,他早就已经汗流浃背。

韩柱冰总算是识趣了。

安丽丽总算正式出现在了刘大成面前。昨天的出场不算!今天才算!因为对刘大成而言,今天,他才正式变化回来!

第二十九章 "药引子"

刘大成终于又看清了安丽丽的脸。昨天报到的时候,刘大成不是没有看到这张脸,而是这是一张看过以后想不起来,但还想再看的脸。支撑这张脸存在的是整个身体,表达这张脸的就是那一条水洗蓝牛仔裤。

按照刘大成目前的话语:我靠!省粮校还能培养出这么漂亮的女学生干部。话外之音就是,安丽丽背后没人!因为像这样的女人要找工作,事实上是不需任何背景的。

就连刘大成自己都没有想到面对安丽丽的时候,他竟然还能产生这样的决断?这个决断意味着他可以对安丽丽进行必要的出动了。

他竟然还会有这样的眼光?说明他彻底复苏了。

昨天安丽丽同样一身水洗蓝出现在刘大成办公室里的时候,刘大成几乎没有怎么抬眼,今天,就在安丽丽从人事处拿来的报到证的落岗单位上签了"同意"二字,刘大成可是先抬起眼睛看,然后准备说话的。这就像一个突然被种进大脑里面的记忆,第一次是不经意地种入的,而第二次则是前来寻找那个"种入"的。

刘大成准备说什么呢?其实,他也没说什么,只是把韩柱冰侧着身子抱进来的那一大沓材料如数地分配到了安丽丽手里,耐心而又慎重地说出一句:"先认真学习,然后,做出必要的补充。"

"先学习,再补充",这既是降低,又是提高,既是关怀,又是要求。刘大成没有说"修改",是因为他怕安丽丽一不小心还真"修改"了。把"错的"修改成"对的"还行,万一把"对的"修改成"错的"呢?单位和学校不一样,单位修辞和学校广播稿也不一样，单位所处的形势和学校理解到的形势更不一样。总之，刘大成初遇安丽丽只想把工作材料快快移交给安丽丽。他倒不是要剥夺韩柱冰什么，只是想让安丽丽以后干这个工作而已。至于说"补充"，那还是他从上任领导大姑父口里学来的字眼。这个词对人的要求其实有股下放的功能，至少在做"必要补充"的时候，悟性再一般的人，也是会跑来请示"领导"的。不过，刘大成在习惯性说出这个字眼的时候，似乎隐微地昭示着他对安丽丽并不安分的"联想"。"补充"什么呢？而且是必要的"补充"，就如用上古神汤"补充"身体？

对安丽丽来说，这一大堆东西，就像从医药铺子里开出来的中药，既要用来充实，又要进行煎熬。不过，在触手那堆材料的瞬间，安丽丽和韩柱冰一样，他们都能迅速领会出来，这可是领导的信任！作为粮食学校精心培养出来的学生干部，领悟到这一点那是绝对的。

安丽丽抱起那堆材料，本来还想停顿一下，比如再用眼睛听听这个上级的指示，但不知咋的，她抱起材料转身就走了。她应该，至少应该说一句："主任，那我先走了！"可她止住了口。因为在低头拾掇材料的瞬间，她看到了刘大成有些不太老实的手，正罩着那并不老实的下体。或许是她看走眼了，也或许是她想从这个容颜略显憔悴的锅盖头下面，找到可以比此更好的刘大成。不是都说粮食局办公室的主任是粮食局里数一数二的帅男吗？怎么他一点都不传奇？那倒不是太平庸，而是与传说中的极不匹配。

安丽丽似看非看的一眼，并不觉得这个刘大成下流，而是觉得自己应该逃离，再往上看，她极有可能看见一双猎眼。

在毕业分配的季节里，她已经如实地向刘子表达了：她想留在省城！现在，不仅已经报到了，而且一大沓材料也被委任到手里，她要不要告诉刘子她已经留到了省城？

正因为刘子以被想的方式闪电般的出现，安丽丽才被另一重思绪倏然截走了。也或许略显紧张的缘故，她就像面对班主任时恰巧校长在场，一时间竟然忘了同时向两种可见而又突然不可知的力量告别。可刘大成明明是一个人？但在安丽丽的印象中，韩柱冰就守在门口。她怎么偏偏就有这个印象呢？

黄中医开的药药性太猛，刘大成确实尴尬于自己再度蓬勃的肉体。从安丽丽进门起，那东西就抬头了。从韩柱冰退场，那东西就已经爆发出难以驯服的热情。安丽丽一转身，散滑出秀美的长发，周身传送出一股原始的热息，并将指尖抚到材料上去的时候，那东西已经原始性地从裆衬里不再受控地冲起来了。当安丽丽离开，露出那被水洗蓝裹紧的臀部和臀部以下的骨腿的时候，那东西已经像把猎枪对准了安丽丽扭转的身体。

难道，她就是那个让他"起死回生"的"引子"？

"药引子"？

在被誉美而又神秘的系统中医学上，所有的药物实体，在进行系统性反应之前，还需要一个能够盘活所有药性的神秘物体——这个东西就叫"引子"。

其实，昨天，当安丽丽兴致勃勃地拿着从人事处转来的报到证来找刘主任签字时，刘大成压根儿就对整个动着的世界没有兴趣，签字和不签字，对他来说都呈现不出活动的意义，尤其复活的意义。

安丽丽离开后，刘大成不禁想到了崔媛媛

比起崔媛媛这味苦药，这个什么"安什么的"是甜的，尤其那身水洗蓝，就像能把整个人的过去都扔进大海里去洗。

过去能洗掉吗？

不知道！

但在洗！

刘大成不仅有了枯竭已久的"联想"，而且有了一些莫名其妙的想法。他有些胡思乱想，而这正是他渴望有的。他需要的就是能够胡思乱想。为了能够胡思乱想，他都差一点凿穿那台"东芝"牌影碟机。但这个渴望，不用训练和培养，不经意间就已来临了。同时，他触觉到他那已经深度萎缩的阳神经，竟从深囊中吐出了一小股液汁，就像盗梦一样，那干涸的河床间竟然溢出了一小滴眼泪，宛然开始蜕皮的蛇，吐出了毒液。它是活了，还是死了？

正是这一小点点迹象，竟然在夜晚，潘小真突然肆无忌惮地播放黄色光碟时，那股小液汁又惶恐地开始流淌了。所以，他才紧张起床，下进马桶，想在西洋女人的叫声当中继续观察。他咋有一个预感,这东西真的醒了?在西洋女人疯狂的呻吟中,刘大成安静地想到了那个被水洗蓝提紧的臀。

革命的前夜总是那么漫长。潘小真后来睡了。革命的黎明也来到了。结果当他将潘小真的整个身体都幻想成西洋女人和蓝色牛仔提紧的臀在黎明的晦光中梦幻一般交织到一起的时候,黄中医神药的药性,终于在一个单一的时间点上激活并爆发了,刘大成终于被爆炸成了个"神人"。以至于,他小心翼翼守护的神塔,好不容易在韩柱冰侧着身子来去缥缈的消失感中略略谦虚了一下,紧接着就在安丽丽束臀的身影中傲慢地挺进了现实。所以,当安丽丽伏身来拢材料的时候,他本能地把手遮挡到神塔之上,生怕这个极有可能变形的东西,捅破外贸出口转内销的针织内裤,像条上古的龙蛇,吐着信,长着牙,把安丽丽当场惊跑。

黄昏时分,刘大成离开办公室时,终于明确地告诉自己:安丽丽就是黄中医需要的那个"引子"!粮食学校太好了!怎么培养出这么一味金质的"引子"。有机会要对她们的校长进行奖赏。

第三十章　粮食局的春天

　　刘大成的春天确实来临了，而刚刚步入夏天的韩柱冰则迎来了一头冷霜。安丽丽的感觉没有错，她在刘大成办公室的时候，韩柱冰确实守在外面。

　　他溜进自己办公室本来是等待刘大成对他咆哮而热情的呼唤呢，可没有等上多久，他那不听使唤的身子就贴着墙壁斜飞了过来。他有一个想法，同时有一个预感。一个想法就是把自己写得最好的那份材料，从刘主任还没有来得及审视的材料当中拿出来，直接送给主管领导曹局长；一个预感就是极有可能那份材料被刘大成的疏忽压到了手里。

　　既然刘大成让他给曹局长送材料，他就应当顺势抓住这根稻草。于是，他才贴壁飞翔。就在他快要飞进刘大成办公室的当口，安丽丽已经抱着一大堆材料欣然走出。他停顿了一下，切过身让行。不过，他很快觉悟到材料在安丽丽手里。于是，他没有再飞进刘大成办公室里，而是跟到安丽丽身后，一同到了这个新任——以前崔媛媛待过——的办公室里。

　　粮食局这栋楼太超前了。旧的时候，可是几个人，甚至十几个人挤一个大办公室，就像年级教研组。可自从这栋最具标志性的粮油大厦拔地而起，办公室就多得吓人，莫说一人一间，就是一人两间也行。刘大成那个办公室，大得简直就像整个凯撒龙，莫说别的，到了冬天都怕是要冻死人。可能冻死人吗？数一数二的暖气供着，而且数一数二的进口电暖也通过外贸在民百的专柜一台一台地供上了。

　　韩柱冰跟在安丽丽身后。按说韩柱冰已经入赘粮食局两年了，安丽丽才是个新人，就算韩柱冰不是主任，也该当让韩冰柱先行，或者至少两人平行,可安丽丽似乎压根就没有把韩柱冰的存在放在眼里。这个没有放在眼里,不是说安丽丽多势利眼,而是,她早就习惯了让这个大师哥切着身子跟到她的后面跑。

作为粮食学校传帮带的学生干部,说实话,安丽丽对韩柱冰的接触要比温长庆距离近且频繁,因为韩柱冰当时作为学生会副主席,主管的就是文艺,自然且当然地,校园广播也就在他的管辖范围之内了。说真的,温长庆都没有很直接的机会凝视着安丽丽对着扩音器念那阳春三月的散文和诗,而韩柱冰可是享受上了。

看着学妹对着扩音器念广播,韩柱冰可是向来没有错失这类机会。他之所以能够凝视着她,是因为,他还有为安丽丽及时指出错误并给出鼓励的一颗师心。到韩柱冰他们毕业那个学期,安丽丽已经足以主宰整个广播室了,可快要毕业的韩柱冰还是会习惯性地跟进广播站。此时,他不是来指导,而是来欣赏。他连自己都搞不懂,他怎么对粮食学校的这个空间特别留恋。此时,韩柱冰已经和安丽丽很熟悉了。

韩柱冰走路有个习惯,总是让着人。这样,当他和安丽丽一同走出广播室的时候,他自然也就让着安丽丽。他好像是个天生不会带路的人,走着走着就跟到别人的屁股后面了。这不是谦逊,而是一种心理。所以,安丽丽让韩柱冰跟着,不是因为他还没有混上大位,干出名堂就利眼睛"势"之,而是还当他是韩副主席大师哥一样,走出走进粮食学校的广播室里。

韩柱冰当然也习惯了。他要是能当或想当引路人,早就走到安丽丽前面了,可他偏偏就习惯跟到安丽丽的后面。和刘大成不一样,韩柱冰虽然跟在安丽丽后面,可眼睛并没有盯到后面,而是侧着身子往前"偷窥",这样,他看到的可不是安丽丽被蓝色牛仔提束的臀部,而是被安丽丽窝进怀里的那一堆材料。

他跟着安丽丽进去,就像走进学校广播室一样,未等安丽丽放下材料,他就迫不及待地想把那份写得最用功的材料抽出来。不料,安丽丽抱起材料偏偏不放,换腕后往上一拢,就如在学校时每当有个好的稿件韩柱冰都要从安丽丽手中抢过来先看一样,安丽丽偏偏就不!这是烂漫少女最纯真最乖戾也最可爱的地方,可韩柱冰上班已经两年了,广播站的记忆早就衰退了。他说,他要给曹局长把这份材料送过去。安丽丽故意一逗:"你不是拿到了吗?还要送?""拿错了!"韩柱冰正经说,说得同时,把那份红头文件摊到了丽丽面前。丽丽俯身一瞅,文件赫然醒目,就是关于崔媛媛同志响应党的号召下基层锻炼的那份通知。

安丽丽虽然在看,但还是把那一大沓材料拢到怀里,急得韩柱冰就想从她手里抢了过去。丽丽一看那红头文件,心里本能地一沉。"这是真的吗?"她听说如果在局里不好好工作的话,极有可能被下放到基层。

她这一警诫,反而把材料拢死了,就是不放下。韩柱冰正经解释后见安丽丽还故意执拗着,急了不说,还像是有些来气了:"曹局长还等着呢!到底给不给!?""曹局长还等着吗?"安丽丽过来取材料的时候,她就看到曹局长被几个人拥着出去了。"莫非已经回来了?!"这不是安丽丽紧要想的。再急的材料也不会急在一时。曹局长要要,急要,还能乱糟糟堆上一气?刘主任怎么不说局长急用呢?这是丽丽故作认真的知觉。不过,这些并不是她非要用心思想的重点,重点就在于韩柱冰恼了一般恶狠狠地说出的那句:"到底给不给?"

她本来想放下来让韩柱冰找,结果,还没有放下来,韩柱冰就过来抢了。这下玩笑变成了真正的恼怒,执拗也随之变成了机警。她偏就不给!"刘主任让我先学习学习呢!"

丽丽其实还是在以广播室同学战友的身份开玩笑,不过,韩柱冰却当真了。夺之不成,他竟然一甩头,切着身子走了。

这是一个尴尬的空白。丽丽愣了。她想把材料给韩柱冰送过去,可又不知道到底是哪份?抱着材料统统再拿过去,又觉得这有些欺人,言外之意好像是:"既然你要,就都给你。"这更伤人。

丽丽把材料一放,喝了口水,心想,韩柱冰可能一会儿就又进来了。在广播站的时候,他哪一次不是这样。

不过,这一次韩柱冰并没有再来。他在赌气:"有本事,你以后别来找我!"赌气之余,他还有些生自己的气。本来留校的是自己,没想到被温长庆挤了。他当然知道温长庆一直在追安丽丽。不过,他还不知道,温长庆因为没有把安丽丽追到手,反而一虑之下,考研走了。

材料的事情，就这么从韩柱冰手里移到了安丽丽的怀里。虽然闹了些小小的不愉快，但安丽丽很快就调整了过来。师兄总归是师兄，他还会和自己逗长气吗？！关键是那份红头文件有些吓人，她必须提高警惕，千万不要步了崔媛媛同志的后尘。既然刘大成让学习，安丽丽就开始认认真真地学习，她就像在广播站念广播稿一样，包括每一个标点，都认真领悟。

　　她一直等着，只要韩柱冰要这个材料，她就会让他拿走。但韩柱冰却没有来，不仅没有来，而且像是突然从办公楼里消失了。他像只蝉一样，把自己锁进了里面。办公室里有了安丽丽，在刘大成眼里，也就没有他韩柱冰什么事了。

　　刘大成晨起的风光又来到了！整个粮食局都像进入了"早晨时刻"，大家突然好像充满了活力。这种活力过去也有，只不过没有适时地爆发出来。尤其，自从出了崔媛媛的事以后，办公楼里倏然好像进了一股阴风一样。大家都习惯了低头不说话，生怕一抬头，自己就会是下一个。幸亏曹局长统领了个别地区的试点改革，粮食局里才暂时风平浪静。加之，改革开放以后，粮食局的三产又像地里面的庄稼一样形势好，所以，粮食系统在改革的浪潮中每一步的反应都是积极而稳健的，不像其他国有企业，产业换代，轮岗下岗的声音早已经悄然传变。还有一个因素，就是粮食系统不是直接连扯意识形态的单位，不像刘子工作的干部管理学校那样思想政治上对人的要求特别敏锐。对粮食系统来说，就是生产储藏并调度粮食的，似乎与思想建设挂搭不上联系。似乎，这类系统自古以来都是这样，只要土地不荒芜，只要不再出现像六〇年那样的大饥荒，这个系统就是有成就有存在的必要且总是有贡献的。

　　之所以说整个粮食局都像晨起了一样充满活力，是因为自从安丽丽往粮食局办公室签到以后，随之，从办公室开始，各种各类的活动好像多了起来。以前也有，只不过没有适时地推进，但刘大成主任却像入伍的新兵一样率先展开了一系列生动有趣的活动，比如歌咏比赛、知识竞赛、拔河比赛，而且因为拔河比赛，又出现了运动升级版的篮球比赛。刘大成所说的一定要瞅机会把粮食学校的领导奖励奖励，这不，粮食系统的篮球比赛，就被他直接拿进了学校内部。那些天，粮食学校简直就是全世界最热闹的地方。安丽丽也风姿绰约地重新返校，不过，不是学生，也不再是学生干部，而是和学校领导坐在一排的协理办公室和工会共推职工运动会的上级协管。她既负责组织新闻报道，也负责组织女生啦啦队。不仅组稿，她还如沐春风地写了一篇报道，也可以说是感慨之言，还特意跑进学校广播站，这个她曾经战斗过的地方，将全省粮食系统以百倍精神迎接改革开放的精神涌潮生动而热情地朗诵出来，并直播了出去。最后还不吝点睛之辞，感谢她的母校能够向全局开展这个盛况空前的职工运动会。

这是个大事，欢乐的大事，似乎一下子就改变了粮食局自崔媛媛走了以后，全体低调的气氛。大家见面也抬头相视，并且能够开出玩笑。系统动了，各部门都显得有事可做。而有事可做以后，还可以借加班工作的名义吃喝。单位上允让着这笔经费呢！不仅办公室，各科室都有。

凯撒龙再度活跃了起来。好久靠潘小真一人独撑的凯撒龙里，终于又出现了刘大成的身影，他一来就是一群。刘大成坐到中间，感觉就像凯撒大帝。

这边的粮食系统活跃了。为了进一步加强系统活力，并响应改革开放的号召，一部分系统开始向东南沿海学习经验。往东南借鉴经验，也就是可以离开大西北去出差学习，并顺便往祖国的山山水水间转转看看了。各单位轮流，一个不落，全部都有学习机会。

安丽丽呢，当然是第一批的，陪同刘大成主任等几个要员亲自往上海到厦门浪了一趟，在厦门完了以后，差一点就跑到香港去。丽丽对缀进香江的那颗"东方之珠"特别向往。刘大成主任说了，再过两三年香港就是祖国的了，到时候随便进，不需要签证啥的。可安丽丽还是有些向往。

自从潘小真闻到马桶里面那一股腥臊的尿，随之一股药味也便冲鼻而入。黄中医！这绝对是黄中医的药！这头上古神兽终于以凡人不能丈量的周期从大成的血液中醒过来了。它要么不醒来，要么醒来以后，就把刘大成造成一尊神器。

不过，令潘小真真正佩服的还是黄中医不药之治的天论。她总算是领悟到了，如果不是那天她喝了一瓶半的张裕，如果不是她回来特别冲动地想通过西洋男人的大器官来寄托自己春思无奈的浮梦，如果不是她用她的大屁股给出刘大成提示,这个不药之治,还真的引燃不了。原来,她自己就是那个可以不药的"药"。

自后,潘小真就把刘大成的雄起与黄中医和自己作为不药之药完美地嫁接到了一起。刘大成不雄起可能与自己天天啃食有关,但刘大成一梦雄起,绝对与自己有关。她的功,远远大于过。

本来要向姐妹们表达一下自己的喜悦的,可因为之前从来没有说过刘大成雄风不再的"韵事",所以她只有怀揣激动,在黄河渡轮上继续度过她"不能两次踏入同一条河流"的生命性思辨。

可喜悦太大了,感觉始终掩饰不住。怎么办呢?潘小真下了渡轮以后,直接跑到了黄中医那里,她要把"不药之治"的圣果作为圣书直接宣布出来。潘小真说完跷起大拇指,直对黄中医说:"妙!"黄中医笑笑,说下次但有反复,他再诊!下药!

潘小真热烈地笑笑,点点头,同时努努嘴,当着黄中医咕噜一句:"您还想让俺的男人萎吗?"那眉头咒得,差点就像只上古神兽。

她故意心里不快,但还是极为顺耳地受听了黄中医之话。这至少说明,一旦水泵坏了,黄中医的处方就可医治。

没有去西医那里治,是对的,而且是绝对正确的!黄中医才是名副其实的上古神兽。

从药理时效上来看,黄中医逐级调理刘大成的这段时间,正是崔媛媛被遣送出去,而安丽丽身着水洗蓝牛仔补充进来的时刻。从效果上讲,黄中医的药还不如安丽丽一个转身那么有效。

自从安丽丽到来之后,刘大成的"早晨时刻"便终于复苏并爆发了。虽然,这是挡在潘小真和黄中医微妙的提示之间的绝对秘密,但这个结论,对潘小真来说简直就是个盛世。她像头蛇一样开始变革了,在掌握"人两次不能踏进同一条河流"之前,她对刘大成是绝对信任的;在掌握了这个理论之后,她宁愿相信刘大成对她是背叛的;而当刘大成"一次也不能踏进同一条河流"的时候,她发现,她对刘大成已经没有了意义。于是,在通过上古神兽来拯救刘大成同志的时候,她深深地认识到,其实,救人就是救己。

说实话,只要刘大成能够变成神兽,他就是天天踏进不同的河流,也无所谓了。如果刘大成废了,她同时也就不存在了。

刘大成的神器自从在潘小真绝望的眼神里突然惊世骇俗以后,好多天里,她都不敢回望这头神兽。她害怕,它万一是一个梦!多米诺骨牌会不会因为自己的不小心的探动而重新倒塌?

潘小真的审度,倒使刘大成感到意外。难道,潘小真已经惧怕了这尊神器?她不是花重金买来兽骨让它回光返照吗?怎么神光照进来的时候,她却"叶公好龙"了。想到"叶公好龙"这个成语的时候,刘大成从来没有想到自己竟然会这么有知识。"叶公好龙"这个成语,最适合用来描述对潘小真"龙见于野"后的精致表达了。

仿佛自从会用这个成语以后,刘大成不仅变得自信且强大,而且也变得生动且有灵性了。要为他的灵气探找出隐秘的根据,闻名遐迩的安丽丽才是渡世救人的灵符神器。

正是在安丽丽春风光幸的伟大岁月里,刘大成的"锅盖头"也完整地退出历史了,额庭饱满发亮,就像传说中的转基因龙豆一样,板寸修得就像凯撒的卫队,继续西装革履,白衬衣红领带,宛然出席政治局会议。更具划时代意义的是,通过外贸,通过徐冬芳"进口"的那匹蓝色宝马,在他灵妙的点指间风驰电掣的时候,刘大成感觉自己不是在汽车营入伍的,而是从神风突击队里出来的。

以前大姑父走的时候,是刘大成开上宝马送的,新提拔的曹局,说实话,因为大姑父施恩之故,还不敢很快驾到蓝色的马上面。他还是那台切诺基,说适合下乡、跑越野。有了曹局的习惯和低调,蓝色宝马竟然被放进车库,浑身落满灰尘不说,都感觉像"入狱"了。"马"好孤独!这不用,光落着尘土,不老也老了。曹局不用,单位上没人敢用。不过,当刘大成神龙复活以后,那匹宝马终于撕开天窗,放声嘶鸣了。他驭着蓝色宝马像接着大姑父一样去接曹局。曹局非常诧异,同时也再度被提醒:他和刘大成就是一个槽口的。当天,曹局喜乘了。不过,喜乘之后,他又迅速还原了低调。尤其省上开了一次会,唯独他骑匹蓝色宝马,省长、书记才顶多是个四个圈圈的奥迪,还多次嚷着要开红旗。曹局瞬间谨慎:宝马不宜出使。

可这样放着也不行。回到粮食局,曹局当面大会上口头宣布,这匹通过三产外贸进出口粮油被外贸合作组织和机构捐赠的蓝色宝马,就由办公室及外办单位管理和使用。这不明摆着就让宝马跟着刘大成吗?下面有人嚷嚷,可别人一捣,你会开吗?那启动速度就一百码,你能驾得了吗?不出事可罢,万一出了事,能担得起吗?于是乎,红眼的部门和个人,也都纷纷息了口。

　　说实话,全局单位这么多,就数人家办公室给单位上变相福利搞得好。人家刘大成心怀老百姓,不是个头脑简单四肢发达的人,人家当过兵的就是利落大气。这个办公室主任迟早会被提拔当局领导的……一时间,褒贬各异。总之,呼呼生风的宝马,就是在粮食局和单位大院里制度性地跟定了刘大成。

　　有大会口头文件顶着。刘大成不用,那等于战士亮着空枪不往里面放子弹。消极作战,难道你要谋反?于是乎,面对这匹妖姬一般的蓝色宝马,刘大成愈发把它驭得顺风顺水。

　　整个古城人都当它是只擦着地皮子飞翔的蓝鸟儿!

第三十一章　世纪焦点

　　这个夏天就这样有惊无险地度过去了，当秋风来临的时候，潘小真终于确信，刘大成已经好了，彻底好了。瞅！那刘男人，就像刚入伍一样，既阳光又自信，丝毫看不出受过挫折。

　　秋分这天，她终于又爬到刘大成黎明前即将醒来的身上，颤颤巍巍地用手指逗弄那根其实早就立挺的神物。她一口就咬了上去，就像狗咬住了肥肥的骨头，刘大成一声惊叫，差点一个耳光把潘小真从蚕丝棉上扇出窗外。他真的梦到一头藏獒飞进窗户，来取他的神器。

　　潘小真也是一惊。幸好，那神物还神奇依旧。她腼腆地笑笑，接着继续像狗一样把那神物咬进了口里，她想尝尝渗过神兽骨血的神器到底蕴藏着什么味道，同时，也想把刘大成精心积蕴的骨髓从神骨当中吸出来。她在想，如果她吃了这个东西，会不会真的生长出一对不需胸罩再去造势的双乳。

　　刘大成享受着潘小真复活的折磨，他也需要真刀实枪地试活一下了。于是，在潘小真疯咬的战局下，他翻身而起，直接对她开始发炮。他不需要枪战，直接升级为炮击。这是这两个人结婚以后，最直接最狂妄的一次性爱。

　　潘小真满意了，刘大成也好像完成了实弹集训，他们愉快但并不疲惫地起床启程并各自红光满面地经营各自的江湖去了。

　　秋分！就秋分这天！潘小真和刘大成同时确认了神器已经永垂不朽了！神物不倒了，潘小真仿佛又回到了"不能两次踏进同一条河流"的诗性格言当中。因为刘大成实在是太猛了,她甚至认为自己不是退化了革命,而是相信就算刘大成已经踏入了她的河流,同样也还会有能力踏入新的河流。

潘小真是个能够用道术炼出丹来的怪才,就因为这个怪异的奇想,她才在秋分之后,继续试图榨干刘大成骨髓的同时,也意向性地允许刘大成骨头上面的那点肉恍惚着变成肥料,流进别人家的稻田里去。只要亲爱的刘男人能够让她欢乐开怀,她就允许他欢乐开怀。只是这个欢乐开怀,事实上,比每天都满足她疯狂的魔鬼式减刑和上帝式惩罚还要艰难。万一潘小真获得了欢乐,但并没有开怀了呢?

刘大成晨起了,而且让整个粮食系统都活跃了,办公室几乎每周都至少要加一次班,当然每周也都要至少一次会饮聚餐。刘大成已经代替潘小真成了凯撒园里面白萼红翎的锦绣牡丹。

不过,也怪,刘大成频频带领加班人马直杀凯撒大包厢的时候,潘小真却越来越不往玛丽家去了。或许是她已经从刘大成的复活当中找到了存在的感觉,也或许,凯撒龙高规格但又间歇性让价的市场化消费,确实也令这个也想当凯撒皇后的胖妹子顶不住了。所以,她也只是偶尔才来一下。而偶尔一来,所以尊贵的凯撒就要把敬爱的皇后狠狠地宰上一顿,似乎要用一把肉刀,让她继续记住这里。

她虽然没再来凯撒龙,但也开始欢乐开怀地与另一帮新贵,东部市场卖布搞小商品批发的婆娘,当然也还有不少曾被她屑为"扁头们"的由小贩逐渐干成老板的滨海人氏在世纪大厦,在离崔媛媛妙占外贸专柜的人民百货大楼最近的焦点茶楼里继续提升自己码牌的手艺。这个茶楼后来史称:世纪焦点。

事实上,她在黄河渡轮上上了五年多带工资加福利的班,终于领悟到,为什么自己不投到三产中去呢?利用外贸上还可用还能用的关系,她竟然在东部借助于离老城最远但对老城趋势掌握得最清楚的一家温州公司,她也搞起了"出口转内销"。

潘小真突然一下变得聪明了,当然和她合作的那个温州"扁头"更加聪明。也或许,潘小真的聪明,就是因为偶尔与这个浙商在黄河渡轮上的一番交谈,而被点化出来了。当这个搞小商品批发的浙商知道潘小真真正的身份和并不赖的老城底家，他与潘小真走得更近了。他告诉了她外贸特有的优势，也教导她如何利用外贸的政策给自己也搞一次改革。只要她能按计划行事，他就支持她共同走向胜利。

潘小真一听说自己还能打仗，那简直兴奋得，既紧张又高兴。浙商说不需要她出战，她只要必要时出面就行了，她只管守到"世纪焦点"里聆听喜报。潘小真更兴奋了！

事情进行得很顺，成功率之高，完全不受手气的控制。浙商发了！当然，潘小真也渐渐地发了。这个身材肥沃的玛丽皇后，虽然在身体塑材上没落并沉寂了整个青春的三分之二，但就因为还剩下三分之一，结果，上帝将没有能够给她的全部给回来了。

潘小真现身的场地变了。也就是继兰山饭店和借外贸市场化浪潮推鼎的凯撒龙之后，以私人商会和以典雅浪漫为风格的世纪焦点已经在老城里面悄然兴盛。这不是三足鼎立，但可以理解为三足鼎立。从地理位置上看，从兰山饭店到凯撒龙再到世纪焦点，就像映进古老黄河水中的老桥的斜影一样。它们同时成了老城文明的时间通道。

潘小真欣然来了，比起凯撒龙，世纪焦点精致而不失浪漫。说实话，比起后来几次一到结账就有点诚惶诚恐的凯撒龙，这里面的消费她完全能够承受得住。世纪焦点旨在营造典雅浪漫且轻松愉快的现代气氛，它的消费简约，价钱也合适。

潘小真失去了，但刘大成来到了。这才是徐冬芳眼里真正应当留住并能留住的消费大户。潘小真再财大气粗，凭个人是顶不住的。刘大成能！他不需要财大气粗，他只需要一只能够签单的笔。只要粮食局能顶得住，他就能够顶得住。

潘小真的心情在世纪焦点获得了漫游性的释放。喝点酒，吃点南方精致茶点，然后，有条不紊，就像在办公室里洽谈工作一样，玩上几十圈麻将，赢得虽然不会太多，但输得也不会太大。她整个人都释然了，不需要再面对流淌的河水思虑人能几次踏进河流的问题。不用刘大成的"施舍"，她也能开怀释笑。更主要的是，她已经悄然有了自己的事业，连她都没有想到她竟然这么能干。

第三十二章　粮食学校

时间过得慢，但也快。不觉间，安丽丽到粮食局里上班就快一年了。这一年当中，她几乎每天都会收到刘子的来信。不过，因为粮食局和粮食学校母子连属，而新到职工，又在粮食学校家属区筒子楼上居住，所以刘子的来信还是一如既往地寄到粮食学校。这就使安丽丽的个人问题变得很保密。

这个粮食学校的筒子楼当然是粮食局修的。几乎粮食局里新分进的干部都要度过在筒子楼的光辉岁月。韩柱冰当然也住在上面。粮食学校新留校的教师也住在上面，也就是温长庆没有考研走之前，至少在这个筒子楼里住了两年。韩柱冰后来知道温长庆考研走了，但他不知道他和安丽丽到底怎么样了。他并非对安丽丽没有过想法，只是在广播站试了几次以后，就感觉到失败了。而温长庆像只温和的毒蛇，近乎攻击性地直接把他甩到了安丽丽后面。谁让这家伙是主席，而他只是个副的呢？于是，在综合排行榜上，他只能屈居第二。

对于这个毕业结论，韩柱冰着实失落了一阵。当他最后搞清楚排名第二也可能留校的时候，他才从"屈居"的失落中走出来。他确实想留校！但到底是留校，还是被选派到粮食局里？这个答案需要由排名第一的人揭开。按常识，温长庆，或者第一名更适合到粮校主管单位局里面去工作，但结果最后却是温长庆留校。他有些意外！同时怀疑并担心他的未来可能就这样黄了。于是，韩柱冰切着身子找到学校："为什么留校的不是我而是温长庆？我不干！我要告你们去！"校长一愣。这切身子满校园飘了三年的学生干部，虽然不是个愣头青，但极有可能是个精神病。班主任本要收拾韩柱冰一顿，结果却被李校长按住了。"不要急，慢慢说嘛。"听四川籍校长这么说，韩柱冰和班主任老师双方才同时冷静下来。学校给出的解释是，温长庆是主管学生干部的领袖，对学生工作做出贡献比他略大。作为安慰，他可以分到粮食局里。说不定他会成长为主管温长庆的局机关干部。韩柱冰放心的同时，这才高兴。只是这个高兴没有比留校高兴。因为学生当习惯了，总觉得如果能够留校，就能够把容易丢失和破碎的自己留住。这是人不轻易承受变化的惯性。

从事实层面来说，韩柱冰分到粮食局其实是温长庆应该得到的奖励。韩柱冰也知道这个事实。他都已经做好了留校的准备，并且为讲财务制度课备好了课，可是他预料错了——温长庆留校！那个瞬间他担心并怒了，斜切着身子在厕所里喊叫了一阵，接着像只受伤的蝴蝶找校长去了。校长开始还好好说，到后面就恼了。"不是念你成绩优越又是学生干部，粮食局是你能进得吗？！温长庆同学主动提出分配调换，你应该谢谢人家才对！"李校长几句话就把这只蝴蝶打醉了。他怎么身在福中不知福呢？谁都说到粮食局工作比留校更可贵。

韩柱冰之所产生留校的执念，并且在厕所里面壁吼叫，还不是因为他对安丽丽埋了一根就连自己都不敢捅破的隐线。不知咋的，他认为如果自己留校，就有足够的时机把安丽丽把握到自己的门下，然后，会投入更进一步的开始。

安丽丽的确是这么多年，可以说从粮食学校建校以来，最能代表粮食学校形象的女大学生。校花是一定的！算不算史上校花？那也是一定的！如果不是这样，温长庆怎么可能从第一眼见到这个小师妹起，就下出一步长得令人可畏但又可敬的棋呢！人家家里可是殷实着呢！比起粮食，石油那是国际通货，粮食再富产，也比不上石油流富。他是名副其实的粮食学校的富家子弟。幸亏粮食学校提前录取了他，不然，石油产业的子弟，人家石油学校还抢着要呢。

温长庆之所以报这个粮食学校，据说还和父母闹了别扭。他喜爱文学，想报文学专业，但父母硬扯住让他报石油学校，说以后就可以到石油部门就业，工资好得很，全世界的人都打破头往里钻呢。温长庆呢，偏不！他总觉得当个石油工人，就是写篇散文，也是黑的，浊俗的。气得父母同时发怒："文学能当饭吃吗？"既然父母问文学能当饭吃吗？他反过来又问："石油能当饭吃吗？"我就给你们报个能当饭吃的东西："粮食！"于是，连他父亲都不知道，这兔崽子第一志愿就报了粮食学校。一发命中，直接录取！哪里还滑档到第二志愿石油学校去！

父母气了个半死。但后来打听到粮食学校也是数一数二的，才又眉开眼笑。尊重孩子！让他直接上粮校做饭吃去！就算穷点，但饿不死人！工人阶级和农民阶级的理想冲突，在温长庆的选择上似乎也能达成一致。

温长庆来到粮食学校后就傻掉了。其实，他拗着性子报完志愿以后就后悔了。与父母的冲突来源于自己对文学的梦想，怎么鬼使神差地报了个粮食学校？他不傻才怪呢。说实话，他那个时候，能考个学就是在石油系统上也是凤毛麟角。石油子弟大部分还是指盼着能上个石油技校，学上些技术，下到井队，一步步干起。虽然条件恶劣些，但工资高待遇好，工作半年，休息半年。退休待遇也好，莫说到省城买房分房，青岛、海南滨海之地都有疗养基地，想去哪去哪。可这些情况也只有过来人才体会得到，刚入世的毛头孩子，长得再快，也还是个毛头小伙，热肠热气的，还愣着呢。自小又是能吃上肉长大的，哪有机会挨饿碰壁，成全体会！

温长庆虽然是个犟孩子，但毕竟是油田子弟中学里数一数二的学生。当青涩理想与父辈的心愿发生撞击时，青春就开始开火并取胜了。就算他真的后悔了，打死，他也不会说出来的。后来，他考上研究生走了，也与自己当初报考粮食学校这个不伦不类的选择有些关系。他把自己的失望，一直忍到终于忍无可忍的地步。

粮食学校当然不是他可实现理想之地。初到粮校的温长庆像只独狗四处瞅瞅，就差掉转头，背上包回家给父母认错去了。可浪子岂能那么快回头？此时回头，不就意味着回去复读嘛。这也不是不可以，可他图了个啥？油田学校能像他这么直接考上学，被录取并包分配，这么多年都没有一个学生。大部分学生都是定向指标，计划性招生，才算是上进了大学的。他背着包在粮食学校四转，一个人都不认识。来来往往的人都诧异地望着他，还当他迷路了。也有热心点的给他跑过来指路的，可比起油田，就一巴掌大的地方，就算迷路，又能迷到哪里去？他无奈地夹在人流当中，无限彷徨。正彷徨当中，突然听到学校广播，先是音乐，还挺流行的音乐，接着伴随着《爱的罗曼斯》——刚上市的流行钢琴音乐，在上空飘奏，校园广播开始了富有文学和感情的迎新生活动专题报道。这深深地引起了他的注意。可以说，正是粮食学校的这个学生广播，把温长庆从失落的边缘有力地拯救了回来。

　　他务实地报了到。按说孩子上学家长都是要陪着来的，韩柱冰报到，就是他妈陪着来的。可温长庆因为一意孤行，所以父母就没有陪他来。再说石油上有钱，吃饭、住宿、坐车的费用都能承担得起。所以，温长庆是一个人坐着长途汽车按照报到单上的路线，独自一人直接到皋城来的。

第三十三章 一个新生的理想

温长庆入学的第一天就和所有入学报到的大学生一样,没有什么不同。中午的小广播以颇具文学风格的方式吸引了他,广播结束了,他虽然还有些踌躇,但毕竟下了既来之则安之的自我命令。

他来到了宿舍。韩柱冰就是在这个宿舍里和他认识的,而且是他正儿八经到粮校后认识的第一个人。韩柱冰的妈陪韩柱冰在整理床铺,因为来得早先了个靠窗向阳的位置。宿舍一共七个人,其中一个空铺是放行李的。温长庆瞅瞅,其他都被占了,自己只好落到刚进门左下的位置。这个位置容易将人挡在门后,进进出出,门就像个扇子,是大学宿舍里最不好的铺位。

韩柱冰瘦,他妈更瘦,一看就是个当老师的,一口标准的普通话,显得很关爱别人。韩柱冰也像他妈一样,对人很友善。他把行李往床上摊铺好后,总算是熟悉了宿舍的位置,包括厕间位置,厕间有块镜子,能够照见自己的形象。

晚饭时间到了。韩柱冰的妈邀请温长庆一起去食堂用餐,长庆说还不太饿。韩柱冰就和他妈下去了。走了以后,温长庆才生出一股没有人的寂寞感。早知道就不执拗,跟他们一起往食堂打饭去了。说实话,食堂在哪里他都不知道,落寞间心绪里又游来那个校园小广播,说不定明天听到小广播心情又会好起来。不过,刚这样想着,小广播的声音又从窗口传来了。原来,广播中午和晚饭前都有。温长庆一阵兴奋。粮食学校还有文学广播,看来,也后悔不到哪里去。下午的广播里放了流行音乐,好像是小虎队的《青苹果乐园》,接着同样是《爱的罗曼斯》轻伴之下,男女声一左一右的朗诵,纯文学的，有感情的。文学朗诵之后，报道了几个事迹，接着满校园都是放音更大的《青苹果乐园》。温长庆彻底高兴了。这个学校不错！他的选择是对的。

自从温长庆被校园广播里的流行音乐和诗歌散文朗诵深深地吸引之后，他就再也没有对粮食学校产生退念。军训期间，他还写了篇文学稿，投到了广播站，结果当天就被播报了。第一次投稿就被录用，这令他多么幸福，而录用以后还被马上冠名播报，这令他多么振奋。温长庆进入大学的第一篇文学《一个新生的理想》在校园广播站被播出后，在似文学摇篮的广播室里，他受到了学生会高层的接见。

千万不要小看了《一个新生的理想》，事实证明，这篇文学不仅让温长庆走进了自己的文学之梦里，而且这篇文章引起了学生高层的绝对注意，传帮接代，每年走掉一批又来一批，学生会工作可是不能出现停滞和混乱的。三年一届，人走得快，所以学生自己提拔他们的干部，也提拔得快。学生干部中有管文艺的，管体育的，管伙食的，管卫生的，管学生纪律的，最政治的就是管团员的，学生会主席就是除老师挂名的团书记外的第一副书记，那在形式上几乎就是半个老师。

《一个新生的理想》当被报名"温长庆"以后，新生当中，他可是第一个被人知道的。而温长庆呢，自从这第一次成功之后，并没有急着抛出第二篇文学，而是突然想当广播员。在学校学生会公开招聘的文艺组里，他终于看到了校园广播原来被归在这里。于是他作为文艺兴趣小组新生成员报了名。那个兴奋呀，就像五四运动的时候，突然被入了党一样。当问他有何文艺专长时，他说了两个，一个是文学，另一个是广播。梦文学的人多，作为专长表达文学的人也多，可以广播为专长的，几乎没有人敢填。平时私底下朗诵个什么还可以，但要对着扩音器朗诵，而且是向粮食学校所有的人，甚至粮食学校的天空大地和食堂厕所朗诵，谁有这个胆？

温长庆有这个胆吗？

当然没有！

可他为什么说其专长是广播呢，因为他压根儿就没有把这个专长理解为上学校广播站去播报，而是理解为它和文学是束到一起的让文学可以播放出来的某种通道。

他被通知到广播站去面试。他既紧张又兴奋,还暗自趁大家夜睡时又写了一篇稿子,稿子要表达对故乡和昔时同学的想念,但一时还想不出个合适的标题。虽然没有定下标题,但他还是捏着稿子去了。进广播站一看,站着四五个人,而且韩柱冰也在里面。原来他也喜欢文学!温长庆突然觉得自己和韩柱冰好近。然后,试播开始了。当然是没有向外播放,内部面试,让每人朗诵一段话,可以自己选内容。温长庆幸亏写了个稿子,不禁暗自庆幸,在场的就他自己写了个稿子,显得有备而来。这不仅是有备而来的问题,而是体现出对这次面试的认真和重视。温长庆无疑又给学生高层留下了宝贵而良好的印象。韩柱冰虽然心理素质还可以,但到底没有稿子,想脱稿几句,但很快结巴着,连身子都切磨着歪斜了。幸好主管文艺的学生会副主席随便给了他段文字——冰心的《小桔灯》念了一段,他才收场。温长庆开始还紧张,一看韩柱冰表现一般,不禁暗笑。新生男生里面,非他莫属!到他了,他拿着捏出汗的稿子,对着能扩音的话筒,就开念了,就像毛爷爷站到天安门城楼上宣布中华人民共和国成立了一样,他认真地念完了自己的稿子。从开始的紧张,到后来的不紧张,再到后来的感情,再到最后完全融进文学当中的激情,大家都听傻了。

可爱的温长庆被选上了吗?

没有!

不仅没有选上,而且第一个被淘汰了。

因为什么呢?

因为普通话没有过关!

他虽然念得理直气壮,但里面夹杂了太多的方言,想改都改不过来。毛爷爷用非普通话向全世界宣布中华人民共和国成立了,那是在面向全世界,老外们听的时候,是有同声翻译的,可听粮食学校的广播是不需要带翻译的!

按说他出生在工人家庭,又在油田子弟中学,普通话应该过关,可由于油田在老区,学校里面搞教育的又都是老区里面培训出来的知识分子,油田子弟就是当石油工人的,干那粗活,需要些东北腔,但并不需要普通话。说话太标准了，显得不粗犷，别人还不敢和你开玩笑，打招呼哩，所以，普通话就不是油田子弟中学所重视的。相反韩柱冰虽然在表达时结结巴巴，但念稿子时却非常流畅，就像背诵课文一样，完全是由最标准的普通话表达出来的。他母亲是小学语文老师，他还没有上小学一年级的时候，就已经能把前鼻音、后鼻音、轻辅音、浊辅音掌握得很好了。

结果出来了，广播站里新增的血液，终于向全校用一年级最稚嫩的声音进行播报了。扩音器里出来的声音当然是韩柱冰的。

温长庆落选了。他有些气恼，气馁，当上厕所照到自己的形象时，他狠狠地告诉自己，一定要把普通话训练出来！校园文学广播可是他留下来的直接理由，也是唯一理由。他找了个普通话比较好的同学给他校正发音，他想重新上位。开始还有效果，结果第二天，再要重新开始的时候，油田方言就又回光返照了，以至于，当第三天继续开始的时候，那个教他说普通话的同学竟然不经意间已经学会了油田方言。我即蝴蝶，蝴蝶即我。那哥们笑得，直说老温，别梦想了，估计你会把粮食学校的官方语言变成油田方言。

温长庆在这个竞争中彻底秕了。不过与一般被秕的人不同，温长庆每次照厕所里的那面镜子的时候，总感觉到自己的脸上能打出石油来。石油工人不屈不挠的精神，说实话还是在这个工人干部家庭里保留了下来！这也是他后来能够跻身粮校一流学生品阶的潜在品质和感人动力。

也幸亏温长庆普通话不好，才在学生工作中激发出了他的另多才能。学生嘛，也不需要特别成熟的专业才能，只要热情积极进取就可跻身学生领导之列，而在这一点上，《一个新生的理想》就已经被校方获得证实。广播站播音员落选后不久，他就被学生会调剂到学生的团员口上，当上了学生会主席的政治秘书。当然，这个秘书主要还不是为主席拟稿，因为粮校史上没有也不可能有学生会主席面向全校进行大会发言的绝对可能。他这个秘书，主要是跟着这个主席跑步各类杂务，看似没有明确的分工，也没有刻意用人的政治计划，但就是凭借了这种平衡和热情，事实上温长庆已经进入了学生会人选的政治设计当中。比起韩柱冰来，他虽然不专业，但显得更全面。温长庆跟着学生会胡主席到处小跑，而韩柱冰则因为标准的普通话正和另一女播音陶醉在自己播音的蜜汁当中。每当他开始播音的时候,他感觉自己都要飞起来了。

胡主席出乎意外地留校了,而且留校的通知还没有下来,就被组织部抽调了,类同优秀大学生的二次选调。温长庆眼前豁然一亮,我的天!这算是跟对人了。

当副主席成了主席,他竟然想都没有多想就顺其自然地成了学生会副主席。温副主席因为接替了周副主席从而出乎意料又名正言顺地主管了文艺,自然也就主管了广播口。他本来以为自己被选退之后,这个神秘的小广播站,他再也回不来了,岂料,他不仅回来了,而且成了广播站的学生主管。他的文学梦还没有实现,就已经飞进了玄妙的云层。他没有太多地写,但却令广播电台多读些学生的散文、诗等文艺作品。

这个决定,无形中使温长庆在学生当中拥有了更多的知名度。这显然为他后来能够成为安丽丽的班主任又埋下了伏笔。周主席毕业走了,据说到了农业厅给厅长当秘书去了。走的时候,温长庆还没有被宣布,就已经被委任成了学生会主席,从此,温主席作为主席终于名副其实。

因为宿舍情谊,韩柱冰也被提拔成了学生会副主席。不过温长庆只是提拔了他,并没有让他主管文艺,因为对文学之梦始终不醒的热熵反应,使他始终不舍得离开这个曾经留住他的校园小广播。

而此时,安丽丽已经进入了他的视野。

当安丽丽还没有其他任何突出才能的时候,普通话很标准的印象,也就为安丽丽进入广播站埋下了赤热的种子。温长庆作为学生群体当中的头号种子,毕业以后选派到粮食局有可能当粮食学校未来的主管领导即将成为事实。可自从安丽丽来到粮食学校,他的这个可能性动摇了。他的新的"理想"竟然是想和这个粮食学校史上第一美女守在一起。于是,毕业分配的时候,他把想要留校的愿望强烈地表达给了校长。校长让他考虑清楚。他说考虑清楚了。校长说,其实,他品学兼优,说心里话也想把他留到学校,但到局机关去,至少有两个好处:一是能够分上房子,粮食局正在盖楼;二是极有可能当上粮食学校的主管领导。但安丽丽已经被他培养得就像自己的心灵蜜蝶,一块看都不舍得让别人多看一眼的命运小点心,他怎么会被一套房子和风光的未来打动呢？他立场极其坚定。就这样，他和韩柱冰的未来，就因为安丽丽同学的到来，发生了一次彻底转移。改迁粮食局，这是一个对韩柱冰来说有点意外的自由落体。

安丽丽成了温长庆的头号梦想。为了实现这个宏图，安丽丽必须首先被安排进学生干部行列里面，甚至为了让安丽丽能够在广播室里站稳，他不惜将历届学生会主席主管的团口让给副主席。他这样改史的目的，就是为了在自己能够垂直领导并管辖的范围里每天都能看到并守护安丽丽。甚至为了这个宏图未来，他还想得更远，一定不能提前向安丽丽表达自己的恋爱行为，因为一旦他留校，他就会成为安丽丽的老师，而根据中央和粮校的相关规定：老师是绝对不能和学生谈恋爱的。他怕这会在他毕业留校以后彻底影响到他与还不能毕业的安丽丽的未来。他以班主任的方式管理并守护着安丽丽，并为安丽丽的留校做好了十足而精心的准备。谁知道，他把一切都筹划好了，却单单没有想到遥远的东方还有个会写诗的刘子。

当他亲眼看到刘子写给安丽丽的那一地堆出来像图书馆的书一样多的信时，他傻眼了。原来自遇到安丽丽的那一天起，安丽丽压根儿就不是他的人。当知道刘子是在重点大学的本科学习文学的时候，他更傻眼了。向来不屈不挠的温长庆竟然做出一个令所有人震惊但却看不懂的举动——他留校之后，竟然想复习考研。刘子才是个本科，如果他是个研究生了呢？这个就连自己都以为荒唐的对比，竟然让温长庆老师不怕艰辛，排除万难，最终站进了中华人民共和国少之又少的研究生行列里面。

对整个粮食学校和粮食系统来说，温长庆未免走得太远。他站得太高了，以至于黄河老城都停不下这团漂泊的浮云。温长庆为什么要考研究生？这简直是落到安丽丽心中久不释然的存在之谜。她确实有那么一段时间，心思都快偏到温长庆这里了。所以，在刘子用他的大学情怀要对一个专科学校的大学生演绎他放眼世界和人类命运的"龙场"之念时，安丽丽终于默默地抛出一句："你能不能像温老师一样求真务实呢？"

温长庆在丽丽心中，是连刘子都永远不可能知道的夹着遗憾的一段记忆。每当看到韩柱冰的时候，丽丽都会情不自禁地想起温长庆，想起校园广播，还有粮食学校难得的秋雨。

第三十四章 她是谁？

这一天早晨，当潘小真习惯性地要求刘大成的晨起时，刘大成的机器失灵了！黄中医，他妈的，要命的预言，像个魔咒一样再次应验了。历史复回了！悲剧重演了！潘小真悚然被从世纪焦点的逼真幻想中带进了从前。

刘大成再次阳痿了。

潘小真本人毫无办法。

非得，又非得黄中医出马了？！

可在确实需要黄中医出马前，潘小真还是像第一次一样但又有别于第一次地对刘大成产生了病理性思考。

它这到底是生理性的，还是心理性的？它这到底是周期性的，还是间歇性的？

它这是正常的人生衰退？还是疾病？

而刘大成突然失勃的这天，正是刘子和安丽丽吵完以后，到付小美花店买花的早晨。与受崔媛媛刺激不同，刘大成这次是突然失灵。也就是说，安丽丽给出的印象虽然是逐渐的，但效果却是最猛的。

刘大成神器失灵的早晨，正是刘子赊了九十九朵玫瑰，再次到粮食学校筒子楼里遭受决裂的时间。从微雨，到小雨，到大雨，再到暴雨，这天早晨，其实也是刘子人生当中遭遇的最大的变故。如果没有这一天早晨，刘子的人生就不会那样书写。

被命运写进玫瑰花瓣里的时间，真的不是人能够握控的。对刘子而言，那是一个玫瑰色的早晨,但也是一个玫瑰花凋零的早晨。而对刘大成而言,则是他要开始对安丽丽做出失宠决定并开始实施惩罚的早晨。

安丽丽难道就是那种眼看就要到手,但却硬是会从手里飞掉的精灵?仔细想来,从温长庆,到刘大成,再到刘子,安丽丽向他们给出的都是一种边缘性靠拢。甚至连刘子——陪伴安丽丽完成高中毕业的刘子,竟然都没有真正走进安丽丽世界的里面。

她是谁?

她到底是谁?

竟然在同一时刻,会令两个男人同时决堤。这两个男人又是谁?突然显得无法形容,只能这样形容:一个是精神上的,另一个则是肉体上的。

当刘大成奔驰着宝马,飙过兰山饭店,从黄河大桥绕过凯撒龙,经过世纪焦点,回到粮食局家属楼的时候,他和他的宝马似乎跨越了他与安丽丽与潘小真与崔媛媛,尤其与自己在老城徒步过人生的所有范畴。

粮校的广播,粮校的篮球,尤其粮校的筒子楼;黄河渡轮上的夜色,夜色当中的黄河桥;凯撒龙的张裕;世纪焦点的红烛;兰山饭店的光辉和压抑……这些都可以简谱式地写出他们各自故事的轮廓。

刘大成恼恨,但却安静地回到了屋里。这只出更的老虎,算是被半路上杀出来的刘子给惊跑了。潘小真回来得很早。她是守到家里来接待一颗夜色中飘浮的灵魂的。当她听到刘大成能够稳健地开门,她一倒头,就在席梦思上进入了她的梦游。世纪焦点给了她玫瑰色的漫游,同时也给出了她对人和世界的进一步宽容。她甚至认为,对刘大成晨起的接应,是对刘大成实施的女性带母性的安抚,而不是先前认为的不让刘大成"两次踏入同一条河流"。结果,第二天一大早,当潘小真要安慰这根骨头时,已经拥有神兽光环的这根神木却软得像根面条。它虽然没有像神龟一样缩进黑亮的壳里面,但这个没有往内缩但却举不起来的表象和手感,竟令潘小真更加无所适从。

这次失灵,既是医学的,也是天命的。潘小真又甜蜜地紧张了起来。不知怎么搞的,她对自己的紧张有些甜蜜。

在神兽瘫痪的现场,她感觉到自己的确既像个女皇,又像个色情特务。

可以说，在从黄河渡轮到世纪焦点的历史性变焦和巡游中，她既公开又隐秘地能够控制这个老帅哥刘男人了！你再让整个老城都变得跋扈，最终也还是我潘娘子可以"手抓"一盘——胡辣羊蹄！

　　刘大成在潘小真金色的蛇吻下并没有起来。他远比之前的自己要冷静。他没有到厕所里面去尝试：对那一度雄猛的有些过头的神兽进行仓促的唤叫。正因为上次太仓促了，才导致漫长时间里他撒尿都要像个女人一样。当上正主任都已经两年多时间了，他该稳了。事实也是，他倒没有特别地对自己武器的失灵流露出惶恐，沮丧也还没有急切地来临，好像潘小真触摸不到的昔景，早就进入了他的预感。他有了一次失败的经验，这一次失败了，也就不再显得绝奇。失败的经验也是经验，这次他要稳，稳些！至少，不能在潘小真斜睨下，<u>坐上马桶</u>。

　　他不起来，也不厕所，他就让它继续瘫软。他要让它变成一只嗜睡的婴儿。不过，同时，安丽丽被刘子截和的一幕就像路灯下的飞蛾一样反复恍兮惚兮地飘零。他在想一个可能：惩罚！

　　他只能说是惩罚！而不能说是报复或复仇！毕竟，在由晨勃支垫出的完美平衡中，他与安丽丽与刘子，还没有演化成爱与恨、冰与火的世纪交融。崔媛媛的故事，之所以在他心流中急湍出一股复仇的怒火，是因为他都想过那只完全可以从后面或侧面扑过来的母狗，却在他一再拒绝还手的艰苦旅程中，突然被发现，她已经和别人有了！也就是说，崔媛媛在和他几乎没有任何第三方干扰的曼妙进展中，却支撑着一个可怕的事实：最终也只是他被蒙在鼓里！

　　安丽丽同样也将他蒙在了鼓里，但安丽丽的这个鼓，鼓声却当众打了出来，而且看起来是一张已经破裂的鼓。为此，对崔媛媛，他毫不犹豫地实施了报复，而对安丽丽，他只是想到了：惩罚。虽然，他也还没有想到如何惩罚！总之，他想惩罚！一种已经有股报复倾向在其中的惩罚。

　　然而，任性的安丽丽在刘大成主任试图用惩罚的方式独泄一口私愤的漫长白天里，竟然压根儿就没有往办公室里来。刘大成惩罚的宣誓，宛然幌到白墙上的一面白旗。

　　刘大成等了一天。那个需要用"惩罚"来构造的目标终于没有出现！

他苦苦等了一天！

第二天，加上晨勃消匿的生理迹象，刘大成突然电传办公室各个角落，把所有没有处理完的材料都堆上来。他沉默地给自己下文：交由安丽丽同志迅速处理！

第三天，办公室各个角落，挨个将材料堆进了刘大成主任的办公室。"处罚"越来越加重了！材料垒到一起，既如个囚室，又如个山丘。办公室里的一干人等的理解是，刘主任若让某个人处理这堆材料，显然是要放出能够被提拔的强烈信号。

众人皆在猜谜。而在刘大成这里，要惩罚安丽丽也只能采用这个方式。他曾用这个方式奖励过安丽丽，现在，他要用同样的方式惩罚安丽丽。

材料堆积如山，光整理一遍都能完成被惩罚的指令。刘大成在想：如果安丽丽进到办公室一看，包管，至少也会吓出一跳！

她一定会跑过来问他。然而，他视而不见！

结果，这一天的黄昏迟迟来到了，安丽丽依旧没有来到。她压根儿就没有看到那堆可以吓她一大跳的东西！

这下刘大成倒惶急了，咋就没有半点音信呢？莫非出事了？

莫非出事了？似乎流露着他希望出事。在情绪的迷宫里，他到底是有些幸灾呢？还是有股乐祸？

第三十五章 被摔碎的花瓣

丽丽与刘子吵后,当晚确实没睡安稳。她脑海中过往的就是与刘子的岁岁月月,不过,那个岁岁月月仿佛像历史一样,不是离自己很近,而是已经很远了。

她使劲地想念刘子这个人。这个人还在心里面存在,可已经不再是那个一想到便会令她激情澎湃的存在。她想念的那个刘子,并不是出现在眼前的这个刘子。

她发现经过一年单位上的历练,她已经没有一开始那样——信书所言的那样,多么渴望刘子也能留到省城。当一批又一批的大学生都逐级往地县基层分流的时候,丽丽越来越相信,刘子是不可能留到省城里的。留到省上要凭关系,而刘子有什么呢?重点大学的学历?也是!但毕竟不是像清华北大那样的高校。能不能留下与渴望留下,已经在一年的思考中严重错位,不能,也就逐渐化退了渴望。

当温长庆对她表达出精致的人生设计的时候,丽丽已经能够把温长庆当作:如果刘子不来,是否可以做出回应?不觉间,温长庆竟然已经成为这种仿佛填报志愿总要考虑保底的考虑。

丽丽对刘子的思念其实已经不纯了。她不是不爱刘子了,而是爱已经变得沉重了。她越是步入现实的刀丛,刘子理想激情、一副愤世嫉俗重造山河的空洞印象,就越会占据进她的肺里。说实话,连她都觉得,这人咋就这么幼稚呢!这是青春吗?这是被青春装配的生命的力量吗?

她还记得,她刚毕业分配,刘子从古城路过,到筒子楼里,竟然在兰山公园录着佛音售卖珠串的旅游商店里给她买了个树脂吊坠。她能戴吗?她能当着刘大成、韩柱冰、整个粮食系统戴吗?说实话,在这里上班和工作,纯金纯银的都不算数,戴个树脂的,那不是对这个黄金系统的金色嘲讽吗?只要是戴,就一定戴个货真价实的,否则就不要戴。所以,截至目前,她的颈项上还是一片白嫩的空地,她不知道,有一天谁会在她脖上子挂一串货真价实的项链。

她势利吗?并不势利。她只是好笑,刘子就算不给她买那串树脂项链,都比买了更能给她留下怀念。

安丽丽头疼了一夜。说实话,她是第一次那么喝张裕。当她频频举杯的时候,压根儿就没有想到,这家伙会将酒性会持续到后半夜。对于刘子突然从身后杀出,她不仅吓了一跳,而且,突然觉得这个就像是到兰山公园里给她买条树脂项链一样,玩得既不适时势,又显得幼稚。她的确已经过了高中小女生的年纪!她的青春还在,但不是这般挥霍法。

黎明的时候,她醒来了,严格来说是睡着了,不过,很快就又醒来了。她听到外面淅淅沥沥的雨落。她喜欢雨,但不希望雨在今天下。本来就有点郁闷,不想这雨让心情更潮湿。蒙眬间,她像是又睡着了,接着醒来了,房子里有点闷,她想推开窗户,让风透透。

窗外淅淅沥沥雨在下。窗外的屋檐下,雨像人的眼泪一样。她把身子探出去,想看看筒子楼往外到底积下多大的雨洼,也就是说,能不能不穿雨鞋就到粮食大楼上班去。结果,天哪,她看到一个人像只鹅一样,正捧着一束鲜花,将头伸到檐下的雨柱中冲刷。她还当那人神经不正常呢,及反应过来的时候,才发现是刘子。

他在干什么?明明可以躲到没有雨的地方?他是在惩罚自己吗?可他更像是在塑造一副让人可怜的形象。刘子的这个创作,比起到兰山公园里买条树脂项链还要可笑。他完全在设计爱的影幕。

丽丽对刘子的失望,似乎从这个时候真正开始了。以前都可以不算,但这一次,他确实不可爱了。

丽丽有股说不出来的失落。她冷漠地笑笑,对自己。这会是一个可以继续下去的未来吗?这人连韩柱冰都不如。

大面积的失望，迅速从丽丽的心肺间展开了。她真后悔自己推开窗户，看到这一幕。这一幕比遭遇跟踪和偷窥更不值得愤怒，它太轻，太可笑了。这是嘲刺！是对一个校园诗人的嘲刺。这是反讽！是对可以对爱献出生命的反讽。是伪善！是一捅就破的伪善，是根本就经不起挖苦的人性。

刘子在丽丽内心深处的印象彻底变了。她好沮丧。这还不是理想与现实的问题，而是她要不要再面对这个人的问题。回进窗户以后，丽丽又往窗外望望。

丽丽不再觉得可笑，而是鄙视。此刻，就算是身边怒放九百九十九朵玫瑰，她的身体都不会冲动。说实话，在凯撒龙光亮的镜子里，在粮校胡同与刘子争吵之后，丽丽虽然在怒，但黑夜里她还是产生了想与刘子亲抚甚至做爱的冲动。但大清晨的这一幕，却使她的身体彻底干枯了。她连身体上都排斥了刘子。

所以，当刘子把自己塑造成一只爱情的落汤鸡，出现到安丽丽面前的时候，丽丽就像房间里面早隐藏了另一个男人一样，发出冷漠的嘲刺的同时，连让刘子进到宿舍的心思都没有了。她顺手就把那串树脂项链连同一幕荒诞的玩笑丢了出去。

被冷漠再次激怒，恶做的假象被拆穿，进一步恼羞成怒的刘子，竟然，把九十九朵玫瑰一气之下往筒子楼掉灰的墙壁上摔去。

花瓣落了一地，宛然撒进了坟墓。

就算他要塑造出一副需要可怜的形象，可那也是因为爱而冲动的，就像一个人要造出一颗宝石来献给自己的恋人，他的造和宝石都是虚伪的，但献给恋人的心却是真的。

刘子从一副怒相和激动当中退去了。微雨中留下激情而苦涩的一幕。当他冲下筒子楼的时候，安丽丽不知道也想不出他是不是哭了，反正，那一刻，她连自己都感受不到了。

当然，刘子哭了一路。

本来安丽丽拾掇好了要去工作，可砸到灰墙上的九十九朵玫瑰，给了她一幅生活突然被绞碎了的现场图。这个楼上住得人太多了，每个人她都熟悉，可他们每个人都并不认识刘子。她想拿个扫把把那些碎地的落瓣扫到垃圾桶里去，可找了半天也找不到扫帚，于是，她只好伏下身子去捡。一片一片地，捡那些落碎的花瓣。捡着捡着，她竟然哭了。她把摔落在地的花瓣带进屋里，堆到桌上，就像看到一片被摔碎的心脏。

玫瑰此刻才似乎怒放。但亲爱的刘子已经哭回了烟雨朦胧的街道。玫瑰在它的时间上写出了爱，但粉碎了意义。

丽丽爬到床上直哭，满目间委屈的泪水。她此刻才意识到自己的脆弱。其实，她一直就是个弱者。

刘子把花怒摔的当间，丽丽本想夺门而出，这样，她极有可能将刘子的冲动扣留为一个故事，一个可以无数次发生，同样也会无数次结束的爱的故事。比如，她穿过粮校胡同，走进粮油大厦，躲进静寂的办公室里，像忍耐了四个冬夏的纸书春秋一样，让某种可能性继续停留在时间的表面。但刘子的绝叫，让本可以扣留为故事的故事，彻底崩溃了。刘子像狼一样冲下楼去，丽丽需要的野蛮形象，在那一刻仿佛遭到了孕育。

刘子的绝叫，昭示着一场刻骨恋情的结束。丽丽的心情糟糕极了。在那个瞬间，她觉得就连活着都没有多大的意义。还上班去吗？还有心思上班去吗？那一片片玫瑰就像是血，那一堆玫瑰也是泪。

她爬在床上痛哭。她恨刘子，更恨自己。可她恨刘子什么呢？她又恨自己什么呢？如果像狼一样冲下筒子楼的刘子，能够像狼一样转身回来，丽丽一定会抱着他痛哭。只要他能回来，丽丽完全可以让他把她吃掉。可像狼一样的刘子，一转身后，就再也没有像狼一样回来。支配爱的是激情，可破坏爱的同样是激情。在刘子的诗歌里，他后来把它叫作：爱的受难。

丽丽哭了很久。哭，反复支配着一个女人的形象。当"哭"哭完了的时候，女人的形象也就遭到了解构。在一股像针一样能够扎进灵魂的力量里，丽丽第一次意识到了刘子的可怕，要回避这股扎进灵魂的力量，只有把自己埋没进最普通的力量中去。无疑，刘子摔花并转身而去的一瞬，丽丽已经知道：在这个世界上，如果真正要爱，她只能去爱刘子。可也就是这个一瞬，丽丽却不再那么爱自己。只要她不再爱自己，她就有可能不再去爱刘子。

丽丽用哭声，闪灭了自己的意志。她竭力用更现实的道理，去湮灭那股最本真的失落。她爬起来，对着镜子看了看自己的形象。她也许还认得她，但不久，就看到了一个陌生的自己。镜子里面的并不是她——她满脸憔悴，她失魂落魄。她承受到苦难了吗？一堆碎花，怎么就能表达出苦难？丽丽望着映到镜子里面的玫瑰，这还是她第一次接收到玫瑰。望着镜子里面的花和自己，她苦笑一句："第一束花，第一朵玫瑰。"开端，就意味着结束。同时，她看到了隐匿到门后的扫把。原来，扫把正靠在垃圾桶后面。

为什么在她最需要它的时候，它却像魔法一样消失了呢？丽丽再次笑笑。她对着镜子在笑，在冷笑。她提起扫把，把那一堆一片一片捡起来的花瓣，毫不犹豫地葬进垃圾桶里去了。像血一样的玫瑰彻底凋谢了，它们就像是垃圾系统里面享受绞刑的怪物。

丽丽又照了照镜子，她发现自己的脸色如此难看。就这副面孔，只会引起单位大面积的注意，为了顾全自己在单位上的形象，她决定：旷课！

第一天，几乎睡过去了。

第二天，想去。结果，起来后，又袭来一团无法挥起的倦怠。仿佛有了第一天的放任，第二天，不去上班，也会相安无事。第一天没有上班的危险和危机，并没有被提示到，第二天，就会习惯于这个惯性。于是，她又倒头便睡。她怎么有股从来都没有感受到过的困倦和疲惫？似乎躲进宿舍里面，才能让自己把自己彻底地忘掉。

丽丽窝进宿舍，就像把自己拖进了梦里。她第一次能够让现实麻醉。加之例假并不适时地来到，她的睡既让自己拥有了理由，也让自己能够想睡就睡。

丽丽再笑笑，苦涩地笑笑，接着就捂着肚子哭了。为什么，她就不能得到原谅呢？可她需要他，需要刘子原谅她什么呢？刘子如果知道她的例假正从身体的原始密码中出窍，他还会在丽丽对他的无法自已的混乱情绪中暴露出承受吗？爱情啊，你到底又有多么强大呢？你不是揶揄着让人山盟海誓，海枯石烂，并敢跳进悬崖挡刀挡箭吗？可你为什么像一片雪，根本就经不起阳光的融化呢？你晶莹得像露珠一样，最终也不过昙花一现。

丽丽哭着，并苦笑着。

由于没有足够的防范，她竟然没有为大姨妈的来临做好准备。那一股一股的血，与眼泪同时涌出了海角，就像那已经被扔进垃圾桶里的玫瑰一样。

丽丽溢着泪换掉了内裤。诚然哭着，但她还是在看到自己白光光的下身的时候，泛起了一片羞涩。她垂下头把自己认真地看了看。感觉那里其实特别丑陋。如果不是由一件水洗蓝的牛仔裤罩着，它根本就给不出她走路的自信。

她哭着，把那块防渗的布裹到上面，身体的线条似乎又出来了。她被子一拉，蒙起头，自己和自己再次哭了。当她再次起来的时候，她发现那件带血的内裤竟然笼罩在凋谢的玫瑰花上面。

事实似乎逐渐清楚了。安丽丽对刘子的烦闷，与这突然而至的生理周期扯上了联系。倒霉的刘子，偏偏在这种时候与心情最容易失控的丽丽给撞上了。可爱情的决堤，能用身体去做一场辩护吗？安丽丽能说，她之所以没有如初地待见刘子，是因为身体的潮信如江浪一般来到了吗？就算她说，刘子能理解并会信吗？可她又会去说吗？

三天没去。

第四天。丽丽去了。

办公室意外安静。没有人因为她的来临，露出异色。或者说，没有人因为她的没来，产生疑惑。既没有人前来问长道短，也没有人过去问寒问暖，当然，也没有人悄悄议论，交头接耳。总之，没有人关切她为何没来？她的消失，甚至死，仿佛都不是这个道场首要关注的话题。这倒让安丽丽觉得就算是再睡上一天，也会没事。

办公室里如此静寂，反倒是丽丽，坐在办公室里，如把自己流放进了一个渺远的荒岛，自己把自己的失踪和缺席当成了不合常规的母题。

她惴惴不安地坐了很久。这种氛围令她安心，同时令她惶恐。此刻，她多么希望冲进来一个人，不问青红皂白，就对她一顿劈头盖脸。当然，这个人，最好就是：刘大成！

第三十六章 乐祸

刘大成呢？自从内心中突然燃起一股残暴的烈火，并发誓要对安丽丽神秘的"出轨"实施报复，并以瞬间召集到的垒若山丘的资料对安丽丽进行惩罚性"奖励"时，他甚至连没有早起的晨勃都不顾，就想在第一时间见安丽丽，或者迫使安丽丽急促地来觐见他。

他近乎得意地把皮鞋擦得贼亮，出门之前还在那板寸上面打了一把啫喱水。板寸发型头发长短刚好，只要稍稍用啫喱水摩擦一下，微微地从耳鬓往侧额对拢着抒住往上翘翘，就会显得很时尚流行，达到男人最前沿最靓最精神最气质同时还因此显出野性与质朴的美学境界。

他依旧西装革履，红领带，白衬衣。同样的颜色，同样的款式，不过都是新换的。这个好莱坞式摩登但又造型稳健的时尚风格，他已经用自己最得体而又最持续的方式锁定了。如果写他的成熟，就写这一套。如果要写他的成就，也写这一套。如果要写出他从不感觉凋谢的青春，也把文字和理解保留到这一套风格当中。

在上办公楼之前，他还故意迟到了一下，绕到旧大路口，刻意吃了个马子禄——皋城闻名遐迩的牛肉面。吃的时候，他在想，安丽丽一定在他的办公室门口等上了。这是他的预感！他总觉得，安丽丽一定会为昨天的事情，迫不及待地跑过来向他解释。

然而，踏进办公楼的时候，办公楼却一片静寂。刘大成踏进了办公室。从整座楼的静寂，他能感受出安丽丽并没有如踏入办公楼前所想象的那样：迫不及待地跑过来向他进行解释。他强大的主观性在被事实上做空的客观性面前被残忍地击溃了。他突然感觉到一阵冰凉,一道强烈的沮丧,心里空空的,就像丢失了学籍,最有把握的一门考试不及格,转业失败,文工团里的燕子拒绝了他的爱情朝拜,崔媛媛突然出其不意地被发现神秘地怀孕了……总之,空白,然后,接着沮丧,反复,最后,被一股空虚无尽地吞噬。他简直就像是来给自己搞死亡葬仪!

不过,他虽然感觉到一切死了,但还是想听到自己的声音,他想用自己的死亡唤醒整个突然死寂的办公室。于是,他用电铃声强令办公室各部将没有完成的材料统统拿进他的办公室。

他要突袭!

很快,办公室楼道里便传来惶紧的脚步。各个处室,几乎是在同一时间,把没有完成的材料,像给皇帝的贡品一样献了进来。很快,便如个山丘堆到了他的面前。

他对他们看也没有看,当然,也没有让他们把自己看到。他们看不到他,则因为他将自己隔到了材料后面。所有的人都毕恭地面见了刘圣上,除了韩冰柱和安丽丽。

安丽丽正面对着一堆破碎的玫瑰像血一样流泪呢。而韩柱冰呢?压根儿还躲在厕所边上赌气。这家伙,气怎么这么绵长,这么大,都快十个月了。刘大成确实好久没见到他了,他现在确实是办公室里唯一与他有些抵触的力量。刘大成早就想把他从某个岗位上分流出去了。当然,不会像处罚崔媛媛一样流放到基层去,但他感觉到已经为他瞅好了一个位置——保卫处,值班去。他不是身子爱侧吗?让他当个守门人,既可以面壁,而且还不会挡路。

材料已经集合完毕。这下,他倒把空虚和沮丧从那命令被响应且积极响应的快感中出乎意外地驱逐了。他感觉,在这个已经造成的声势当中,安丽丽应该快要来到了。

他想表现得更独特一点,既像个主任又不像。于是,把那出门时擦得贼亮的皮鞋,吃了一碗马子禄又略微落了点尘埃的皮鞋放到桌上,他足足放了有半个小时。楼道里依旧一片静寂。安丽丽压根儿就没有来。都过午了,安丽丽依旧没有出场的迹象。下午会来吗?刘大成就像一个邮差一样,像是等待一个人把自己口传的音讯向安丽丽交付出去。可下午过去了，黄昏快要来到了。昨天这个时候，他已经把蓝鸟儿开到对面拉上安丽丽飞往凯撒龙去了。暮色已经笼罩了皋城。昨天，此时，张裕已经被打开了，他已经对着两只龙虾点命了。

他一个人坐在办公室，感觉到自己越来越矮小。自己慢慢地，就像勃起以后，开始逐渐退潮的那个东西一样，走向了消失。作为一个显著的生命迹象，他在消失——正在走向消失。他应该是饿了，但没有任何食欲。一个人像孤僧一样坐在那里，越坐越孤寂。他想走下去，或去哪里转转，总之不能再窝在办公室。

刘大成走出办公室，没有下楼，而是斜转身，贴着墙壁，拐进了厕间。他走路的样子，刹那间竟然有些像韩柱冰。他要尿！这才觉见他又回到了先初女人尿尿的姿态当中。他返祖了？

刘大成无奈。为了不让尿淋到笔展的西裤之上，他只好蹲下去像拉屎一样尿尿。刘大成"返祖"的时刻，在昨天，正是安丽丽喝了不少张裕之后，为了掩饰自己的心跳，进入凯撒龙华丽的厕间，身体被迫想刘子的时刻。

刘大成尿完尿的时候，才紧张地意识到他阳痿的疾症正式爆发了。他有些慌乱。甚至，在那个瞬间，希望不要碰到任何人，尤其是安丽丽。

他悻悻地走进家属院里，不时地回头看，生怕有人跟踪。他回到家里，一头便倒了下去，就像一个千年雕塑，瞬间便在蚕丝绒的鸳鸯被锦上坍塌了。他整个身体软弱得就像那根器官一样。

潘小真很晚才从世纪焦点回来。见刘大成睡了，她也安静地睡了下去。她没有哭，而是把脑海尽量往世纪焦点恍惚的灯光里放，往那些身体精瘦且矮，但头脑精明的浙商身上放。她想，今天，把刘大成遗忘了。

黎明的时候，潘小真没有把手指往刘大成一定不会再勃起的神器上放。她起得很早，趁着黎明，扮出一副急匆匆要出门办事的样子，洗漱一下，在太阳还没有完全出来之前，就冲到楼下去了。不知咋的，她跑得气喘吁吁，生怕刘大成跟着撵了出来，拉她回去，要求她如常地逗弄他那双开始"返祖"的神器。

潘小真跑出家属楼的时候，才长吁出一口气，就像一个犯人，终于逃脱了狱卒的监视。这么早,她到哪里去呢?踩着晨霜,到渡轮上去?那伙姐妹,她迟早是要见的。

刘大成像个瘫痪的机器,他早醒了。潘小真出门的时候,他感觉到了。他想揉揉眼睛,觉知一下,黎明是不是已经到了?结果,却抹出一把冷泪。他连自己都不知道:自己怎么哭了?

太阳从窗户间透了进来,好天气,好秋色。他像个女人一样再次坐进马桶上尿了,尿了很久才尿出来。收身之际,感觉还有东西要跟着出来,于是他又坐下去,努力了很久,才又有一滴尿从器官里掉了出来。原来,这家伙掉队了!这下,他才感觉到舒适了些。随之,他的身体就像已经不在了一样,头一天还打了啫喱水的板寸,一夜之间仿佛又长长了一样,疾速而又缓慢地围起个不太明显的"锅盖"。人类的"返祖"时代,要返就会把一切眼前的东西,都要返还到它的时代。

不过,他还是从一股冲动当中,挣扎了起来。想到安丽丽今天说什么也会来报到,瞬间就使他想继续冲到自己的办公室里去。那堆山丘一样的材料,表语着他对安丽丽发出的命令,这个必须惩罚的决断,瞬时又支配起他的存在。

刘大成主任,依旧西装革履地出现到了粮油大厦面前,他深呼吸之后,上去了。楼道里比他预料的还要安静。不过,这次踏入办公室的时候,没有昨天沮丧,因为他已经预料到自己会沮丧,反而,沮丧被减弱了!

安丽丽会来吗?安丽丽当然没有来。他本想让别人,或者自己到安丽丽办公室里证实一趟。不过,刹住了。

这一天,刘大成感觉过得特别漫长。等待就像是一秒一秒地与时间在拼刃。好长好难熬到头的时间啊!一直又到黄昏的时候,安丽丽终究没有出现。她压根儿就没有往单位上来。

这下,刘大成倒慌急了。咋回事?莫非出了事?这样一想,他反倒有股莫名的快意。一定是出了事!正因为她出了事,他才感觉到自己从被意外滑落的山坡上滚到了一颗可以接住身体的石块上。他尝试着以此站立,并且能够站起来了。

他想尿尿。奇怪的是，这次尿尿，比昨天尿尿要利索些。他近便池便可放出来了，虽然不像歌唱，但没有坐进坑里去。这完全得益于安丽丽没有出现，一定是遭遇到了挫折的猜测。她越是遭受挫折，他越是能够被证实存在着。

　　他在乐祸！显然是在乐祸！

第三十七章 玛丽皇后

潘小真仿佛是第一眼看到黄河。流逝的水波，形成无数个漩涡，河水并不是顺往东去的，倒像是不时地从远处调过头来，与后及的浪头迎遇一下，随之碰起水花，接着扭到一起，就像划过弧弦的圆舞曲，愉快地颠簸着，一同往远处而去了。这就是黄河的流浪吗？这倒像是潘小真一直幻想的爱的方式。

潘小真来得太早了，黄河渡轮似乎还在它的夜色中沉睡，要上船，最早也得九点以后。潘小真看了一会河流中的漩涡，不觉间竟然踏到了河桥上面。她站在河桥中间，生怕，站到任何一端，都会把桥身压塌。她就出生在离河桥最近的西关什子正对的工商局楼上。小时候，几乎天天去河边，过桥，望着河岸边高耸的白塔，多希望自己像只鸟儿能落到塔尖上，看整条黄河。可自从大了以后，她就再也不到河桥上去了，因为她胖，她害怕桥上来来往往的行人。可她又怕他们什么呢？她怕他们会盯着她看。所以，她一到河边便往渡轮里钻，既不想离开黄河，又能很好地在黄河上面隐蔽下来，还能感受到河水的颠荡，就像睡进摇篮里一样。

九点之后，潘小真像探亲一样踏进了好久没有到此蹉跎岁月的渡轮上，就连斟盖碗茶的尕三都露出疑色。潘小真对他露出一笑，尕三才露出小虎牙一笑。这个仔儿，潘小真踏上渡轮的那年他才七岁，转眼就已经十一二了，小虎牙看着越发锋利。尕三是黄河渡轮上专门倒茶的。长嘴壶背到背后，肩一肘，亮身子一切，一个迎虎步，不偏不倚，就把热水打进茶碗里，不溢不晃，真是绝技！潘小真们在渡轮上玩的时候，是不允许任何人进来的，唯独这尕马子例外。每次尕马子往盖碗茶里注水的时候,潘小真都能想到那猛猛的一射。

尕马子见潘小真笑了,才露出小虎牙,问候一句:"姐来了!"往常,他可是远远见到潘小真,就迎上去,问候:"姐!您来了!"那盈盈的笑,就如河水中跳出来的太阳。尕马子迎头笑问的当间,潘小真往往是肥掌儿往尕马子脑后一摸,像是在摸一颗掌进手心里的核桃。尕马子一跳,随即就往后台,给这个肥姐姐斟茶碗子去了。今儿,因为尕马子没有迎出来叫姐,所以潘小真也就没摸,感觉突然生疏了不少。

姐妹们都还没来。也不知道,她们还来不?!潘小真选择最习惯的位置坐下,尕马子沏盖碗茶进来了,因是潘小真一个人,那长嘴壶也就没有启动,而是用暖瓶把盖碗三炮台沏上了。潘小真也没有在意,心想,不摸他,他就不亮出虎步来耍他的绝技。尕马子笑笑,小虎牙晶亮得像两颗玉石一样,越发显得俊俏。潘小真也善真地一笑,尕马子随之就出去了。他是二十世纪九十年代初,这条渡轮上无人不记得的标志。

潘小真足足等了两个小时,也不见姐妹们的行动。咋了?难道散伙了?前天不是还有姐妹发传呼问讯:她最近咋不上船了吗?情形间,她终于从她的包里拿出那个"大哥大"来,先把那个呼叫过她的姐妹呼了一遍。很快就回过来了。那姐妹一看是个手机号,还当是别人。当听出是潘小真以后,才惊叫:"你都有大哥大了!我还以为是谁呢?!"潘小真说她来渡轮"上班"都快两个时辰了,怎么连个鬼影子都不见?!那姐妹听她这么说,反而抱怨上了,自从你离开大伙以后,"渡轮之光"都渐渐散队了。大家都觉得没有潘小真好像不好玩,不热闹了。潘小真虽然低落,但很快就因为这几句话,感受出了自身的存在。她说她确实有事,父母身体也有些不好,所以,缺席了一段。姐妹问:"父母咋了?"潘小真急岔儿不知如何说,只说:"糖尿病!"那边姐妹又是惊诧,都说那是个富贵病,得病是因为富贵,得了病更需要富贵。那姐妹还想拉话,结果潘小真急急地说,船上"上班"还来不?姐妹有些犹豫,随即让潘小真把其他姐妹也呼上一遍,看手头的人够不够?言外之意,如果其他人来,她就到。潘小真挂了电话:"我的妈呀!不知道打手机需要花很多钱吗?!这话费可是天价。"

可潘小真既然拿了"大哥大",也就不在乎这一出。"贵就贵呗!不打还惹笑话。"于是,她用她的"大哥大"挨个把姐妹呼叫了一遍,结果全回了,都还以为是谁呢?原来潘小真拿上了"大哥大"。于是,都想和她在"大哥大"里多说几句话。潘小真那个心疼啊!今天保管话费就爆表了,无所谓,还崩不了盘子,敢舍才能得!

潘小真并非小气。其实,从踏入渡轮的那一刻起,她就有些后悔了。世纪焦点的温柔岁月里,既让人低调,又显得浪漫,而且还不嘈杂,处境隐蔽,但又身份高贵。潘小真和他们一起,学会了细微,学会了精致,不再像以前,蒙头猪一样海吃海花,最终个个拍着屁股走人,现在,她已经学会计算了。

这不是斤斤计较,而是精细!"大哥大"话费是很贵,但潘小真总算是把姐妹们约齐了。与过去不同,潘小真与她们的相聚是不约而同的,这次可是她召集的。由她召集,也就意味着,她自始至终必须把她们服务下去。潘小真在整个过程里,顿时有股伺候着别人来向自己开涮的感受。不像在世纪焦点里,她天天消费,但几乎,单不用买,"大哥大"也不需要用。"大哥大"只有出现特别的客人,尤其浙商拢来的广州或厦门新贵的时候,才偶尔一用,不像现在,几乎每个姐妹都拿她"大哥大"一用,要么打给自己的闺蜜,要么打给某个男人,要么打给一些毫不相干的人,总之,她们都像是要确认一下,这个移动机器,到底管不管用?给闺蜜打,是显摆,也是那些远不是潘小真能够取代的想念和激动;给某个男的打,似乎在做暗示。暗示什么?暗示,黄河渡轮上已经有人在用"大哥大"!如果要继续,把传呼摘了,"大哥大"配上。总之,她们可以拿着潘小真的手机给别人打,但没有一个人想打给潘小真。

潘小真静寂地卧在她先前已经卧习惯了的位置,其实,哪里能静寂,"大哥大"每动一下,她的心里就像放进了无数根刺。她的想念,对这伙姐妹们的想念,在那些无法计量的瞬间里变成了憎恶。以前她们或许还鄙视过她,现在,她对她们竟然也发生了鄙视。一台"大哥大",完全可以把这些人的灵魂泄露出去。"大哥大"已经经受并承受住了检验,它终于回到了自己的位置——潘小真唯一还没有来得及换的皮包包里。这包还是刘大成送的,当然,刘大成又是被徐冬芳送的,而徐冬芳恰好又是托崔媛媛送的。

外贸货，出口转内销的外贸货，"Made in china"，鳄鱼皮的。哪里有鳄鱼？黄河里有吗？没有！扬子江里有！这包仿佛是从扬子江里打捞上来的。

姐妹们如常地进入了"工作"。工作正式开始也已经午后了，潘小真本还想通过几个红点来消消自己的失望，可是偏偏手气又不太对，虽然算起来没有输多少，但总归还是输了，这使她始终一脸的不快。不知咋了，她这一次怎么特别心疼自己手里面的钱？！因为手气不顺，钱都转移到姐妹们开心的怀里，就像神不知鬼不觉地割去了她胸口的一块肉，之前，在黄河渡轮上漫长的修渡，她可是从来没有这样的感受。也或许，以前，她总是以为，今天输了，明天就又转着手气转回来了，所以，就算输了，也还高兴。但今天，自从"大哥大"被她们挨个蹂躏之后，潘小真就没有再想明天，她觉得，这一次才是她与她们告别的时刻。因为没有了明天，所以，她感觉到自己今天特别的背。

麻牌工作结束了，尕马子的长嘴壶也对着黄河远上的塔顶静望去了。一干人马，要下船了，尕马子热情地送出。"姐！走好！""姐！走好！"小虎牙，尖尖利利！就像咬着一块冰糖一样。潘小真笑笑，唯一对着尕马子笑笑。按常，她是还要摸一把尕马子的头的，可这次，因为来的时候没有摸，所以，走的时候，也就没有好意思摸。

茶钱倒是让赢了大点的付了，这是惯例，不能打破，这意味着这个集体的传统并没有断。可，潘小真把本不出门的她们召集起来了，难道仅仅是到渡轮上尝试尝试点炮的运气吗？这不是待客之道，自然，还没有完全走下渡轮的时候，姐妹们就已经议论起凯撒龙的饭了。

到凯撒龙去，这已经不是提示，而是就往那个方向——凯撒龙直赴。到凯撒龙吃，这还用讨论吗？潘小真连"大哥大"都拿上了，进趟凯撒龙，难道还有问题？没有问题！走！到凯撒龙去。

潘小真还没有走下渡轮，就已经用她的大哥大向凯撒发出订制"玛丽"包厢的移动信号了。前台不是徐冬芳，当然不知道潘小真是何许人也。对方一直在问，你们几位？要不坐个小点的包厢吧？！潘小真生气地挂了。能换包厢，就说明有包厢，不如直去！

姐妹们拥着潘小真，打了个黄面的，十分钟不到，就已经杀进了凯撒龙。

潘小真直入玛丽厅就座，服务员急忙赶过来说，已经有人订了！潘小真问，谁订的？我今天就要在玛丽厅吃！服务员一脸不高兴地出去了。幸好！徐芳冬及时出来了！一看是潘小真，先是一愣，接着堆满了笑。

"姐！你消失了吗？妹子可是想你了！"

潘小真笑笑！

"这玛丽厅让吃吗？"

"当然可以！就是给你留着呢！"

"刚才不是说，有人订了吗？"

"不就是给你订的吗？前面姑娘说，有人打电话订玛丽！我一听就是你订的！这大皋城，能直接要玛丽的除了我的潘姐姐，还会有谁？"

潘小真这才泄了怼劲，心情大好地坐下了。这才是她理应得到的感觉，吃就吃呗！只要老娘心情高兴！

好久没有光临凯撒龙的潘小真，终于又像个皇后一样。不过，虽然她已经握着鳄鱼皮包将凯撒龙的这顿晚宴坦率地预计在内，但"张裕"绝对是不再要的。那东西明着被宰不说，喝了还有可能乱性。潘小真想保持一点冷静，尤其，刘大成第二次"踏进同一条河流"的时候。

从凯撒龙出来的时候，已经快十点。她们是最后一批离开凯撒龙一楼火锅消费平台的客人。徐冬芳当然亲自送了出来，她在往别处周旋的时候，已经给服务员交代过，潘小真宴毕之后，她要过来亲自送。潘小真在黄河渡轮上没有找到的愉快，凯撒龙还是如常地给了她，这才让她的心情，没有想象中的那么坏。唯一心疼的，就是"大哥大"被用爆了，她目前还不知道已经透支了多少话费。

第三十八章　你怎么舍得我难过

办公室里如此静寂，就如静静的顿河。这是安丽丽需要的处境，但不是她能承受的边境。

她坐进办公室里，多希望有人能够敲门，或者那个能够随时召集她的铃声能够响起。在机关活动咄咄闪耀的时刻里，安丽丽每天能接到很多次电话，她都不知道那些前台转接分机号的电话室工作人员，在熟悉她名字的同时，不知道对她有多么厌恶。

当然，在这些电话当中，其中有一半多是单位内部分机号直拨的，而这一半的一半多，又是从刘大成办公室直接发出的。刘大成既安排工作，又打电话过来听取汇报，同时，还会为她安排出下一步的工作步骤和计划。他就像个射击教练在射击场上训练丽丽。

除这些应属安丽丽刻苦协调的工作之外，刘大成还会电话过来问安丽丽局领导的活动情况，甚至粮校校长的私人电话，而这些纯然是一个秘书干的。可刘大成把她当什么呢？不就是当秘书一样吗？安丽丽开始紧张，后来烦，后来就习惯了。现在，电话不响了，才是最令她忐忑的。

本来她卧睡的三天，是她最率性也最任性的时候。她毅然决然睡下去的时候，甚至在思想文辞中用过：大不了……可当踏进办公楼以后，这些率性的想法，几乎每行一步都让她觉得自己特别幼稚。为了刘子，或者说因为刘子，就可以与整座大楼说拜拜吗？她容易吗？刘子理解过她的感受吗？

安丽丽陷入了自参加工作以来，最为苦涩的时刻。她好想找一个人倾诉。可找谁呢？一开始就在这个围绕上层机构转的核心领域里，几乎所有的谈话，看似是公开的，但对外又都是保密的。办公室几乎不允许培养朋友，她要找刘大成去吗？她不知道！总之，她要见刘大成，但不是要去见，而是刘大成来找她，让她去见！她如果主动去找刘大成，就意味着她要主动向刘大成对自己的私人心事进行坦白，可她和刘大成到了那个地步吗？她凭什么把当晚和刘子在粮校胡同口的吵闹像工作一样给刘大成汇报呢？刘大成是她什么？刘大成不是她什么，刘大成只是她的主任。

安丽丽并没有像刘大成一开始想要认为的那样，她和刘大成除了工作，还是工作之外的朋友。如何努力处好与上级，尤其男上级的关系，是温长庆在她的职业成长中循循善诱过的。这一年多来，她之所以能够把分内分外的工作都做好，而且能够安时处顺，不就因为她对待刘大成的眼神始终都和对待别人的眼神一样吗？刘大成是不可能从她的眼神当中看出一个与众不同的刘大成的。这种眼神只能交给刘子。或者说，只有面对刘子的时候，这种眼神才能不受任何节控地流露出来。甚至她对温长庆都没有流露过。

正因为她从来没有把独特的眼神向温长庆流露，所以温长庆才在最终选择离开粮校的时候，始终对安丽丽没有自信。这是本能？还是保护？是本能！也是保护！这只能反映出来一个事实——她心里只有刘子，也只能放下刘子。诚然，现在的这个刘子并不是她心里的那个刘子，但一个人心中只能为一个人留下位置。

安丽丽坐了很久。门外安静依旧。电话铃依然是没有响动。她好想去找韩柱冰去问问情况。问什么情况？是的！她找韩柱冰问什么情况呢？问刘大成的情况？问问粮食局的情况？还是问问她的情况？她有什么情况，她难道不知道吗？跑去向韩柱冰问刘大成的情况？问什么呢？问刘主任心情高兴不高兴？还是问问韩柱冰刘主任找过她没？这些能问吗？有必要问吗？

安丽丽起身之后，又沮丧地坐下了。此刻，她倒是想起了温长庆，她真的想起了温长庆。如果温长庆在，她一定给他打电话，并狠狠地面对他哭诉一顿。

安丽丽隐己神坐的时候，刘大成也在隐己神坐。他其实一直在等安丽丽。

安丽丽来了,他当然知道。他拿着电话直忍了几次,最终还是放下了。他觉得,安丽丽来,和他打电话叫安丽丽,是两个完全不同的世界。说实话,他虽然把安丽丽像射击队员一样训练,可他对安丽丽始终没有把握。如果有把握,他也不可能把一根长线放到这个时候。好不容易在张裕葡萄酒的浸润下,安丽丽的眼神就要和他对上了,可粮校胡同里突然闪跳出来的不速之客,彻底把他的胆色和冲动泄掉了。

他越冷静,就越是无法突破他对安丽丽的接近。如果粮校胡同那天不闪出一个比他瘦,比他稚嫩的男人,他敢保证,他能够对安丽丽进行一次猎袭,就凭安丽丽早在凯撒龙泄露的媚态——那是在诱惑一个猎人出击。

可时间偏偏就把他的胆量给打破了。他也不知道,他为什么在最关键的步骤上老让自己陷于停顿。如果,他能胆子更大更不正些,崔媛媛是不可能那么让他感觉到下贱的。早知道她是那样的女人,自己为什么不提前下手,而非要崔媛媛那莫须有的主动呢?

刘大成并不荒唐地想道,虽然在粮食机关一波接一波地举行了活动,而他几乎每时每刻都感觉在和安丽丽说话,可活动再频繁,话说得再多,那个安丽丽还是粮食局里工作的安丽丽,而不是他刘大成的安丽丽,他和安丽丽再怎么接触,也不可能走近安丽丽。

刘大成在检讨自己。检讨自己的结果,不是他主动拿起电话召唤安丽丽了,反而使他愈加没有胆魄向安丽丽出击了。"叶公好龙"这个成语,现在用给他合适吗?

不合适!

但有一点像。

那一大堆材料还如个山丘放着呢。虽然,他一进办公室就想到了报复,但很快,就又觉得,如果不报复,安丽丽必须主动来向他做出解释。

她向他解释什么?

他不知道!

但他确实需要某种解释。

也或者正是因了他看到的场面是两个人愤然不平的吵架,才从另一种形式上安慰到了自己——或许,安丽丽正在他的步步紧逼中,要甩掉那个浑蛋。

　　这一天真的就这么过去了。粮食局的职工中午是没有安排午休的,一般就是半个小时用餐的时间,大部分时候,都是自带午餐,自己在办公室里就用过了。

　　刘大成很少有用午餐的习惯,他只享受晚餐,科学的晚餐。

　　安丽丽直在办公室里坐了一天,她有股被守了活寡的滋味,直到下班时间到了,她才感觉到从一股近乎窒息的压迫当中轻松了一下。

　　她本想留下来,等单位楼上人走了以后,再走,但突然想到刘大成总是在单位所有人下班以后,才从办公楼里走出,于是乎,又准时站了起来,轻轻地打开办公室的门,先向外探了探,接着像个幽灵,跳进了楼道。她本来想见到刘大成,可在这个时刻,却突然很怕碰到刘大成。

　　丽丽跳进楼道的时候,反倒想碰到个办公室的人。楼道里虽然并不是太安静,不过,奇怪的是,她越是想碰到本处室的人,偏偏就没有碰到任何一个和她熟悉的人。

　　其实,早在半个钟头前,该走的人都走了,诚然,准时下班,她还是晚了。其实,她平时也是这样,五点下班,四点半不到她就走了,这是习惯,也是常识。但今天,她履行了常识,但却违背了习惯。

　　她往下走的时候,根本就没有人注意到她,除了她自己注意到自己。

　　这栋改革风潮中引领三产崛起的机关楼,和无数机关楼一样,已经将目光从内部投向了外部。已经有很多人投身下海了,单位内部撕咬的状况,越来越延伸到了单位外部。似乎内部的争斗,比起在单位外部的打拼和争斗已经不算什么。虽然,这个内在的争斗并没有平息,但至少从形式上,一个人从办公楼出来的时候,已经没有那么引人注目了。

　　像这类省直单位,经常有直派下乡的,到外单位接洽办事的,还有搞三产经营的,处室中多一个人,缺一个人,似乎是正常的,是不需要探问的。就拿办公室来说,外派,内派,下乡,支教的,几乎每天都有,剩下的都是办公室刘大成主任当机要成员用的,安丽丽不来,除非刘大成究问,是没有人知道她不出现到底有没有经过刘大成同意。加之,安丽丽在局机关几次活动中出类拔萃,何止是刘大成主任一人赏识,局领导都已经变相地对她注意上了。这种势况下,她三天没有来,只有她自己觉得没来,而其他人,怎么可能觉得她不来上班了呢?就算没有来,也一定是工作去了。只要刘大成主任不来究问,安丽丽的来去,就没有人产生太多的疑问。

安丽丽没有乘电梯,因为她试到电梯跟前的时候,发现电梯是坏的,于是,她想从楼梯上走下去。在下楼梯的过程中,她多么渴望中途会碰到一个人会把自己瞅眛一声。人倒是碰到了,而且是活人,可就是没有人视向自己。她害怕被人看到,但又渴望被人看到。在从五楼下去一楼的漫长位阶中,她多么希望那些专门选择走楼梯的同志能够近过来,哪怕是盯着她身体的某个地方,问候一下她,这样,至少,还能够让她感觉到她来上过班了,来存在过了。而她来上过班了,则极有可能消除她不来上班的彷徨和苦闷。现在这样,或者说,今天被这样,安丽丽就像是被开除了一样。

安丽丽下进了一楼。幸好,一楼门房收发报纸的老王还笑眯眯地看了看她。老王像是要和丽丽打个招呼,可突然又转回了身去,原来,电炉子上的水壶开了。这个单位就是富裕,就连门房工人,都可以用电烧开水。丽丽之所以和老王很熟,就是因为,一段时期,丽丽都是顺便过来把办公室的报纸主动取上,免得老王再挨个往门缝里去塞。

安丽丽没有来上班,真的可以像想象的没事那样吗?其实,她把形势估计错了,从她第一天没有上班开始,人事部门就已经知道了。这点就连刘大成都蒙在鼓里。同处室的同事之所以没有主动进来和安丽丽打招呼,就因为他们已经听到并等待一个不言而喻的风声,如果这个还没有转正的同志,再不来单位上班,人事部门就会报到常委会上,重新考虑对这个同志的接受问题。因为不偏不倚,刘子和安丽丽闹的这几天,正是一年前,安丽丽往粮食局人事处报到后一年的周期,也正是干部人事转正的最关键期。人事单位已经发出密约,再不出现,就有被单位除名或退单的必要。

安丽丽太小看这个体制了,而且,除不除名,根本就不是刘大成说了算的。刘大成只是冲动地想惩罚一下丽丽,而用人单位则想到的是除名。这是权力的错轨,同时,也是权力的等级和分工,更是组织的纪律。不是没有人管你,而是看什么时候要管!

安丽丽现身粮油大厦,终于遭到了整个系统的默认。人事部门那边,人再不来就不予转正的半官方表达,也安静地收了回去。只是系统内部,极有可能在需要转正的第一批适配干部中去掉安丽丽的名字。

实习期需要延长!这近乎是一个官方性表达了。由于没有任何文件,也没有任何会议决定对这个事实进行表达和评估,所以这个表达,还似乎不是官方性的。但正因没有文件,也没有决定,所以,这个事实才愈发地变成了事实。

安丽丽认为自己旷工三天后的到来,是一个到场的负值,其实,在沉默的系统看来,她的到来幸亏是适时的。这就如,对于她的出现,就类同是缺席的一样,没有人会特意地注视和关心,但对于她的缺席,人们事实上是注意到的。

她穿过粮校胡同的时候,其实已经夜幕。她是徒步,从老城人俗称的旧大路近乎徘徊地游荡着。钻进胡同巷子的。她仿佛在模仿一条被刘子跟踪的道路。

她突然想不通,自己为什么说刘子是在跟踪她呢?跟踪并被猎捕的弹道,怎么会在她离开蓝鸟不久的词腹中迸发而出呢?她是不是本能地在害怕那只躲在蓝鸟当中的猎人,于是,才在自己最亲近的人面前发出这种警示?她以为,她就算那样说刘子,刘子也一定不会在意的。

她每行一步都像是看到刘子从她身边后退了一步。她之所以以为刘子在她面前收得很紧,就因为她在刘子身上找不出幽默,她一直想让爱突破那种彼此很容易敏感的纬度,想让刘子就像自己和自己说话一样,既不恣肆,也无顾虑。

无论从过去意义,还是从未来意义上讲,刘子都完美无缺。唯一缺乏的就是他对生活的幽默——认死理,较天真,这既让他上进,但也让人沉重。

如果说,在和刘子过往的情感岁月里稍稍有一点波动,或者说,曾经有那么一段时间,她转移了对刘子的注意,那还是温长庆正式成了她的班主任后。

她确实想过,要不要拿刘子和温长庆比比试试?可令人遗憾的是,温长庆同志却被刘子的诗歌打败了——这个可以把生活的天空高浓度地赋彩的人,却自持着一套半生不熟的诗歌语言。刘子的强势就在于,他知道自古以来那么多最好的人和最好的诗,在近乎疯狂的创作中,反而向诗歌表达出了安静。刘子的诗为很多人喜欢,尤其那句:"光明何去?和我一样躲在夜里。"当然,喜欢他的诗并不意味着就喜欢他的人。她呢,以前只是知道刘子写诗,也认为刘子在写诗,但她真的并没有喜欢过刘子的诗。她不是他诗歌中的俘虏,她们爱他的诗,但并不爱他,而不喜欢他的诗的她,但却爱他。这是一个命运的平衡,是说不清,也道不明的神秘安排。

她爱刘子就像爱自己。他不爱刘子,也如同不爱自己。

她不爱刘子的诗,可刘子喜欢他自己的诗吗?他经常动不动就撕毁自己的诗歌。如果他爱他的诗,他会撕吗?所以,喜欢刘子的诗与喜欢刘子并不是一回事情。

爱情并不是诗歌,这或许就是她与刘子最大也最原始的分歧。

刘子总说,他一定要写出让她喜欢的诗来。可她从来就不喜欢刘子的诗,或者说她从来就不喜欢诗,怎么可能接收到刘子写的哪一首诗,会是她真正喜欢的诗呢?

她后来对温长庆保持了平静,不再用单独的眼神去看他,就因为这个男人也试着用半熟的句子来打动她。他们把她都试图处理成诗歌中的部分,但结果是,她并不因此而喜欢上那个诗歌中的自己。她是她,诗是诗。

安丽丽再次走进筒子楼的时候,整个老城都已经亮灯了。她能听到从校园外面传进校园内部的歌声,一首歌《你怎么舍得我难过》似乎从粮校胡同里飘进了她的窗户。那旋律又让她哭开了。她好想冲出宿舍去找刘子。可她始终在想:为什么刘子不回过头来再找她?她可是真正因为他,将自己像游丝一样抽剥了三天了。三天当中,他知道她瘦了多少吗?三天当中,他知道她用泪水把自己浇透了几遍吗?三天当中,她把与刘子的往事回忆了多少遍吗?刘子想过并知道吗?

爱错轨了!在两颗行星的轨迹上错轨了。这个错轨,意味着彼此:都不知道。

刘子第一次离她这么近,而又那么远。虽然迎面而来,但也似乎擦肩而过。两颗曾经一想起彼此的名字都会滚烫的心,现在要进入宇宙长行的陌生轨迹中去了。灵魂和灵魂是不能撞击的,一撞击就碎。撞的时候,激情四射，如烈火燃烧，可撞过之后，那个裂痕却会变成难以再复的伤疤——它会迅速催老人的一生。

　　丽丽越想越伤心。爱怎么就这么脆弱呢？说分就要分开！曾经的海誓山盟跑到哪里去了？！爱是躲在谎言当中的玫瑰，是有毒的芳香，是以魔鬼之名献给上神的东西。

第三十九章　蓝色酒吧

丽丽边想边哭，突然间从床上坐了起来。她突然想喝酒，她想醉，大醉。于是，瞬间就冲下楼去，到一个酒吧小屋，要了啤酒和烟。丽丽第一次用烟和酒来描述自己的人生。酒吧里面都是各色的社会青年，开始还都各自欢乐着，不久，当发现丽丽孤寂不堪，一个人在那里喝酒抽烟，知道定然是没落的单亲。

这种女孩如果不是失恋了，怎么可能往这单身酒吧里钻呢？

酒吧就叫蓝色酒吧，是隔着兰山饭店开的。兰山饭店正直就是广场，穿过广场不远，就是新起的车站。广场是老城的中心，而车站则是往来古城的中枢。毫不避讳地说，能住进兰山饭店的都是有钱有身份的。这个蓝色酒吧既汇聚了这么一些客人，也习惯性地引来了一些有些名堂的单身。不过，就蓝色酒吧间隔兰山饭店这一独特性而言，似乎更像个为住进兰山饭店的客人提供应召女郎的秘密包厢。为此，这个酒吧比较静谧、隐形、忧伤且暗。但蓝色酒吧也热，其里最主流的还是老城最混时尚的年轻人，算混混吗？但都穿得人模狗样。算正经人吧，又流里流气，一般人可不敢在他们面前造次。这些人胆子大，不矜持，尤其会逗女孩开心。他们似乎就能抓住女孩的心，那最软也最容易动情的地方。

丽丽喝得猛，也喝得多，虽然没有醉，但有些头晕。很快就有个尕年轻闪到了身边。

"姐！给我一根烟！"

丽丽把烟一推，望了一眼，很清秀的男孩。丽丽只给了烟，但没有搭讪。

男孩点了烟，吸上一口，然后，吐出个烟圈。

"姐！失恋了吧！"

男孩凝视着他的烟圈，轻缈但又关心地抛出一句。丽丽又抬眼望了望他。丽丽没有闪烁，她侧着脸盯着他，笑笑，依旧没有作声。

"像你们这类人吧，爱得死去活来，一句话不对就翻。咋就这么不牢靠呢？姐！别折腾了！回家去吧！"

丽丽说啥也没有想到，这个小男孩，竟然像个先知。他根本就能看穿她的心。

"你咋知道我失恋了？"

丽丽这才搭讪。男孩丢了那抽剩的烟，端直了身，正对着丽丽，并且往前压了下身子。

"感觉！"

说着，便又抽出一根烟，含在嘴里，捂着打火机，点又不点的。

"感觉？你感觉挺灵啊！姐就是失恋了！"

丽丽说话的当间，男孩又把烟点燃了。

"我就说吧！这么漂亮个女的，一个人来蓝色酒吧。"

"我漂亮吗？"

"你不漂亮吗？这失恋的人啊，总是缺点自信！软弱！嘿嘿！"

"你失恋过吗？"

"失过！十几次了！"

"你才多大呀！"

"我一岁那会儿就失恋了。我妈恁是不让我和邻居家那女孩待，嫌她家没有文化。"

"一岁你连路都不会走。"

"爱需要走路吗？"

丽丽咯咯笑出了声来。这小男孩挺有意思。丽丽点过一根烟，往后一仰。她突然有股莫名的轻松。

"这男人吧！得不到的时候，挖空心思，对个女孩比对他妈还好，得到了吧，又不珍惜！我常说，陷入爱情的男人就是一头快要挨刀的猪！"

"哈哈哈哈！"

丽丽从来没有笑得这么开心。这蓝色酒吧，原来也有诗人！男孩见丽丽笑了，挠挠头，露出点羞涩。丽丽这才觉得他像个高中生。丽丽想说啥，但又打住了。她在回味那句——"陷入爱情的男人就像一头快要挨刀的猪！"

越想越笑。

男孩见丽丽一直笑，愈发有些不好意思了。丽丽笑的瞬间，就把他从老成老练当中剥回涩涩华年了。男孩也笑笑。

"姐！你说我说得对不对？"

"对！哈哈哈哈！"

丽丽几乎要笑翻了。男孩也好像为自己突然得出这么一句来，不可思议。这蓝色酒吧里蕴含着幽默的人性，他们会关心人，且与世无争，也不会执妄着，为了爱死去活来，他们会开生活的玩笑，并不投入感情，所以，他们永远都是轻松的。

"姐！回去吧！你是不是住在粮校胡同？"

丽丽一诧："你怎么知道？"

"猜得呗！"男孩诡秘地一笑。

"姐！回去！明天还要上班！"

一句粮校胡同，使丽丽彻底将自己清醒进了现实。这是一句让人在清晰感和安全感中产生醉感的出语。

丽丽喝完了杯中那仅剩的啤酒，把烟留给男孩，真的走了。丽丽走的时候，男孩并没有送。

"你走，我不送你；你来，风里雨里我去接你。"蓝色酒吧的玻璃门上喷着这几个蓝字。

丽丽回去的时候，满脑子都在想那个男孩。这孩子让人轻松，如个梦一样。她不是被人说中了心事，也不是某种压抑被释放了出来，而是将那些重的剥轻了，并将那些轻的说出了意义。

很长时间里，丽丽都在想那个男孩。没有联系，但若偶遇，遇上了就兴谈，遇不上了也无憾。他不往她的身上附加任何东西，除了叫个姐，连丽丽的名字都没有问。

这一夜丽丽终于像是能够睡着了。她不知道是因为那些愁重的烦恼已经被她抵过去了，还是小男孩故意逗人的声音把一切都像烟雾一样吹走了。总之，她睡得很香。

"陷入爱情的男人就像一头快要挨刀的猪！"无论这句话有没有意思，这都是一句特别有意思的话，想想就笑，虽然根本就不需要追问它的意思。语言像风，又像是歌。蓝色酒吧里没有忧伤。

第四十章 "在！在吧！"

第二天一早，丽丽像是满血复活了一般，穿上自己最舒适的衣服——水洗蓝牛仔上班去了。她没有刻意地收拾自己。"我漂亮吗？""你不漂亮吗？"这个反诘，让她不是有了自信，而是相信了自己。

办公楼依旧像是空的。虽然能听到四处走动的声音，但，它是空的。丽丽进到办公室里。办公室依旧像是空的，没有材料，也不闻铃声。她就不相信，工作都一年了，没有一个人走进来问问她。听了蓝色酒吧释放出来的自娱的声音，丽丽不再像昨天一样空坐着。

她想去找刘主任，至少去打声招呼。她不想这么静寂无声。不过，刘大成的办公室一直闭着，像个斋门一样紧闭着。刘主任出差去了吗？如果真是这样，那倒好。只要老刘不在，她这几天的神秘消失，就似乎滑了个档。

蓝色酒吧的声音虽在，但这里毕竟不是蓝色酒吧。酒吧里面的声音是风儿对着心儿吹的，可这里，那是身体面对着窗户。不过，刘大成如果出了差，办公室内外就会一片喧嚣，没有领导在，大家都能放松。可刘大成办公室一旦闭着，各处室的门也都闭着。这个单位太大了，不好的地方就是每个人都分了个办公室，要是换成别的单位，哪里听不出一丝一毫的消息呢。

丽丽又起身往刘大成办公室去了。门依旧闭着，紧闭着。丽丽想敲门进去，结果犹豫了。如若不是凯撒龙回来的那天，是她和刘大成独自饮宴的，她会毫不犹豫地敲门。但正因为有了那么一次独聚，才使她无法放下警惕的心理。这门咣咣一敲，不就满楼道都是声音吗？这高跟鞋儿咯噔咯噔的，谁不知道那是安丽丽去了？

这个刘大成从来是不闭门的,可怎么整机关都把门闭得死死的?丽丽徘徊了一下,想敲,又回头走了。不过,这次,她可是敲开了韩柱冰韩师哥的门。如果整个系统都是个冰山,也唯有这个师哥是一摊可以化开的海水。

韩柱冰在,如常地在,不过没有在处理材料,而是在看书,好像也是考研的书。见安丽丽进来了,韩柱冰一愣,随即站了起来。韩柱冰并没有笑,也没有说坐,而是像是起来接受丽丽的问。

丽丽问:"刘主任在吗?"

她说话的声很低。那语态显然是在打探消息。从声音和语气里流露的既是小心谨慎,又不失小师妹的天真。

韩柱冰这才露出些笑,笑得不舒展,但算是笑。

"在!在吧?"

肯定而又否定。

"你过去看看不就知道了。"

丽丽本想说那门闭着。但从韩柱冰的语气里,至少,断定,刘大成并没有出差。丽丽总算是和粮食系统的人搭上了话。

从韩柱冰给出的眼神中,丽丽似乎能猜出,事情并没有自己想象的那么严重,至少,她的旷席,并没有作为重大事件,在这个系统当中被公开渲染。不然,韩柱冰不可能那么冷静,那么事不关己。他再冰再冷,也还是她的师哥。

安丽丽终于鼓起了勇气。她离开韩柱冰,直奔刘大成,一把就推门进去了。天哪!她怎么没有敲门?当时想啥呢。

安丽丽进去的时候,刘大成正坐在皮椅子上发呆呢。他把门闭起来,把自己像个老人一样隐了起来。他等安丽丽好几天了,结果在最不留意等待的时刻,安丽丽却出现了!

水洗蓝牛仔终于出现了!刘大成吓了一跳。他倏然想起第一次见安丽丽的时候,那只神兽正在懵懂当中隐隐地发作。现在,水洗蓝进来了,它会发作吗?"人不能两次踏进同一条河流",潘小真的哲学,其时真正适合刘大成。

刘大成的神兽没有跃起来,自己倒站起来了,随之,灰冷且带恨的心也瞬间生暖了。丽丽破门而入,显然没有把他当成主任。刘大成与安丽丽二人共赴凯撒龙盛宴的原初性还在。

刘大成就如失恋的女友突然跑回来了，那一刻，所有的怨忿都消失了，他甚至不需要安丽丽解释，就已经明白了一切。

刘大成问安丽丽："怎么样了？还要不要再休息？"

丽丽有些愕然。随即明白了，原来刘大成已经向人事部门通报了安丽丽生病的事实。他不是垒起一堆材料来，要惩罚安丽丽吗？怎么在人事部门的查问当中，独自替安丽丽向组织汇报了安丽丽不能上班的理由？

刘大成为什么这么做，甚至他自己都控制不住。也或许崔媛媛承受了他过重的处罚，他一直想剔除这个秘生的阴影。也或许，安丽丽一年多来的确给他留下了热动而欢乐的印象，从而使他从一个坐着马桶尿尿的伪男人变回了一个真男人。也或许，他发现了人事部门比他还要灵敏地掌握到了安丽丽旷工的事实，转而看清了那些单独窝在处室岗位深处的人影，原来蓄养着不少早已嫉妒成性的内奸和叛徒。

在安丽丽的事件上，可以说是刘大成自登任办公室主任以来干得最值得赞赏的一件事。当人事部门要以不予转正暗自论处安丽丽的时候，刘大成似乎从某种不可知论中醒了，他虽然试图睁开一双充满仇恨的眼睛，对这件水洗蓝牛仔进行一次"莫须有"的清理，但同时，他也向自己的身体发出了一次主动的邀请：如果还能在粮油大厦中保持水洗蓝偶尔会在日光下扭臀的丽影，那头神兽是不是极有可能从倒下去的地方复活？他对安丽丽就像在进行一场政治赌博。

安丽丽不会被清除，不仅不会被清除，还可以休息，继续休息。刘大成用自己的影响力拯救了被刘子划伤的丽丽。无论丽丽明白不明白，刘大成都按自己的艺术把这件事情解决了。如果真的要问一个起源，那就是人事处一旦落实秘密举报后，对安丽丽擅自离岗的处罚，将超过对崔媛媛的惩罚。崔媛媛只是下到了基层，而安丽丽则极有可能被单位除名。

望着隐到材料之丘中的刘主任，安丽丽有些蒙了。刘主任特有的冷静，令安丽丽突然感到深不可测。"深度"，是安丽丽突然加到刘大成主语前方的定语。同时，她也发现，刘大成的西装有些皱了，并且露出了两撇令人诧异的胡子，再长一长，可以像崂山道士。同时，刘大成的板寸也往四周蔓延,如果再长长,就是一个理性的"锅盖头"。他离她最初见到的刘大成主任差别不远了。这难道才是刘主任的原形?!不过与第一次见到刘大成有点阴郁和颓废不同,这一次刘大成显出了成熟。虽然老了,但老得让人有点同情。丽丽突然像天鹅怜悯着一个猎人,一个已经可以看得出隐着内伤的猎人。天鹅怜悯猎人,可要不要让猎人用箭射她呢?

刘大成眼前堆满了材料。只有看到这个山体的时候,才能识别出整个系统到底加压着多大的负荷在运转。刘大成让他们刻意加班是有道理的。

安丽丽几乎没有向刘大成表达什么。好像对于刘大成来说,她只要轻轻地出场就可以了。她想抱起刘大成面前的那堆材料主动去接受"惩罚"!结果,被刘大成挡下了。刘大成几乎都没有看安丽丽,就再说出一句:"好好休息!"

刘大成的温暖,让安丽丽几乎都快哭了。一直抑制的感情阀,在那个瞬间仿佛有所松动,她不能去爱这个男人,但可以对这个男人衍生感情。安丽丽并没有听从刘大成的安慰,而是强行把其中一沓材料抱走了。

安丽丽转身就走了。她已经以最直接的方式在办公室向刘大成报到了。她也已经知道刘大成为她所做的努力。感激是一定的,但再不抑制,这感激就会变成流泪的倾诉。刘子划下的伤,在这场温暖的变奏中似乎加重了。她愈发不能原谅刘子了。

安丽丽离开的时候,刘大成的心其实在微妙地颤抖。他还是对这个女人下不了手,无论是处罚,还是爱。每次离真相最近的时候,她就越是像团谜一样,他根本就无法把对方吃透,虽然,安丽丽的表象就是她的实质。他没有看安丽丽,或者说没有正眼看安丽丽,就是因为他还陷入坐着马桶尿尿的伪男人自卑当中。他荒唐地怕,如果此刻关上门抱紧安丽丽,会被安丽丽发现他原来是一个太监。

他捏着材料的手一直在抖。那是他故作认真想要报给上级的秋天的讲话。他认得字,但向来读不懂里面的内容。他没有写作材料的经历和这个能力,但他却能胜任这个岗位。因为他有前领导核心遗留的脉源和为领导考虑私人事务的人,以及他看人识相的一双猎眼。只要那头神兽还能被唤醒,他就依旧是完美的。

同样是安丽丽转身离开的一瞬,刘大成又透过材料的山丘看到了丽丽性感的臀部和腿。他再度本能地产生直觉:下面怎么动了一下?它还会挺起来吗?如果这次能够挺起来,那么他对安丽丽的拯救就是对的,同时,也就从药理学上隆重地证实:安丽丽的确就是那个能够唤醒神兽的药笔——一副真正的神引子!

　　怪不得,他再怎么也恨不起安丽丽,原来,安丽丽对他的确有起死回生的能力。丽丽是美神,也是他的圣人。

　　从刘大成办公室出来以后,安丽丽空茫缺失的心像是又找回来了。丽丽笔直地走进自己的办公室,感觉自己再度成了这座荒岛的主权者。她放下材料,门也没有闭,就开始一件一件地梳理,一件一件地开始工作。正埋头处理时,韩柱冰进来了。丽丽一愣。

　　他来干什么?

　　韩柱冰指指丽丽手头的材料。韩柱冰凝视材料的一瞬,安丽丽迅速想起了她最初上班,韩柱冰死活都要从她手里抢材料的事来。她笑笑,又装出一副不给的样子。

　　韩柱冰说:"这么多材料,你一个人能处理过来吗?主任让你休息呢。"说完,拢着材料就走了。

　　韩柱冰不是来探问丽丽到刘大成那边去的情况的,而是接到刘大成的命令,替安丽丽处理手头的工作。刘大成给出的理由是,安丽丽有些贫血,她尚需休息数日。

　　丽丽贫血了吗?

　　或许那有些苍白的脸色,让刘大成读出了什么。

　　若照过去,丽丽一定会想,让韩柱冰来处理材料,莫非是不信任她的工作?如果处理材料的工作被别人代替了,也就意味着在办公室工作的能力下降了。也就是说,从这里会传递出岗位不适的信号——极有可能被替换,就像不知不觉的政变一样。可后来她知道了,尤其,在一次往粮校进行职工活动的路上,她问刘大成写好材料的诀窍,刘大成一笑,"这种材料,只要不违反政策,好不好的谁看。你们这群大学生,一个字一个字地挑,一句话一句话地绕,写得再好,也是一堆废料。除过红头文件,最终都会销成灰的。把握好领导的意思就行,而领导主要是掌握政策的。所以,替领导掌握好政策方向就行。"从刘大成难得开见的口里,安丽丽像是知道了写材料的两个秘密:第一,不触犯政策。第二,把领导放上位。

这个连高中都没有读完的汽车连连长,用自己丰富而独特的阅历数语便命中了安丽丽一直面对材料无法下手的难度。刘大成传授秘诀的时候,其实相当得意。

其实,他调令韩柱冰从安丽丽手中夺回材料书写权,在怜香惜玉的同时,确实也在给安丽丽微妙的警告。丽丽是起搏他身体的圣人,但在管理的艺术上,他还是想给安丽丽一个必须被他调控的引线。丽丽是他药理学上的引子,而他则是安丽丽缝织人生的最关键的线段。

刘大成几乎是扶着镜子,决定对韩柱冰发布"材料"施工命令的。他并非不喜欢韩冰柱这个人,而是尤其就是不喜欢他这个名字。刘大成扶着镜子,仿佛努力透出脑海里面的安丽丽,望着锅盖状开始四旋的寸头,喃喃自语:成熟人生,但又与众不同。

第四十一章　天刑之，安可解？

刘子的事情，在刘子走后，持续发酵着。黄主任不仅向组织又做了一次书面检查，而且向黄阿姨做了无数次自我检讨。以前只做饭，现在已经开始洗衣了。可诚然如此，黄阿姨还是每天河东狮吼，就差抽鞭子了。

这家人自刘子出事后，心情变得一团糟。这个事情的严重性，就像霞霞已经嫁给刘子之后，结果在新婚的夜晚，当场在床上捉到奸了一样。事情荒唐，且令人气急败坏。不因别的，就因为他们已经带着霞霞在"马克思墓前"宣了誓。

他们会相信刘子和两个女的一夜鬼混吗？他们当然不会相信。就凭那个大学生连霞霞一根手指头都不敢碰的样子，他能同时拿下两个女性？可事情发酵成这样，不信也几乎相信了。因为干部管理学校的人，包括打扫马路的、洗盘子刷碗的、清理下水道的人都相信了。

这成为时下的阔谈，是清流们笑解人性的佐料，也是筒子楼里难得打破沉闷的热点新闻。人们对这个事件的关注远胜于美帝先后两次的海湾战争。楼堂夜里，花前月下，古说：凡水井处必有柳词，今有人处便有刘事。

幸亏刘子已经被遮隐进了拉尕山里，不然，天风在这风云风雨中游动，就算被杀不死，当事人也该自杀了。杳冥当中遇到了天祸，而幽冥当中，也遇了天救。

天刑之，安可解？

刘子在拉尕山中小学度过一个独特的秋天以后，还当自己的刑期已经临近了。他该释放"出狱"，回归筒子楼啤酒扎花的故里。岂知留校察看一年是赫然灼目的红头文件，而下山区支教则是个口头决定。做出这个决定的是郑处长？校委会？还是黄主任？是，又不是！总之，这个决定被决定出来了。

人们都在议论刘子，可这个风流得已经骇俗了的刘子却似乎不存在了。没有人会把刘子的流放，当作一次制度性或系统性的失误，就算不是失误，也应当当作一件严肃而慎重的公共事件来看。流放支教的事情，会有人提议到校委会，建议让刘子回来吗？没有一个人会有义务，哪怕是凭一丁点的良心去回应这件事。反而，从学校层面，刘子的不在，反而有助于淳化单位的清誉。这不能怪人的良心或单位的忽视，要怪就怪，刘子咋偏偏就摊上这么一件怪事？

这件事情不会随着声势浩大的改革开放而被人麻木，要解释或理解这件事，还需要整个社会，以它全部的时代兴致扩大认知的面积。根深蒂固的伦理惯性，令这件怪事在人性深处不断发烫。谁正面提议这件事情，谁就会触动元社会那根令人心跳的神经，比起政治敏感度来，人们对这件事情的敏感程度，已经放进：对人的规定。司马迁只不过为李陵恻隐了几句，就把整个时代动怒了。天子虽然没有杀他，但却让他享尽了羞辱。再宽厚的大地，也安抚不住敏感的人性。既然它敏感脆弱，就同时容易迁怒。

刘子留校察看一年之后，单位不再做出除名决定，也就意味着这个处分可以安静地躺进档案袋里，像个不会被风化的墓碑一样，让人生永远都背上这个胎记。不做除名决定，同样像下放支教一样，并没有红头文件，不过，它的惩罚效力有可能随着时间会自形消失的，至少，这能在法律上获得默认。可下放支教这件事，就无法通过时间自行收没了，它没有法律上默认的时间效力，它似乎是非时间性的——它的收束时间也许遥遥无期，也或许很快。

刘子留校察看一年的时间到了，可何时回归工作岗位？既没有规定，也没有决定。可怜的刘子似乎被组织永远地流放到拉尕山了。他不需要回归岗位，拉尕山中小学就是他的岗位。这个可能性和不可能性，都是刘子始料未及的。他还以为一年以后，就要离开这里了，不料，命运却给他开出一个永恒的玩笑。

一年之后，老刘师傅并没有来。随身听里那两节电池早没电了，随身听不响了，它也就像灰色调的大学记忆一样，被丢进了风里。刘子太痛苦了。

拉尕山里没有小卖部，没有电，只有灯、太阳、星星和月亮。

黄主任巴不得刘子不回来了呢。因为但凡刘子这个语词被重新激活，他就感觉到一股渗骨的惊恐。黄阿姨就会咆哮如虎，电闪雷鸣。他战战兢兢的，甚至连上楼梯、进门都踮着脚尖，生怕踩到雷上！他就差飞起来了。

从系统的窗口看，没有这个主管领导的提醒，谁还会记得这个风流年轻人热切的未来？刘子受冤受苦了，还遭不到同情，这是生活吗？这不是生活，但却是事实。

多年以后，当新的校领导再把拉尕山支教问题当作工作重点，而派出一个新分配来的大学生分队整装到拉尕山的时候，这个同样在筒子楼里拥挤过的群体，才见到曾经被他们流放了已经整整十年的刘子。刘子已经被叫成了桑吉，而不叫刘子了。刘子的筒子楼宿舍，竟然分给了别人。别人名义上还在宿舍当中空留着一个隐形的位置，可他早把这件啤酒屋当成自己的主卧了。他带着自己的女朋友整天在刘子的世界里睡觉，并且未婚先孕！也许是因了这块地——这块十八平方米的婆娑世界，因为已经满贯地惩罚了刘子，反而变成了一块福地。他带着女人真正睡觉，不仅无事，而且出乎意料地被重用并提拔着。

刘子的书呢？新任室主，因结婚之需，像清理历史垃圾一样，差一点就被遗到任风雨醮打的楼外。后来，被提议移到了筒子楼往公共洗手间里通的一个死角。一架子书就裸放在那里，上面是刘子走时没有卷走的被褥，像个半垂的帘子，被垂帘听政。那书架上可是亮世经典，世界名著，有红楼，有西厢，有史记，还有一套听说是盗版的金瓶梅，有荷马，有荷尔德林，还有莎士比亚，有尼采，有叔本华，有歌德，还有无人知道的胡塞尔。筒子楼里有的是喜读书、好读书、读好书的人，可每当知道那是淫士刘子的遗物，人们就会像碰到有毒的气体一样。书被冷落！书被冷落的程度，就连那些被历史毒性醉暖的"书虫"，移过近厕之地，甚至连那件件暗中溢香阁中安卧的精神实体望都不望。把它放到近厕之地，同样是一种鄙夷、羞辱和流放。不过，这种羞辱，虽然是因为刘子，但真正羞辱的，却是伟大的灵魂。

后来，筒子楼外围要进行装修处理，油漆粉刷墙壁，刘子的书才被一群外聘外揽的农民工人，连吆带喝地，移到了学校堆放杂物的公共库房。管库房的老张连问也没问，就当公共财产被允让入库，甚至都没有做任何实名登记。人们不愿当面提起刘子，当然，这些农民工人还不知道谁是刘子。刘子用诗人的气性精心赋彩的华屋，刘子用像狗一样缠出来的这间意向上只容留安丽丽过宿的单身宿舍，刘子用一个重点大学毕业的高级员工的身份对安丽丽要求须有住房的隐形渴望，满足并完成了的这座能够流淌并爆发诗歌的宫殿，就像当年被以反抗朝廷，后来被以现行反革命被抄了的家一样，被一根说不出名字来的铁指血洗了一遍。

当然，除了那一堆书之外，那个书柜，还是人家学校的。这也是这件带着书的器物，不敢不能也不应该被弃入东市流亡人间的缘故。书因为书柜而保留了下来，这似乎也是它的天命。

刘子的存在，包括他的影子，都被那封匿名信罚没了。可匿名信到底是谁发出来的？

谁都有可能发出来！

某种意义上说，匿名信的出现，几乎是一个时代的非典型反应。或者说，书写匿名信的人并没有过于艰深的、阴险的、恶意的攻击企图。他或者她，在中伤一片事实之前，可能还抱着一块羞涩的公意，为了处居世界的正义，而惩罚性地描述了他或者她并没有进到209房间直观到的"内幕"。其实，无论进去或不进去，里面的景象都是可以猜测的，甚至不用猜测，就可以推定！可怕的先验幻觉，像阴郁的梦魇一样把人的理性吞噬了。

确实，一男两女，饮酒作歌，前半夜里欢声笑语，后半夜里又陷入低调，不是睡到了一起，那又做啥去了？问题顺垂的逻辑线就此发生了。男女睡到一起，还能干什么事呢？

那瓶烧刀子，就丢在连接共域与楼道口的垃圾筒里，它不再是热血男儿，用身体扶植热情的能量元素，而像一罐烈性的春药，提醒出一场"莫须有"的男女情事。一男两女，会形到古典汉语里就是最淫秽最烈古的"嫐"字，按老城人的话说，就是你还"娆"呢！

男女两个同宿偷情，那叫风花雪月，才子风流。而一男两女，那不叫风流，那是禽兽不如的疯狂和下流。这个巨大的下流,这场性爱风暴,是反人性的,同时也是反人类的!惊世骇俗,令人听着都会颤抖!

第四十二章 "一朵好花插到了牛粪上"

　　霞霞几乎都不敢到黄阿姨家里来了。霞霞每到一次，只会强化黄阿姨对老黄的惩罚。黄阿姨当着霞霞再把老黄痛斥一顿不说，还要加重指令老黄在指定的时间内完成各式家务。家里本也没有啥，但经黄阿姨搜刮絮叨，简直把老黄跟赶得如经营一个杂货市场一样。当然，横斥的时候，老黄是站着的，就差豆大的雨点往下掉了。

　　她这姐咋脾气恁暴呢？尤其对自己的丈夫咋就毫不手软毫不留情呢？每每这时候，她岂好意思看着老黄被斗，只好也陪老黄一起站着，等黄阿姨那山呼海啸的雷霆泄毕。

　　她也尝试过阻劝，可越是阻劝，黄阿姨反而更加厉害了，就像海浪遇到了岩石的阻梗，爆发力更强，力量更持久了。

　　两个人不为孩子或什么事闹。两个孩子，一个在西安工作了，另一个在北京读研究生，没啥事，还不就因为霞霞这事。而霞霞这事，还不是就逢了刘子这事。

　　她不敢面对这么一个不敢相信的事实。她始终不相信刘子会干那种事。这种不信，就像不信羊身上会生出牛毛来一样。但就算不信，她也要担当起信了的样子，否则，只会增强黄阿姨对老黄的批斗！

　　在黄阿姨看来，霞霞的名声，已经在这个高级领域被刘子弄臭了。起初，她还以为将刘子与霞霞的接触安排到屋里，是极端稳妥、极端顺利的。这可是一个用个人智巧和集体智慧铺垫的地下活动。但，自从后来知道了郑主任与老黄就刘子与霞霞关系的交流声后，而当老黄坦白，说，就连郑主任都说："一朵好花差点插到牛粪上"时，黄阿姨震怒之余，惊悚了。这不，就连人事处的郑干部都知道了，知道刘子在和霞霞被介绍恋爱，天下还有谁不知道呢？

黄阿姨之所以对老黄顿顿雷劈，就因为老黄在犯下滔天大失之下，还犯下弥天大错，竟然将最隐蔽的地下工作向外界透露了。"我说你这个黄鼠狼！你嘴咋就长得像个屄婆娘的呢！事情都八字还没有一撇呢，你咋就张个臭嘴到处胡说。霞霞之清何去？霞霞之洁何在？"

黄阿姨骂老黄"黄鼠狼"，几乎是从结婚当晚就开始了！她之所以骂他是"黄鼠狼"，大概是因为老黄姓黄，且吹烛的瞬间，冷不丁地朝她脖子咬了一口，而这一口咬得她既紧张，又痛快！

黄阿姨的反应，宛然那晚霞霞同时也被公开强暴了一样。那一夜，她向老黄整整咆哮了前半夜，后半夜就彻底失眠了！从此以后，就再也无法安然入梦了。刘子的事情，就像伸进她乳房里面的毒刺，她想拔又拔不出来，就算能拔出来，毒也随着那雷声中鼓胀的乳房扩散了。吓得老黄直至在客厅站了一夜。他就差给黄阿姨跪下了。

刘子的事发酵得厉害，连黄阿姨都不敢出门去了。她能听到学校风来潮去的呼啸，也能听到重案组对刘子的审问。老黄每说一句，她都在问："他供咱们了没有？"老黄说："没有！"黄阿姨这才把提到喉咙里的胆子放下，随之对老黄又是一顿臭骂。

当黄阿姨听完老黄汇报校委会的最终决议——留校察看一年——的时候，她感觉到天都塌下来了。她希望刘子瞬间被枪毙，但同时又愿刘子没有事。这样，刘子至少不会被逼向绝地，反过来，抖出他在他们家大谈真理的往事。她甚至担心，刘子把那包花生、半袋干梨巴、几瓶烧刀子的事情，以链条的方式，秘密告发给组织。

黄阿姨太紧张了，紧张得都有些神经错乱了。而调整神经的唯一方式，就是关起门来让老黄站在面前看她雷跳，被她雷劈。正因如此，她才希望要么刘子没事，要么彻底被毙。

看得出来，黄阿姨才像是整个事件当中最无法遭受同情的受害者，夹在两个极端中间，她既是大慈的地狱阴霾的超度者，又是赶尽杀绝的癌症人。"留校察看!"才"留校察看?!"这不,人还在吗?这个炸弹随时都会往小三楼游弋进来。这只已经过了更年期但始终情绪不稳的华山母虎,都快自己把自己整成精神病了。

当最后一天,老黄面色一沉,告诉她:刘长歌被下放支教去了。她顿时流出了热泪。

"被流放了?"

这是老黄唯一看到黄阿姨身上还有人的痕迹。

刘子被流放了,她放心了,也侥幸了,同时,也怜悯了。黄阿姨仿佛禅化了,她简直悲喜交集。

刘子很快就被流放下去了。自从这个准确下放的时间开始,黄阿姨似乎就能够在半夜以后慢慢地睡去了。然而,从刘子出事的那天起,霞霞就再也没有往小三楼来过。黄阿姨亲自去了毛纺厂,揪出霞霞,拉得远远的,直到四际无人的时候,才告诉她刘子出事了。霞霞一惊?啥事?黄阿姨又往四处瞅瞅,把嘴递到霞霞耳边:

"犯罪!"

"犯罪?"

霞霞一跳,差点就惊叫出来!

"冷静!冷静!这段时间你最好不要再出来!有什么情况,我随时都会和你通报。切记!没有我叫你,千万不要再来学校!"黄阿姨抱住霞霞,一阵痛哭,然后,把霞霞重新拉到毛纺厂边,硬是从门里塞了进去。

黄阿姨走了。霞霞又紧张,又疑惑,又奇怪。轮岗换班刚刚结束,她就马不停蹄地赶到了刘子所在的学校。当!当!当!敲开门。黄阿姨吓了一跳。老黄收声去了,还没有回来。霞霞问,到底啥事?犯啥罪了?淫罪!啥?淫啥了?和别的女人睡觉了!黄阿姨一声暴跳!不是不让你来的吗!难道你也要卷到这涡祸水中去?!霞霞吓得哭了。她不相信。但她凭什么不相信呢?

霞霞不相信,说明,她对刘子已经有感情了。就凭楼道里初遇的一瞬,刘子其实已经悄然进入了她的心扉。那段时间,可以说,那是她在她姐家最愉快的时光,甚至可以说是人生当中最愉快的时光。虽然,她和刘子什么都没有说，但听了刘子当着她姐夫和她姐姐说的话，仿佛已经能够看出她自己的未来了。

企业快破产了，但刘子似乎有重构局势的理想，这种表述能够消除她的未来恐慌，能把她带出历史突然给到个人头上的精神压力。她默默地听着，但能释重。

刘子的说话引人入胜，虽然高谈阔论，但含股知识分子清纯的毓秀，那不是幼稚，而是志向。她就怪自己没有好好学习，上不了大学，才提前就了业。毛色分析技术还是通过职工夜校，由工人师傅教的。她对大学是多么渴望啊。

既然，她上不了大学，那么她就一直想个大学生能够成为她的梦中情人。黄阿姨给她在学校里介绍对象，那也是她的梦愿。所以，当刘子以一个新的大学生之面出现的时候，她感觉到这个大学生能够让她梦想得偿所愿，所以，她用她默不表达的积极性，很快地推进了这事，以至，快得都推进到父母灵前去了。

显然，黄阿姨和黄姐夫在往汉中祭灵的时候，对于刘子，征求过她的意见，她满口答应。甚至再从母亲灵前退出的时候，她就想第一时间见到刘子。结果，还没有来得及高兴，黄阿姨就奔进单位——快要破产的毛纺厂，把她拉出来，告诉她刘子出事了！而且出了大事！

理想瞬间就破产了。霞霞哭了，哭得极伤心。她不相信！她一点儿都不相信。一个人能相信自己的希望这么快就破灭了吗？她揉着眼睛坐在沙发上等姐夫。她想证实？不！她不想证实！她想从姐夫口里听出刘子其实没事。

当老黄重腾腾地返回基地后，满脸愠色，一看就知道情形不对。他说，刘子今天表现不好！差点就和王书记干上！这已经不是刘子犯没犯事的问题了，而是犯事以后的认罪态度！

霞霞绝望了，泪止不住地流了下来。她不相信！她不相信！但她什么也没有再说。从此之后，她就再也没有往小三楼去过。

黄阿姨每周都往霞霞那儿去。去，不是去关心，还是在介绍对象，不存在感情刺激，受到伤害，她只是适时地通报一下：咱们平安无事！就这样！

我来！你不要去！都是那个黄大昌！差点害得咱们下了地狱！

霞霞冷寂了。她似乎突然懂得了命运。啥叫命运？命运就是不要把理想太当回事情。接受现实就是命运！于是，她又把自己安置进了毛纺系统虽然接近瘫痪但还不得不运转的流水线上，就像一个初来车间的工人，认真地理解着齿轮的转动。她对自己没有了想象力，她不再渴望，但也没有逃避，而是面对。面对什么？面对那一根一毫的毛色分析。这个观测，令她把通过刘子差点就打开的天空压得很窄，直到，那个天空渐渐地消失。

霞霞再也没有到小三楼去。她和那个姓赵的，教她做毛色分析的工人师傅似乎渐渐地恋爱了。还是工人阶级可靠！让生活在朴素的螺丝钉上运转，既不需要向前，也不需要向后。师父对她很好，一直对她很好。霞霞一直没有提在学校发生的任何事。师父知道她有姐姐姐夫在学校，也很少问。霞霞之所以不说，就是不想让刘子的事情在毛毛色色中扩散，因为，那个"瘤子"就像癌细胞一样，一碰就会四散。

虽然，从轮岗到下岗，霞霞一步一步滑向了黄阿姨不忍看到的命运，可霞霞反而踏实了，好像没事了一样。她们都能预测到形势，但形势谁也无法左右。霞霞固执地摒弃了往高校托付终身的愿望，在毛纺厂日见萧条的气氛中反而体会到了实在。这是她转向生活并活着的意义。

霞霞心仁，这令她获得了岁月的回报，最朴素也最平静的回报。面对这个工人师傅沉默的追击，霞霞终于在某一天做出了主动，她把赵师傅带进了黄阿姨像边关一样把守的屋里。那时刻，黄阿姨还在等待老黄回来了出气。当霞霞敲开门，把赵师傅领了进去，那年纪直把黄阿姨吓了一跳。这才二十二岁的姑娘，怎么领个爹回来了？！

其实，赵师傅年龄并不大，因长期在生产一线轮岗值班就夜，就是个小人也熬大了，加之又从事手工劳动，那手指哪能跟握粉笔写字的人比？单从气色上看，显得就比同龄人老了一辈。赵师傅不怎么说话，看人看世界的眼神，就像盯着羊毛细线一样，微微地裂开个缝，仿佛一直守着那毛线在针锤上一寸一寸地运转。眼睛始终都那样，看不出对世景有何想象，很认真很专注。

黄阿姨不是很满意。黄阿姨岂会满意？但在学校里面为霞霞找个可靠对象的事情已经被刘子和他的故事彻底毁灭了。霞霞还要被耽误吗？她能耽误得起吗？

黄主任进来了。一看一个和他相似的半大老头坐在那里，就坐在刘子曾经坐过的位置，还当是黄阿姨老家来的远客。当嗅着鼻子终于闻出这就是孙霞霞新近的恋人，顿时蒙了。他流露出一股说不清楚的嫉恨和尴尬，愣了好半天，才一头钻进厨房里去了。半天用西安话往肚子里喷出一句："一朵好花插到了牛粪上！"

第四十三章　安小仪

　　安丽丽终于从刘子的精神风波中找到了可以喘息的机会。刘大成疼爱下属并且用冷静和智慧为安丽丽消灾除祸的领导艺术，让安丽丽将这个可怜的机会再次放大。她心情调整好了，只不过，人比起之前憔悴多了，就连将那件水洗蓝牛仔罩到身上，都像是松了。她扭着头照照镜子，幸好，还能看到屁股。她像天鹅一样越来越坦然地行走在粮食局新落成并投入使用的办公大厦当中。

　　当一切逐渐成为往事的时候，这一天，她的筒子楼里却来了一阵嬉笑声。这小丫头终于来了！初中学习名列前茅，高一有了偏科倾向，到高一下半学期的时候，说啥也不学数学了，于是，未经任何人同意，自己竟然改学绘画，将一个文科天才变成了艺术"天才"。事实已经是这样。自小便任性，谁的话都不听，父母再怎么劝说也执拗不过来。幸好，安丽丽的妈妈是从事教育工作的，懂得孩子的教育心理，既然要学画就让学，自己的前程自己去把握。发誓要考入西安美院的安小仪就这么诞生了。

　　她为什么选择西安呢？不就因为西安有个兵马俑吗？

　　安小仪来了，像只雀。刘子说她像只会飞的青蛙，她生气了："我有那么丑吗？诗人！"刘子赶紧解释："那意味着你能跳出天窗。"安小仪对这个解释是不服的，发誓再也不想见到他！"瘤子"就是她散播到家里的。潘老师追着问为什么叫人"瘤子"？安小仪抿抿嘴，把问题交给了安丽丽。潘老师这才向安丽丽劈头一句："你谈恋爱了？！""妈！"安丽丽急了！追着安小仪就出去了！从此以后，刘子就再也不敢偎到安丽丽身边了，尤其，上完晚自习，不敢再把安丽丽送过那条小渠和小桥上去了。两人顶多隔桥相望！这是安丽丽铁着脸像令箭一样交代的。刘子第一次将自己对安丽丽的赤诚埋到了地下，也因此种下了此生再也解不开的相思。

后来，刘子考上了一个县高中认为的超级大学。偷偷地谈恋爱还能考上大学，这颗"瘤子"真不简单！岂知，刘子为了能够最终说服丽丽的母亲潘老师，终于咬破指尖下了狠心，如果考不上大学，此生，就再也不面望安丽丽家里那眼十二点准时熄灭的灯。刘子考学的动力宛若普救寺里遇见崔莺莺的张生，当这场秘而不宣的爱情被崔老太太抓住的时候，她最终还是要求张生：如果想得到莺莺必须高中金科！

刘子在读大学的时候，除了给安丽丽天天写信，还同时兼顾另一件事情，一旦遇到好的素描绘画的书，就会寄给安小仪。为了提升安小仪另一门软肋，他不惜血本，给她购了一套新概念英语，而且还配了磁带和随身听。事实证明，随身听收下了，但新概念人家连翻都没有翻，而是听起了张学友、刘德华，尤其 BEYOND 的歌。你说这刘子背着安丽丽干得什么事情！

为了提高她的专业能力，安丽丽终于痛下决心——必须把她从县城叫到省城，送到专业高考的辅导班里。为此，安丽丽甚至不惜从刘大成那里获得关系，终于，在古城画院给安小仪找了个之前参加过高考美术阅卷的老师。安小仪就是这么在安丽丽的劝说下并经潘老师反复考虑同意之后来到了安丽丽这里。

安丽丽看到这只会飞的青蛙，高兴得就像逢了生日。她把小丫头搂进怀里，就像田野里的乌鸦望着这只从那么远的地方飞到她身边的青蛙。安丽丽高兴地哭了，接着带上她，到粮校胡同吃烤串，仿佛所有的忧伤都搁置下了。安小仪一蹦一蹦的，她真是一只会飞的青蛙。

夜晚的时候，安小仪突然问："青蛙王子呢？"

"哪个青蛙王子？"

"你还装？刘子啊！他不是为了你才考上大学并且分到干部学校去了吗？"

"你怎么知道？"

青蛙眼神一翘："他给会飞的青蛙写信了呀！"

安丽丽至此才知道，原来刘子读书期间，一直都在鼓励安小仪，并且告诉她其实中国大学很多，西安美院也不错，但浙江美院更好。江南山清水秀，乌镇、苏堤，那才是真正能够写生的地方。希望她，能够考到更好的美院去。会飞的青蛙要会飞噢！

安小仪睡着了。安丽丽从她腰间取下那只随身听。安小仪为了不让安丽丽发现她在听歌，所以一直把随身听像枪一样别在腰里。这是刘子送给她的。

安丽丽悄悄地打开随身听，里面是BEYOND的歌——《不再犹豫》！"谁人定我去或留，定我心中的宇宙。"她突然哭了。当她还在筒子楼里嘲笑刘子到兰山饭店吃牛肉面的时候，一个月才用49块钱来生活并学习的刘子，却积攒下钱来给"会飞的青蛙"买书买画，还买了随身听。她好懊悔自己！

刘子，你在哪里？你为什么那么倔呢？

安丽丽呢？你又在哪里？你为什么突然像根刺一样扎进刘子的心窝？

那堆玫瑰还塞在垃圾桶里，已经变成干花了。安丽丽俯身下去，她想捡起来，重新摆到桌子中间。她想让那一片一片破碎的玫瑰重新开花。她真的想把玫瑰从垃圾桶里捡起来，不了，手刚伸进去，就扎到了刺上。刺扎进了指尖，血涌出来，就像流自心里。她捏捏流血的指尖，还想捡，不了，安小仪突然哼唧一声。她回身一看，小姑娘翻个身又睡去了，越看越像一只可爱的青蛙。

安丽丽攥着手指，坐到了安小仪的身边，把那个随身听轻轻地放下。她不想让安小仪发现她动过它。灯光太刺了，照到安小仪的身上，她睡不安稳，于是，安丽丽熄了灯，她像灯一样，侧卧到了安小仪身边，像童话一样守着她。这只会飞的青蛙，就像刘子和弦上休止的音符。她望着她，就像望着刘子突然变成一只青蛙跳进她的怀里。

她为什么就忘不了他？她根本就忘不了他！安丽丽满眼噙着泪花。

青蛙醒了。一大早就像只小鸟一样叽叽喳喳！安丽丽从那快速旋转的欢乐中，只听出一个意思：这只青蛙想见到她的刘子哥哥！她要报恩！安丽丽说："你的恩人已经舍我而去了！"接着，怎么也控制不住溢出了泪花。安小仪傻了："咋了？你们分了？！一定是你抛弃了他！"安小仪变傻的同时，有些吃惊。她怎么偏就护着刘子，而不护着她？安丽丽控制了情绪："小丫头，等你长大了，就懂了！""我早长大了！"安小仪就是咬住，想要安丽丽把和刘子的事说说清楚。安丽丽有些恼了。"我和他的事情，与你有关吗？""你是我姐姐，怎么和我无关！怪不得房间里乱糟糟的，烟一股酒一股的。你当我不知道，你们一定是吵架了！"这只会飞的青蛙，原来，从一开始就觉察到了某种东西！她怎么可能看不出安丽丽满眼的忧伤呢？她真是一个爱情天才！

"走！打电话去！我就要问问这颗'瘤子'当初是怎么向我承诺要和你厮守一生的？"

安小仪拉着安丽丽直奔粮校胡同的一个报话亭。就连安丽丽都没有反应过来，她就把刘子传呼了。她怎么知道刘子的传呼？显然，刘子在此期间是给她写过信书的。刘子已经把她当作是美好未来的一部分了。

电话过了很久，终于响了！"接！你接！"安小仪命令着！安丽丽本能地接起了电话。其实，她好想接起这个电话。那一刻，泪水早就模糊了双眼。她想抱着电话，就像抱着刘子一样痛哭。然而，电话那边却传来一个陌生的声音，是一个女人的声音："喂！请问你是谁？喂！"

安丽丽如被霹雳炸了！瞬间就什么都不知道了。安小仪急忙接过电话，电话早就被安丽丽挂了。安丽丽疯了，她哭着跑回宿舍去了，甚至忘了这只刚刚来到省城里的青蛙。

电话里面是女人声音——难道刘子已经另有新欢了？！

安小仪本来还想再呼一遍，见安丽丽疯了一般，丢下她跑了，慌忙从口袋里搜出二毛钱，往报摊上一撂，像只会飞的青蛙追着安丽丽去了。

丽丽已经痛不欲生。她太脆弱了！她真的太脆弱了！

安小仪抱着安丽丽，她始终没有出声，直到安丽丽流干了眼泪，她才拧出纸巾，把丽丽的脸擦干！

"我和刘长歌已经分了！"

安丽丽没有再哭，也没有再说话，重新整了整衣装，拉起安小仪到粮校胡同吃早餐去了。吃完早餐，她把她带到了单位，然后，在确知单位上没有啥事的时候，带着安小仪找古城画院的那个美术老师去了。

安小仪失魂落魄地跟在身边,只怕安丽丽突然又伤心!她望望那个随身听,拿在手里掂了掂,最终还是又别在了腰里。

其时,老城几乎各大街,都是张学友《吻别》的歌声。

第四十四章　今晚不能有失

　　刘大成再次驾着蓝色的宝马将安丽丽带进凯撒龙来宴饮。这次约的时候，并没有用加班犒劳工作奖励之类的借口，而是以丽丽的憔悴为由。他说，自从丽丽生病以后，还没有特别的慰问，如果丽丽明晚没事，他想请丽丽出来聊聊。刘大成打电话的时候，仿佛不在办公室。其实，他根本就在办公室。

　　刘大成是在头一天中午向安丽丽发出第二天晚上约会的邀请的，之所以如是，是因为他至少有三个考虑：一或许安丽丽会说她今晚就有空；二，安丽丽说明晚没有空；三，安丽丽说好。如果安丽丽说明晚没空，那她一定是真的没空，就算假装没空，她也会给出一个空来。刘大成把线放得好长，局突然设得这么大，连他自己都笑了。不过，当听到安丽丽说有空的时候，刘大成高兴得几乎跳了起来，伸手往头顶上摸摸，他妈的这个汽车连连长竟然流出了一头的汗。

　　其实，这算不上刘大成语言或心智艺术的进化，某种意义上是一种退化，他能直取大姑父，从一个转业干部主营司机干到粮油大厦的内脏——办公室主任位置，凭的就是会收的竿子和会放的线。河里有没有鱼，他心知肚明，一目了然，不需要伸竿子去试探。这虽然可以叫直觉，但事实上是可以直接下语的判断。这甚至可以不叫判断，而叫敢做。他一步步青云直上，凭的就是果断。可唯独，自从崔媛媛走了以后，接着安丽丽出现以后，他的处事需要计量。他总是把握不到女性，尤其，那次突然失准的初恋之后。他只爱漂亮女人，这难道就是他的缺陷？

刘大成好像终于挨过了比较漫长的黑夜。第二天一早，西装革履。事实上，他自从粮校胡同蒙鳌之后，就感觉不到自己西装革履了，虽然还是西装革履，但西装是皱的，领带是歪的，白衬衣一天一换，但现在感觉五天没有换了。

不过，现在不一样。得到安丽丽的许诺之后，他跳了起来，随之噔噔噔冲下楼去，把西装、领带、衬衣全部送进了干洗店。他甚至想着把皮鞋也一换，可试探了几起，终于觉得换双新皮鞋目的也太明显了些。擦亮得了！于是，送了西装、衬衣和领带之后，他就拐个弯，在大厦胡同口往内数步，把皮鞋先给擦。这都快下班回家了，还擦皮鞋。刘大成仿佛把明天的约会搞成是今晚的约会了。他自己笑笑，今天擦了明天再擦，会更亮。擦皮鞋的时候，他有股甜蜜的兴奋。这头要不要再理一理呢？理！像擦皮鞋一样理！刘大成就像修汽车一样，从头到尾把自己修了一遍，愣是把自己从群众演员弄成了男一号，虽然，西装、衬衣、领带还影在干洗店里。

刘大成没有再回办公室，而是直接回家去了。潘小真的事业干得风风火火但异常诡秘，他从来不问，但能感觉出来。

潘小真每天一早出去，很晚才回来。她已经不再眷恋那只神兽。早晨也不再把唇吻上去。这倒使刘大成的塌陷不像上次，每天眼睛一睁就会被提醒到。不过，这几天神兽已经开始动静了。虽然动静不大，但有动静了，就像怀进肚子里开始成形的胎儿，已经可以实施胎教了。这让刘大成有股被抬升的感觉。他自信，他不是一台报废的汽车。他只是轮胎没气了，气打上，不就跑起来了吗？

刘大成进门的时候，出乎意料——潘小真竟然在。

这两口子今天竟然同时早早地回到家里。刘大成进来的时候，潘小真也很意外，还以为贼进来了。这都多少年了，他还是第一次这么早回屋。难道被粮食局解聘了？谁不知道刘大成向来最后一个离开工作岗位的。

潘小真略不自然但却正常地一笑。"回来了！""回来了！"刘大成向来是不看潘小真的，正是这个"不看"才使他们之间维护了足有十年不散的岁月。他们彼此也是不会"大成呀""小真呀"称呼的。他们彼此不称呼彼此倒不是情为知己，已经不分彼此，而是害怕彼此的叫醒，会让那已经维护了十年的砝码突然失重。这个靠语气，唯靠语气支撑的物理平衡不能被打破。

刘大成进屋以后，就习惯性地往厨房里去了。这是他的习惯。不要看刘主任天天在外应酬，其实，他最喜欢自己给自己做饭吃。这是当兵的时候训练出来的，也是潘小真的妈敢把潘小真交到他手里的唯一依赖。结果潘小真晃着身子挤过来了。

"老公！我约了大姑父，明天和外贸局的高局长一起吃饭。"

刘大成一惊。

随口问句："哪里？"

"兰山饭店。"

"你咋不早说呢？明晚有会！"

潘小真一愣。

"我这不就早早回来给你说吗？"

刘大成再没吭气。在他的计量中，明天和安丽丽绝对不能有失。

他想以沉默应对潘小真突然提出来的变化。你说怪不怪！好不容易约上丽丽，却被她要搅散。刘大成有些不快，但心里却就此揪上了这事。潘小真似乎急需刘大成明天的出面，她挤在厨房门口，非要刘大成答应。

"不就和大姑父吃一顿饭吗？你们吃去！我真的有会！"

"那我让大姑父通知曹局长给你准个假总可以吧！"

潘小真的高层运动终于显出了火力。原来她不傻，她什么都知道。

"那是办公室内部会议，要出台粮食改革方案，后天一早要给粮食总局报。"

刘大成突然抬出国家粮食总局来压事。天哪！这都和党中央搅上了。潘小真到底还是蔫菜了。办公室要出改革方案，给党中央直接报，就算曹局出面，也取消不掉。潘小真一扭身就趿上鞋，出门去了。

她到哪里去了？

当然上世纪焦点去了。

潘小真为什么突然请大姑夫和高局长一起出面在兰山饭店吃饭呢？莫非她有大的动作？刘大成把洗了一半的菜放下了，他突然无心做饭。饿一顿吧！这还是十年来，他第一次这么坚决地拒绝和潘小真一起公务一起设宴。

潘小真当然有她的动作。在世纪焦点的漫漫岁月里，她的思维视野已经从西北往东南大块大块地移动。自从在黄河渡轮上召集姐妹们被玩爆了"大哥大"，进凯撒龙时没有要张裕，出来后心疼话费极可能爆表，她发现她根本就没有发。你看人家徐冬芳，几千块钱的饭，说免就免，哪像自己还在一毛二分钱的通货阴影里转。于是，她想搞大。借外贸和浙商把皋城的整个皮毛出口和生加工拿到自己手里。而潘小真哪里知道，凯撒龙的徐冬芳，早就瞄准了这一块肥肉。紫色的博弈已经开始了。徐冬芳老练，潘小真后进。加之有吃鱼长大的浙商在背后策划并鼓劲，潘小真后来居上。

刘大成千算万算，咋就没有想到潘小真明晚会请客呢？他更是没有想到古城里潘小真和徐冬芳已经风起云涌的暗战。

第四十五章 "鼠辈!"

安小仪几乎是被安丽丽硬拖着一蹦一跳地往老城画院走着,虽然她蹦跳着,但像只瘸腿的青蛙,她随身听放的是张学友的歌。

显然,那一早的电话,让安丽丽遭到了重创。这个创伤的辐射面,使她快速认识到刘子原来并非如她所恨的那样一无是处。刘子高傲着呢,不像她如此脆弱。当她嘲笑刘子把头伸在雨里制造悲恸现场的时候,她其实忽略了一个男人的强大,不然,刚刚五天之后,刘子就已经有了新的女伴,而且,他对那个女人的亲密程度竟然已经到了可以直接携带他的传呼机并处理他的私人电话。失去了才知道珍惜,这是所有人,包括安丽丽在内,终于知道的感受。

可她现在能珍惜到吗?

爱情存在,但永远都不可靠。

一切皆流,无物常驻。

这个事件,使安丽丽处到了准备堕落的雪线之上。当一个人开始怀疑已经不再怀疑的东西的时候,心性就会往没有浮标的深水区堕落,有人把这称作下沉的醉感,也有人把这称作上升的陶醉。安丽丽受伤了,但并没有感觉到痛,她只是感觉苦恼死了。

刘大成曾经作为压力,突然阻挡到了她和刘子面前,现在,他却像个能够释放窒息的影子一样,能够往外铺展开光的面积。同时,因为刘子不在了,安丽丽对刘大成也仿佛失去了压力。这说明,在安丽丽眼里,刘大成已经可有可无。刘子就像一座桥一样,安丽丽一直走在桥身,故而能够感受到刘大成压向桥身的重量，现在桥没了，刘大成上不上桥，都无意义。或者说，之前与刘大成的交集，还令她有股甜蜜的苦恼，一股生怕会把刘子丢失的惶恐和刺激，现在，刘子不在了，甜蜜和苦恼一样，再也不产生较量了。于是，接受不接受刘主任的邀约，对丽丽来说，都不再是一件太难过选择的事。

她先前重视并能感觉到自己是在与刘主任往来，那是因为刘子还在，刘子作为她自身存在的隐形支撑，会令她感觉到自己还有无法被流沙沉底的海岸线，可现在，刘子不是她的了，她的世界徒然空了。不过，这空，虽然能把整个人生架空，但也能空出自由的花来！

安丽丽几乎是在情绪的乱码当中手绘眼前的哲学。她空虚而又难受，但又不知道到底哪里难受？

其实，丽丽把安小仪送到老城画院高考绘画辅导班里去的时候，是硬撑着的，当她送完安小仪以后，她感觉她的腿突然没有了力气。她怎么走不动了？绵软无力，像被一团隐秘的火烧掉了骨头，再往前走，就像是往深渊里坠一样。先前可能还当是和刘子玩闹，就算说是分了，不在了，但潜意识里用以支配生活的那个支点还在，诚然它是散的苦涩的。但现在，当支点不在了，当作为事实被确认之后，生活瞬间空白了，好像几十年的人生说没有就没有了。原来，没有了刘子，生活，所有的现实，就像瞬间倒塌的墙一样，齐刷刷地从眼前消失了。一朵鲜花曾怒放于废墟当中，接着也就干枯了。

她都不知道自己是怎么移进粮校胡同的。夜里，丽丽失眠了。她含着泪，从书箱底下搜出了刘子给她写过的信，所有的信，一封一封地读，一封一封地看，泪水浸透了字纸，就像在用眼泪回信。刘子给她写了几年的信，几乎每天她都会收到刘子的来信。开始，还新奇激动，到后来，说实话，她甚至厌了，因为每天刘子只不过告诉她，他在这一天又干了什么事，在想什么，遇到了什么样的人，接着开始表达思念，最浓最重最深的思念，接着就是超级大志的理想主义抒情，整个像一本流水，千篇一律。但现在，这生活的每一个细节，那不同而又相同的每一天，都似乎把她带回了存在。这是一眼阅世之目，也是惹人痛泣的一眼泪目，她透过那些信似乎看到的并不是刘子的生活，而是自己的每一天，自己的生活，就算它们的内容是相同的，但时间是不一样的。

她摸着刘子的相片看，就像摸着自己的心脏。最美好的刘子在照片上闪耀，刘子就像颗星星一样，他一尘不染，他净练如火，可这个刘子已经不是她的了，她也不再是这个刘子的了。

丽丽的眼泪都快把沉笺的木箱烧透了。她恨刘子！她恨刘子！她恨刘子！泪目间竟然把抱在怀里的纸书，一张接一张地撕碎了，就像刘子甩到灰墙上的玫瑰。她抱着那一堆碎纸痛哭。

刘子的绝情，让她与刘主任的往来突然脱负，风雨中飞翔的蝴蝶的翅膀湿了，她开始下沉了，她甚至渴望刘主任能够向她再约，果然，刘主任出现了，西装革履，邀她到凯撒龙宴饮。丽丽答应了，这次答应，在刘主任眼里已经是纯粹私人性的了。之前的聚饮，还是多少因了单位的工作，比如以最习惯最得体的加班的名义，以示慰问，可这次却是刘大成以一个本色男人的身份向一身水洗蓝牛仔的性感女人发出的私人邀约。

安丽丽能够如此直爽地答应，就连刘大成的休眠的神兽都本能地怵了一下。刘大成终于觉得向安丽丽下手的时间到了。他掩饰着自己的激动，提前干洗了西装、衬衣，还美了发，把自己打扮得既酷又帅。虽然潘小真意外在他与安丽丽相约的今宵在兰山饭店设局请客，但刘大成已经顾不了那么多了。今天，与安丽丽，就算老房子着火，也要约会。

车就在粮油大厦的对面守着呢。这只奔驰的蓝鸟，之前是在粮食局的楼底下，但这次刘大成把车开到了对面。他也不知道这次为什么会这么干，总之，他想把这次活动塑造成一个秘密，一个只有他和安丽丽共享的秘密。只要安丽丽穿过天桥，屁股往宝马车里一坐，就已经是一次已经成功的秘密约会。

安丽丽在走出办公室之前，突然有股莫名的心跳。说实话，这心跳让她惶悸，但同时，她又喜欢这样的感觉。为了平复突然加快的心跳，她又在办公室里独自坐了一会，直到，整个楼都走空了的时候，她才走下电梯。这栋带电梯的楼，同样是老城先锋发展的标记。说实话，最早的兰山饭店都没有给安装电梯留下位置，所以兰山饭店楼层少，矮，不高，后来，才有天才从整栋楼的中间竖起了一道电梯。粮油大厦起底的时候，电梯就已经安进骨架了，它成为兰山饭店之后拥有电梯的第二实体。在拉尕山区还不知道电为何物时，能够乘坐电梯青云直上，对于这些进进出出的人来说，那是何等荣耀。安丽丽就像一个提前步入二十一世纪的超模女性，靓身水洗蓝，像天鹅一样，出了电梯，她转过天桥，径直走进了刘大成的车里，蓝鸟一阵激动，随之开始飞驰。

车里早就是刘大成已经选好的音乐。当刘大成看到安丽丽像只天鹅一样从天桥上走下来的时候，《秋意浓》的旋律已经响起——"秋意浓，离人心上秋意浓……"这是刘大成特选的情歌，既适合谈恋爱的人，也适合失恋的人。安丽丽不禁感受着这个车窗内的氛围。刘大成认为，这就是爱的氛围。

在悠长舒缓的音乐声中，丽丽略带惊悸的心情，慢慢地放松了。她发出了微笑，甚至能让刘大成听到的微笑。他们往凯撒龙进去了。

刘大成坐哪里，徐冬芳早已安排好了。时间的坐标轴在刘大成的精心布置和巧妙安排下如期前移。安丽丽坐下之前，刘大成再次一改过去为人腾挪座椅的姿态，像个绅士一样将安丽丽请上了她的位置。安丽丽嫣然一笑。这是刘大成在风情电影里早就看过的。他时刻想着能为自己心仪的女人实现这种体会。这个饱经风霜的男人，虽然在事业的前半程里一直低三下四，但在骨头里面，他是浪漫的。

刘大成大方地坐回了自己的位置，且整了整领带，就像提醒自己，一定要稳稳当当地把安丽丽系在胸口。大厅里播放着情声呢喃的音乐——"秋意浓，离人心上秋意浓……"——《秋意浓》，和安丽丽在车里面听到的音乐一模一样。当然，这不是刘大成刻意安排的，而是他根据凯撒龙的风格移植到车上的。

安丽丽就像历经乱世的佳人，那一刻很快就将自己埋进了烛光晚宴当中。今天"张裕"没有出场，而是上了兰山饭店惯用的黑比诺，因为刘大成上次觉得那两瓶张裕并没有发挥它的奇效，他想用黑比诺稳妥地试试。

两个高脚杯，就如脱了毛的天鹅，让刘大成和安丽丽面面相对。刘大成两指一捏，打个响号。动作帅极了！服务生戴着白色手套翩跹而近。两瓶黑比诺同时打开。美饮之前,刘大成先让酒自己醒醒。

直观而浪漫的风情,在时间的自由轴声中打出缓慢但却紧凑的节拍。一切都按最理想的方式,稳稳地推移着。

丽丽最爱吃的海菜也上来了。刘大成说,那些海菜见过地中海的黄昏和日出。盛宴!用一颗悦世之心法典化了的极乐之宴,在一只土狼和天鹅之间,微妙地开始了。

已经睡醒的酒咣当一声站立了,"CHEERS!"刘大成自然而得体的请饮,约会开始了。这个写汉字还需要查字典的人,却能让英语的发音,产生示范效应。安丽丽低头一笑,温柔地抿了一下嘴,浅尝辄止地,完成了那个"CHEERS"!

丽丽虽然只抿了一小口,但涩涩的葡萄酒却带着她往一缕挥不完的情伤中沉溺了。隔着昧暗的光,她仿佛在望照片中的刘子。

刘大成深情地望着丽丽,适时地"CHEERS"!丽丽的脸上泛起了媚态,那像是一种笑,一种能打动任何一个男人的笑。刘主任宛然回到了自己的初恋。

爱有魔性!这是刘子说的。

安丽丽隔着恍惚的光,望着刘大成重新出笼的板寸。奇怪!它怎么和刘子的脑袋一样?

宴饮和无语的对视,在凯撒龙最隐蔽也最舒适的地方自由地展开着。童话!刘子诗歌中的童话!这绝对是刘子诗歌中的童话。

正当两人对望,彼此默认,这场非典型聚会和非正常约会时,一个丰腴的身影却美妙地出现了。

刘太太!

亲爱的刘太太,怎么也被凯撒龙醉人的夜色请出来,一起光顾并见证刘大成与安丽丽以非典型方式营造的这场极乐之宴来了?!

刘大成大惊失色!

刚刚被黑比诺催熟的脸,上面已经开始写上童话故事的脸,瞬间便扭曲,变异了。

刘大成仓皇地望着潘小真。

"你怎么来了？"

潘小真愤怒地望着刘大成。

"你不是在开会吗？"

刘大成已经站了起来。

"你不是在兰山饭店吗？"

潘小真往前移移，想坐下来。

"老娘他妈的今夜把盛宴设进凯撒龙了！"

刘大成的嘴在抖动，就像吃了太多的奶一样。

安丽丽还不知道来者何人？

来者何人？

来者已经轮起那瓶彻底醒好了的黑比诺照着刘大成的头就砸了下去。

刘大成像躲着一颗飞翔的子弹，转身就往凯撒龙外惊跑了。

安丽丽从来没有见过一个男人如此仓皇，仓皇若惊弓之鸟。

"王八蛋！你那龟都缩茎了！还有本事出来鬼混吗？"

潘小真移着粗胯斜追了上去！

刘大成抱头鼠窜。人早不见了！

黑比诺碎了一地。

不速之客！绝对的不速之客！极乐盛宴的不速之客！

她不是侠女，而是灭绝师太！

刘大成早逃之夭夭了。跑的时候，连桌台上的呼机都落下了。

安丽丽自始至终都坐着没动。

她发出一丝冷笑，比灭绝师太还冷的笑。刘大成不是会神功吗？刘大成不是会开蓝鸟吗？刘大成不是有板寸吗？刘大成不是因为爱而恨过一个女人吗？

可刘大成呢？

一直被假象修造的刘大成已经不存在了。

安丽丽一直在笑，在冷笑，在笑男人的本质！

灭绝师太从烛影里转回来了。她冷了安丽丽一眼，只说出一句："请你自重！"

潘小真走了！像是去继续追杀了！

那杯刚说过"CHEERS"的黑比诺，还在她的手里端着呢。

刘大成抱头鼠窜的样子，令安丽丽越想越笑，笑声中抖动着特有的媚态。接着她把那杯红酒一饮而尽。

"鼠辈！"

就像刘子调谑他的高中同学一样！安丽丽抛出了一句！

安丽丽转身就离去了。

第四十六章　黑比诺

刘大成为什么要跑呢？

也或许，逃离凯撒龙就是对安丽丽最好的保护。谁知道呢？

他跑出凯撒龙的时候，气还在喘。他以为潘小真跟上来了，结果却无。

那一刻，他是那么沮丧。

可他为什么要跑呢？连他自己都不明白。

刘大成逃跑，说明这个战士，还不具备婚外出轨的经验。他有贼心，也有贼胆，但还没有拥有得心应手的本领。

跑，对他来说还不是一个战术，而是心理弱点。

曾经靠强大的自卑支撑起来的自信，在战场上突然发生的意外中瞬间就被剿灭了。

但可以肯定，如果再有一次，他肯定是不会跑了。

因为就算跑了，也解决不了问题。

当然，他也不可能两次踏入同一条河流了。

刘大成的光辉岁月，就以如此荒诞的"出逃"结束了。

他甚至如是结束了一个"板寸"的时代。

第二天粮食系统就召开了紧急会议，宣布对刘大成撤职，并且，让他配合组织调查整个粮油系统在凯撒龙的消费。

不久之后，凯撒龙就关闭了。

凯撒龙关闭之前，刘大成已经接到了纪检委的传票。接着检察机关介入了。接着，关涉一场粮食系统干部作风与渎职并涉嫌贪污的审判也马上就要开始了。

刘大成复活神兽的故事宛若一个黑色的神话。

这都是喝黑比诺害的。

黑比诺在明面上又称"黑色幽默"。

潘小真怎么会来到凯撒龙呢?

这既是个巧合,也是个计划。

这个计划就是徐冬芳设的。

她压根没有想到潘小真竟然和世纪焦点出没的浙商要拿下出口转内销的皮毛生意。

凯撒龙一到三层的大规模经营,其实早把她搞累了。利润被大数额地赊销不说,而且豪华装修几乎让还没有起飞的凤凰折了翅。她早就想重返外贸,但在重返之前必须能够接手这场可以史古的贸易。

当他联系母亲的旧爱高局长时,对方却说:"这事——皮毛——你就不要有这个念头了。这事余主任已经责令交由他的侄女办了。"

余主任的侄女?

哪个侄女?

不就是潘小真嘛!

这个她向来没有放进眼里的废物,每次到凯撒龙都像个饕吃一样,她怎么能有如此眼光和胆识接收这个国际性贸易呢?

可高伯伯反复警告:余主任既然指令了,就没有人可以随便改动。

余主任意味着什么?

副省级干部!

她心思,为了喂你们这些肥猪,凯撒龙每年赊销出去的债就有上千万,账面上明着赚了,其实,内里穿着个开了档的裤。

她实在经营不下去了。她也不想经营下去了。

加之,那个华裔自从玩够了她的姿色,已经在资本面前没有兴趣了。该收的他都以股权现购方式收回去了,再让他投资,做梦去吧!

正是这些只有自己才知道的困厄,才使她衍生了终结一个帝国的迫切。

她不是站向了任性,而是站进了形势。

更主要的，内部已经有人向她传讯，三楼的非对外营业，已经被公安部门列入了监控，而且极有可能是重点监控。

所以，她才任性。

徐冬芳反复思策，结果在深夜时分，突然生出一计，一个可以两得而不互伤的艺术：比如她和潘小真一人一半；再比如，她和潘小真联手出击。

她想好了。只要她介入进去皮毛生意，就算让着潘小真，就凭她的才智和凯撒龙蜚声中外的根基，潘小真也会被她吃掉的。

于是，她紧急又给高伯伯打电话，说约高伯伯和余主任一起光临凯撒龙盛宴。高伯伯拿着电话直笑："两个干巴老头，能分得过来吗？"

徐冬芳直问咋回事？

高伯伯说晚上已经被余主任约到兰山饭店了。

难道是潘小真请客？

高伯伯笑笑，说你不笨。

徐冬芳一下就急了，她说，高伯伯对她一点都不疼爱。

"急啥子哟！晚上还可以约余主任到三楼喝茶嘛。"

徐冬芳还要说话，结果被高伯伯挂了。

本来一个很智慧很精明的女人，可一急，就仿佛变蠢变愚，也变执妄了。

恰巧这时电话响了，原来是刘大成打过来电话。他来进一步落实二楼海宴雅包的事。徐冬芳一拍脑门，差点忘了，刘大成昨天就订了座——最里最雅的座。

商战的灵感来了。

刘大成能够为了一个雅座两次打来电话，说明，他一定带来的还是那个女的安丽丽。

而潘小真不是今晚在兰山饭店请宴吗？

刘大成定座凯撒龙，说明刘大成不去。

刘大成为什么不去？

一定是他背着潘小真来寻桃花运。

得获这个信号后，令徐冬芳心惊肉跳。

如果让潘小真和刘大成还有安丽丽不巧碰上了呢？

潘小真一定会和刘大成展开激斗,就凭那个女人长期对自己的不自信,也会在凯撒龙里闹下去。

只要把潘小真托到家务斗争当中,就可以令她彻底颓废。

她还有心思攻略靠外贸接单的皮毛生意吗?

更何况潘家大姑爷也在,潘小真一闹,他还敢把这么大的事情交给一个心智都有缺陷的人吗?

至少,这会直接动摇余主任的帮助。

徐冬芳越想越觉得这才是一条妙计,一条毒辣的妙计!

于是,再次拨响了高伯伯的电话。

她说,她也想见见余主任,既然潘小真请客,还不如请到凯撒龙里共膳,所有都免费。好不好啊?高伯伯。徐冬芳娇撒得都快哭上了。

老高没有办法,只好说,他和潘小真再沟通一下。

老高拨通了潘小真的"大哥大",说:"小真哪,兰山饭店消费挺贵,你又是带工资消费,不行你给你大姑父说换个地。凯撒龙的龙虾刚上市,这顿让你高叔叔亲自安排。"潘小真急了!"不行!高叔叔,我是诚心诚意请客,怎么能让您老安排。地方我都订好了,烟酒都送过去了,八六年的茅台。一箱够不够啊?"这潘小真虽然受到了浙商的训练,但到底还是个猪脑子,还问人家一箱够不够啊!

老高见潘小真执拗,只好说:"实话告诉你,最近兰山饭店有人监控,我和余主任都不便去。还是听我的,单你买,咱们换个地。"潘小真哈哈哈高兴了:"成!听高叔叔的。"

就这样,徐冬芳硬是神不知鬼不觉地把潘小真的请宴从兰山饭店拉进凯撒龙里来了。

在凯撒厅,潘小真点了张裕,结果服务生却拿进了黑比诺。

"这是啥牌子?我点的张裕呢?大姑父最爱喝张裕。高叔叔喝茅台。"

"现在都喝黑比诺。上面刘主任也点的是黑比诺。"

"哪个刘主任?"

"粮食局的刘主任。"

服务生话还没有说完,潘小真就怒气冲冲地出去了。

徐冬芳再次通过安排服务生设计的这条离间之计，终于实现了。那一刻，她很是雀跃。

然而，潘小真的闹，却没有将闹限定到家务内部，而是闹到了单位，最后还把刘大成闹上了法庭。最终因为粮油系统在凯撒龙大单消费的问题，自然把凯撒龙自己也扯了进去。一场面对凯撒龙全面清查公款消费的廉政活动就此揭开了帷幕。凯撒龙关了！这岂不是个必然。

徐冬芳想出了离间的毒计，没有想到却如此轻易地也把自己黑进去了。

说是一瓶黑比诺扯出的大案，其实并不过分。

潘小真后来被外贸除名革职。世纪焦点，对她来说只能算是个美丽回忆。她又跑到黄河渡轮上去了，去的时候灰头土脸，来的时候也还是灰头土脸。不过，她的一干姐妹们并没有抛弃她，唯一不同的就是她再也成不了这个渡轮组织的绝对核心。尕马子一直揪着长嘴壶在渡轮上上蹿下跳。他又长高长大了些，对人露出了些羞怯，小虎牙没有那么暴露了。不过，对潘小真还是姐小姐大的。不过，自从上次没有摸尕马子的脑袋瓜后，潘小真就再也没有摸过。在刘大成入监的岁月里，她终于鼓起勇气，把离婚手续办了。

安丽丽呢？

最无辜的当然要数安丽丽。

刘大成被调查之际，粮食局迅速做出决定：安丽丽下基层支教锻炼！

安丽丽下去的时候，安小仪还在古城画院复习高考呢。

她临行前只是跑到韩柱冰面前，请他照顾安小仪。

韩柱冰答应了。他望着安丽丽就像在忘记温长庆。

第四十七章 "雷神"

丽丽试图被刘主任勾引的凯撒龙风情，并没有传到刘子耳里，也不可能传到刘子耳里。自从他把"九十九朵玫瑰"砸上筒子楼灰墙以后，他就与安丽丽绝缘了。他就像被毒蛇咬过的蝉，不断用最能逃避的方式躲开对安丽丽的印象。能与黄阿姨高谈阔论，都是努力从往事阴影中强力挤出去的高调本能。可一个如此美好的过去，怎么就成了阴影了呢？难道仅仅是因为说过头了一句话？甩碎了一片怒放的玫瑰？

但激情当中变焦的刘子怎么可能像一只蝉一样以压缩记忆的方式剔除记忆呢？那个夜晚和那个清晨，每每想起来都像是被同一条蛇又咬了一遍，单是想想都令他毛骨悚然。这太可怕了，如此人生，真是太苦，大不幸，如果让人生再来，或者说让人的命限再拉长一秒，他死都不愿，因为太苦了，苦得让人无可奈何。咬过他的那条蛇叫谁？是丽丽吗？是自己吗？还是语言？刘子说那是因为语言！

刘子在拉尕山久待的"解放"，一年之后并没有来。宁愿啃上两个干饼子夜回也不愿与他多待一刻的刘师傅，一年之后也当然没有来。刘子第一次感觉到与世隔绝。学校那头传不来一丝消息，这令他不安。这个不安不是指拉尕山的风景、人和处居不好，而是他来的时候，仿佛忘了带来自己的灵魂。他还有没有说出口的语言，被落在了筒子楼。学校没有任何消息，也就意味着他接不回来自己的灵魂。

这一夜，他醉了。就是他来扎尕山的整整一年的这一夜。他喝了个天昏地暗。结果贡布进来了，他说他要陪他喝。贡布什么也没有问，也没有流露出刘子要走的惊讶，更没有送刘子即行的准备。贡布对他依如往常。

我要走了吗？刘子昏醉间自问。我只是感觉自己要走了。贡布可没有感觉到他要走。刘子能感觉到自己要走，那说明，他自从刘师傅把那个随身听从车内揪下来抛给他的那一刻起，就开始计算他的"一年"。这一年像是他对命运的计时，每一分每一秒都似乎有响动。所谓岁月无声，对刘子的这一年来说不能成立。岁和月都有声，就像古老的齿轮咬着一根长索横过山崖。严格来说，他这一年的时间是不属于拉尕山的。因为，他虽身在，但心却不知落进哪里去了？他想回去，就是想把心找回来。

心丢了吗？

心没有丢。

只是被人盗走了。

被谁盗走了？

除了安丽丽还会有谁！

刘子想到回去，就是想回去再看安丽丽一眼。

刘子喝倒了。贡布耐心地直看到他睡着，又一个人，喝了一会儿酒，转身，掩好门走了。走的时候，看着瘫软在床的刘子，點笑一句：人才！

不知什么时候，贡布已经喜欢上了刘子，尤其喜欢刘子的诗句。

刘子快要从晨风中醒来了。醒来之前他梦到一只老虎，一只追他的老虎。他怵然醒来，但接着感觉还挺甜蜜。这说明，他不是被梦惊醒的，而是自醒的。喝了那么多的酒，不仅不头疼，而且不沮丧，像是被度了经一样。刘子有些奇怪，这仿佛是他第一次来到拉尕山。

桑吉草好久没有来了。桑吉草每次来的时候自然少不了带来奶酪和肉给刘子。或者说，桑吉草只有送奶酪和酒还有肉的时候，才来见刘子。她还是照常，一进门先是咯咯咯地笑，接着拿起刘子的随身听瞧瞧，仿佛那东西已经来电了。她试着按下键，见还是不动，小嘴巴微微一翘，显出失望。在桑吉草眼里，刘子的那个随身听里仿佛藏着一个巨大的秘密，只要它能转动，那个秘密就能释放出来。

桑吉草怎么还送来这么多的奶酪、酒和肉？难道她不知道自己随时都要走了吗？难道道吉没有告诉过她吗？刘子突然又有个疑问：拉尕山中小学知道他已经待够一年了吗？他们到底有没有时间的概念？校长道吉知道他要走吗？

这让刘子既新奇，又苦闷，接着把肉和奶酪统统放下了。刘子还寻思，如果刘师傅来了，他就把这些东西带到车上，带回省城，安丽丽一定没有尝过拉尕山的奶和肉。他甚至想给黄阿姨和老黄也送去一些。拉尕山的山泉、青稞和羊同时酿出来的酒，老黄一定爱喝。

自己带着这么多肉和奶酪走了，该给桑吉草留下啥呢？刘子想了很久，终于决定：把这个随身听留下！回到省城，再给她寄一大包磁带和电池回来。可拉尕山有邮差吗？那东西能寄过来吗？刘子想了个细碎，就像在交代并整理自己的后事。

虽然随身听不响，但桑吉草还是把她往耳边放了放，她仿佛能听到那个无声之声。

刘子静静地望着她，就像在望拉尕山山涧里的月亮。她怎么这么真朴，这么好看？刘子看着看着，竟然盈出了泪。他就像多年以后，在滚滚红尘，茫茫人海突然见到了那个最熟悉的桑吉草一样。

桑吉草倒丝毫没有觉知出刘子在流泪。在他眼里，刘子怎么可能流泪呢？

她小心翼翼地又放回了那个随身听，就像放下了攥进手里的金色的玛尼，接着拉起刘子直往外奔，桑吉草咯咯咯地笑着，就像带刘子去见一个一定会让他意外的事。刘子被扯着半跑，不知道这个道吉家的月亮一般的卓玛要把他拉到哪里去。虽然在跟着半跑，但还是忧心，万一老刘师傅来了，见他不在，然后，又突然走了咋办？

刘子虽然心里有绊扯，可还是放开了脚步，跟着桑吉草往山林里直奔。她要把他带到哪里去？

刘子一年多来已经熟悉了拉尕山的山路。这个石头匣子，把山山水水装在里面，像个月光宝盒一样。

跃过涧，跳过石头，穿过树，刘子被桑吉草拉着，就像鱼游进海里一样。拉尕山清润的空气，跑着一点都不累，能把窝进肺里的酒糟全都冒掉，能把压上心头的苦恼全部除掉。

这里能把往事蒸发掉。

桑吉草终于停下了脚步，向刘子晃晃手指，意思是千万不要出声，要走得蹑手蹑脚。刘子还当是有鹿，随之像个猎人，佝偻着身子悄悄地前进。他感觉到自己都把自己往石头当中隐起来了。他像个暗探紧跟在另一个暗探的后面，转过一块巨大的石头，就像绕过一个天成的玛尼塔一样。桑吉草愈发蹑手蹑脚，边移动边晃着指头，让他千万别出声，包括脚步声。刘子直憋着气，连呼吸都没了。猛然间，只见桑吉草从石台上跳了下去，"哇哦！"一声咆哮，有东西从石头下面跑出来了。老虎！桑吉草带他来抓老虎？！刘子感觉到那一声咆哮地动山摇。他差点就被惊出尿来。露头一看，只见桑吉草抱到老虎头上，咯咯咯放声大笑。刘子这才看清，那咆哮之声不是老虎，而是一只雪灵灵全身黑毛的大狗。这难道就是桑吉草所说的她养的獒？！

刘子第一次见到如此巨大的狗，像个小牛犊子一样。那咆哮之声虽不是老虎，但胜过老虎。

桑吉草抱着獒头直笑，接着就与那只獒翻滚到一起，两个就像一个娘胎里同时出世的孩子，扑进草地间互相打闹。他这才相信道吉的话，桑吉草出生的那天，他给桑吉草送了同一天出生的一只"老虎"。道吉说话善用比喻，他可能觉得说个狗，不厉害，不庄重，于是，在刘子面前选择说了个"老虎"！

那"老虎"和桑吉草在草地间闪跳扑袭。桑吉草被扑翻在地的时候，直朝刘子笑望。原来，她带刘子来，就是想让刘子看到她的老虎。老虎一直是刘子在桑吉草身上宿藏的秘密，现在，桑吉草带他来揭晓这个秘密，是不是冥冥当中，确实，意味着他要从桑吉草身边离去？

看到草地上翻滚的桑吉草和獒，刘子第一次希望刘师傅的车不要过早地来到。桑吉草和獒在草地上玩得无比快乐。獒和桑吉草的亲近，甚至超过了卓玛和道吉，超过了刘子眼里的所有物事。桑吉草有这么个神伴，就像她共享的灵魂。那獒躺到地上，摊开四肢，五心向天，晃着尾巴，就等着桑吉草扑进怀抱。桑吉草像只灵鸟扑了进去，獒，收身一抱，就像是团住了一个月亮。这是人界看不到的神舞，是令人狂喜的神迹。桑吉草能和她的獒,她的老虎,无间成这样,獒身上还要写上人的故事吗?

刘子越看越兴奋。这欢喜之舞,令人形神愉悦,他也好想跳进去,三影共舞。刘子小时候,父亲也给他送过一条狗,那条狗直到伴随着他上大学才离去。见到丽丽的时候,正是那条狗的祭日。奇妙的是,他从小也把那条狗叫"老虎"。据说,他属虎,而那条狗又是虎年寅生的,叫成老虎,既像是叫他,又像是叫狗。没有想到,桑吉草也在伟大的诞辰当中守望于一只"老虎",只不过,桑吉草的老虎是和桑吉草同一个生日,而他的老虎,比他要小半岁。他学走路的时候,就用小手掌抚摸过那只毛茸茸的"老虎"。

再大的狗子,也还是狗子。刘子自信有过十八年的"养虎"经历,看桑吉草和"老虎"玩得起兴,不禁间也从石头台子上踮起脚,一个蹦子落了下去。一声警觉,那只獒竟然从桑吉草身上翻跳了下来,对着刘子,一声怒吼,便狂扑了过来。刘子本能地知道,狗扑来的时候,千万别动,可那声虎吼,地动山摇,直接能震撼进心脏,就算不动,也动了。那獒飞身扑了上来,简直猛虎一样,刘子转身沿着石沟便跑。獒追得更凶更猛了,刘子直叫苦,这么凶猛的动物,也不拴根绳子? 桑吉草啊! 刘子此命休矣!

说刘子不怕,那绝对是假的;说刘子跑得不快,那也绝对是假的;说獒跑不过刘子,那更是假的。石沟里闻着草,秋水和细石,刘子见道就跑,哪顾得水水草草的。眼看这只巨猛的神兽就要追上来了,刘子啪唧一声囫面子翻倒到水石里面,獒一声狂吼扑噬了上来,惊悚间,只觉一个巨大而滚烫的热影将他死死地按进了石沟流水的乱石当中。他作为不速之客,神兽要吃了他。

突听冲天一声嘹亮的口哨! 口快要下进脖子的神兽迅然打住了。在刘子脖口闻了闻,又吼出一声,丢下刘子跑了。刘子早吓得面如土色,半天动都不敢一动。这真是在要命。

桑吉草从石沟里上来,瞅着刘子爬进石沟的样子直笑。"咯咯咯⋯⋯"刘子翻起身来,恍着神,宛然重新回到人间。他从来没有这么怕过,感觉胆都裂了,想爬起来,腿都是软的,如被抽掉了骨头和神经。那獒吼叫的声音,咋就如猛虎一样,地动山摇的? 据说如来佛祖灌法以狮子吼,这只獒吼叫着压下来的雷音比那狮子吼还要厉害! 它能直接取胆,消掉人的漫衍,噬掉人的僭越。

桑吉草都快笑弯了腰，刘子这才仿佛从半空中坠进了石沟，原来事前魂魄都飞到空中去了，他在桑吉草的笑中重回人间。桑吉草的笑不是嘲笑，桑吉草的笑是唤醒，是天真。桑吉草为什么笑？他知道桑吉草为什么笑了，因为在他教桑吉草汉语，桑吉草教他藏语时，桑吉草突然打住，她问他怕不怕狗？这就像个小孩子问大人"你怕不怕狗"！能说怕吗？肯定他说不怕！

说到不怕的时候，他怎么就冒不愣腾地说他当年如何在十几条野狗跟前练出了胆量。这是真的，小时候，他踏进邻村去偷果子，结果被隐伏到村界放野的村狗撵了过来，他不知道是吓傻了，还是挪不开脚了，闭着眼睛，就等被疯狗子乱咬一通。熟料，那些狗儿嗅着他的腿脚绕了一圈，凄鸣着跑远了。刘子从此不怕狗！这是村人皆知的事实。

刘子一定是给桑吉草讲过他不怕狗的故事，所以，桑吉草才带刘子来见她的黑獒的。桑吉草之所以笑，定然是因为偏信了刘子事前吹过的不怕狗的事。可他不怕狗，并没有说不怕獒？可獒不就是比狗大的狗吗？

刘子没有气恼，同时从桑吉草雪花一般的笑里，猛然升起一股久远的感激，那股已经隐进拉尕山深处的温暖。原来当初桑吉草教他"狗"字时，突然打住问他怕不怕狗，其实是早就想着让他见见她的黑"老虎"——与她性命伴佑的礼物。这是个诺愿，也是个梦想，单纯的梦想。于是，就在刘子极有可能离开的这一天，桑吉草带他来实现自己心中这个极单纯的念想，不了，却如遭遇了天雷大神。桑吉草便笑着拉他起来，从石沟里站起来的时候，刘子直骂自己：鼠辈！

他搀着桑吉草的手从石沟里走出，后来他才知道，这条石沟叫佛沟，据说找灵童的时候，佛队也念着真经，一路从这佛沟超度了过去。

桑吉草没有再带他到她的黑虎跟前去。显然刘子还扯心刘师傅会不会已经开着大卡车来，如果见不到，会不会一脚油门又走了。桑吉草送下刘子之后，也走了。走的时候，有些孤独。刘子追到了后面，想拉住她的手告诉她，他要走了！可忍了又忍，终究没有说出口。刘子泪眼蒙眬，就如整个拉尕山的山水都涌进了他的瞳。

刘子后来据此写出了《老虎》：

"你一声雷吼，让我当众苏醒，一眼便看清了这里的山山水水。黑虎，TIGER，你就是裂天的神雷，从此扫荡了我穹顶的阴云。这黑色的闪电，让我看清了你！那声隐进巨石的雷！"

当然，刘子后来也像桑吉草一样，也和黑虎 TIGER 一起在雪地里打滚。这年冬天，他和桑吉草带着他们的黑雷神 TIGER，掠完了拉尕山所有的雪景。

原来那条佛沟一直通到拉尕山中小学后墙，桑吉草平时就是从佛沟里面给刘子从牧场带回来奶酪、肉和酒的。桑吉草为了让刘子看到更多的山水，所以没有领着刘子从佛沟里走。桑吉草的 TIGER，就巡游在她的牧场。桑吉草带他要去的地方，正是卓玛每天早晨日出之前都会给牛羊挤奶的地方。卓玛挤的奶不仅刘子能喝上，拉尕山中小学的孩子们都能喝上。怪不得道吉能当上校长呢？就因为他能让拉尕山的孩子都喝上卓玛挤的奶。若不是因了雷神黑獒震破了刘子的胆，他本来还可以提前看到卓玛的牛和羊，还有早晨。

第四十八章　贡布

　　桑吉草走后，刘子一个人孤单地坐在木床上发愣。他一直坐到天黑。看来，刘师傅今天是不来了。不然，这么黑了，怎么开着卡车走山路？不禁间，刘子竟然担心刘师傅的卡车会不会在山道上遇了险。虽然，他知道刘师傅再黑的山路也敢行。虽然，他知道刘师傅生着一张冷漠的脸。但就是刘师傅的那张脸，一直带着他从黄河岸边走进了这个被石头匣子锁起来的山水间。刘师傅仿佛已经是他遗在璀璨都市的唯一亲人了。

　　刘子甚至坐到了半夜。拉尕山中小学墙外，路道上，还是没有传来隆重的车轮声。汽车大山道间颠簸，就像带着一颗不安的灵魂在逃亡。一点不像持着玛尼合掌念经的瞻佛人，在穿天之下，叩道大地，踽踽独行。

　　快到黎明了，刘子才溜了个盹。他还眯眼儿半梦里，就像是被人叫醒了。揉开眼睛一看，只见贡布笑眯眯地唤他起来。刘子一看，都几时了，太阳早升过拉尕山中小学的矮墙，接着他听到校舍外面叽叽喳喳围了一群小鸟。所有的孩子都拥到他的舍前，像是来送别。不是没有人知道他要走吗？孩子们怎么全都着着新装，到校舍前面来和他送别？刘子还没有推开门，就已经热泪盈眶。这里，此时，已经不需要语言。

　　贡布一绕手，同学们按个子大小排好队，校舍跟前顿时静寂得如个佛堂，紧接着孩子们齐声歌唱。没有伴音，只有歌声，如山，如水，如天籁，歌声入进肺腑，也流进心魂，他丢失的一半，那一半落遗的灵魂，仿佛从山山水水间被找了回来。这旋律，这词音好熟悉！连贡布都和孩子们一起唱上了。刘子第一次发现贡布歌唱又自然又美。这歌声出自心魂，就像出

自他的心魂。这藏歌怎么这么熟悉？刘子细听着，早就是满面的泪。他也
跟着唱了起来——

    我坐在伦布洁白的帐里
    在风中听你出门的故事
    我走进贡布红霞的神殿
    在烛中看到你慈祥地流泪

    你像株仙花开在油菜地里
    用金色的玛尼送我沉睡

    你走进拉尕起伏的群山
    像星星耀映在清澈的湖畔

    一千只大眼睛在秋天睁开
    我在凡间找你夜晚的容颜
    珊珊灯火点亮了夜空
    我像猎人睡在月光下面

    牧人在山坡上唱歌跳舞
    晶莹冰雪落在身上
    滚烫的热泪已经像酒一样酌上
    可长长的空巷
    不见你的身影

    你什么时候回来
    你到哪里去了
    我翻山越岭
    叩遍大地

只为从茫茫世间找你回来。

原来，细心的贡布把刘子写的那首《众里寻他千百度》谱成了歌，译成了藏语。

孩子们唱得正是刘子的诗。

天底下还有比此更美更圣洁的礼物吗？

怪不得，中秋之后，刘子能听到贡布在教室里组织孩子们唱歌朗诵，他还当贡布修炼出了新的教学形式。怪不得他一进教室，孩子们脸上都挂着一股神秘的笑容，既不唱，也不读，个个诡秘地盯着他望！原来，贡布在教他们唱刘子的诗。

这是感动！如此，你不感动吗？

贡布用一个秋天写就的诗歌让孩子们在一天里当着刘子的面唱出。这个真诚的献礼，而且自始让刘子没有想到这些歌是要送给他听的，就像桑吉草在春天的时候突然问他怕不怕狗，原来，他们心底里早就为他埋下了神奇。他们都在用灵魂为他献礼，世上最大最洁的献礼。要知道，他可是犯了淫事的人，他脊背上可是烙着滔天罪行。就算他能扯清，他能辩白，可他们从来没有谛听过辩白，他们甚至根本就没有问过刘子何人？他只是他们遇到的人，他只是他们相遇的人，他只是他们要相遇的人——生命故事中秘藏的故人。

孩子们唱完了。贡布一挥手，新又叽叽喳喳，像群鸟儿一样，欢欢喜喜地回教室去了。贡布过来搂着刘子，和刘子一起望着拉尕山的孩子走进了教室。教室里面又是欢声笑语。

刘子望着贡布，贡布露出腼腆的笑容。刘子从他的笑容里，仿佛才看清楚，原来贡布长着一张婴儿一般的脸。怎么？他刚到拉尕山来吗？他都来了整整一年了，竟然没有看清这张婴儿一般的脸。它虽然看着苍老，但嫩若青石。

这算是告别吗？可支撑告别的那个分界线并没有来临。贡布能接受此景的告别吗？他能冲进教室，对着正因为成功献曲而陶醉于辉煌的喜乐当中的孩子们说：他要走了——吗？他能突然对着这张婴儿般的脸，告诉他：

再见？！

　　那一刻，刘子倒希望老刘师傅不要来！不要让他突然在这里说出告别。他还没有向桑吉草，向卓玛，向道吉校长告别呢？如果老刘师傅来了，他岂不落下最大的遗憾？！

　　一长夜等待归返的刘子，其时，内心里升起来的却是不要归返。不要来！不要走！不要走！不要来！

　　刘子思绪万千。他现在才知道什么叫心中隐着千千万万说不出来的话，吐不出来的语。千言万语，只在心中默默地流淌。

　　贡布一直把他搂着，就像搂着个婴儿。原来刘子听完歌一声未语，贡布仿佛等着刘子向他说出句欢喜。刘子盯着贡布，突然窝心一拳，他重重地打在贡布身上，怒吼一句：完美！你译得太美了！贡布，你就像扎西活佛！

　　到底哪个是"扎西活佛"？刘子也不知道，反正平素，他听到道吉校长夸人的时候，经常会用到：扎西活佛。

　　贡布这才放下手，他仿佛就等这句，就等刘子这句。

　　《众里寻他千百度》仿佛从这声声藏音间传远了。

　　传过了山，传过了水。

第四十九章　道吉

刘师傅终究没来。

第三天的时候，刘子也还在等。不过，这一天，道吉却欢欢喜喜地跑来了。你道咋的？原来，他不知道从哪里给刘子弄来了两节电池。刘子的随身听不是没电了吗，一向以布控大局为美的道吉校长，竟然从拉尕山的山水间给刘子弄出来两节电池。嘿！型号刚合适。看来道吉校长还真暗地里下了功夫。

当然，这两节电池，不是来自拉尕山的山山水水，而是道吉去了趟扎什伦布寺——那寺隐在黑裕沟里，是个古寺。道吉手里的那两节电池，还是通过寺庙里面的小喇嘛导游，从一个游客那里当供施讨到的。

据说，道吉在磕长头的时候，恰好看到有个女游客，腰里也别着个和刘子一模一样的随身听。于是，一直跟着那个女游客。女游客见个长发皮靴的藏族男人一直在跟踪，开始还没有注意，到后面就有些怵了。于是，她把导游喇嘛跟得紧紧的，生怕被这个藏族男人咋了。道吉见这女游客凑到了小喇嘛导游身边，叽里咕噜便拉住小喇嘛，一边说，一边指着女游客的腰部。女游客都慌了。这藏男人看上她了？还是看到她身上的东西了？可藏男人又和喇嘛导游叽里呱啦地勾结到一起，看那情形，两人同声同气，都盯着她的腰部。外地游客，哪里见过道吉那蛮野的长发，还拖顶牛仔帽子，又和导游暗结到一起，吓得直怵。

道吉和小喇嘛嘀咕了一阵，小喇嘛总算明白了他的意思，竟和道吉同时往女游客身边近来了。道吉的眼睛始终盯着女游客的腰，女游客吓得动也不敢动,整个身子都在抖。不料,小喇嘛突然问:"你这东西哪里能买到?""啥东西?"道吉一指。

女游客这才反应过来,原来,这个尾随了很久的藏男人看上了她腰里别的随身听。我的天哪!真吓死宝宝了!

女游客捂着胸膛,总算舒出一口气来。她急忙从腰里解下随身听,放到导游小喇嘛手里。道吉一把从小喇嘛接过来,打开随身听后盖,就把那两节电池卸了出来,直问:"这东西从哪儿来?"女游客又怵了。这藏男人竟然探到了随身听的内部,好像她偷了他的两节电池一样,直诧诧地惊愣了半晌,才终于闹明白:原来道吉是要问她这两节电池,从哪里能够买到。

说实话,女游客也不知道这寺外的礼品商店里有没有卖五号电池的,只好说:"北京!"

道吉一脸蒙!

北京?有天安门的北京?那么远,几时才买回来。

藏男人道吉顿时失望了,垂下头,把电池重新还原进去,把随身听交给女游客走了。刚走几步,就觉有人拍他。回头一看,那个女游客竟然从随身听里抠出那两节电池,塞到了藏男人道吉校长手里,笑盈盈地说:

"送给您!"

道吉顿时欣喜。欣喜间从口袋里掏出一沓子钱,好几千块呢。刚往寺里送了牛羊,喇嘛们从寺院布施里面反供给他的。因为,道吉在搞学校,学校需要买些用品,包括要给汉族老师刘子买些用品。这随身听也就几百块,两节电池要几千块?

女游客又愣了。道吉还当不够,又从左口袋里掏出一沓子钱来。两迭子合到一起,少说也快到万了。天哪,两节小电池,用不了五块钱,现在要值一万块钱。

两个人僵住了。还是喇嘛导游走过来解围,叽里咕噜告诉道吉:人家送给你的,不要钱!

道吉顿时喜形于色,掌着钱一个合十:扎西活佛!就这样,藏男人道吉校长从万千红尘当中为刘子同志讨来了两节供随身听运转的五号电池。

已经休眠了整整一年的随身听,终于像个玛尼一样运转了起来。随身听里传出来的第一句歌,竟然是 BEYOND 的《真的爱你》!

道吉校长见机器响了,就像佛祖显了灵,一声"扎西活佛"!从刘子手里半抢过去,又瞅又摸又看,最后放到左耳上听听,又放到右耳上听听,直把那首《真的爱你》听完。

扎西活佛!

道吉露出欢喜的眼神,敢情比桑吉草一来便把那个不运转的随身听放进耳朵,还要神秘,还要真朴。

第五十章 《不再犹豫》

神秘机器运转了。桑吉草得获消息的时候已经是第五天早晨。她竟然领着她的黑虎直扑拉尕山中小学刘子老师的校舍。一把推开门,便把随身听打开。声音响了!刘子早就放好等着她来听,她来取。

《不再犹豫》!——

"谁人定我去或留,定我心中的宇宙!"

桑吉草听到机器里面传出的声音,就像听到大昭寺那块湖石当中传出来的海潮。她几乎是尖叫着,接收着来自神秘之物的洗礼。虽然她听不懂里面在唱什么,但被刘子带进拉尕山的这件神器响了,它说话了,它的神秘性被证实了。

桑吉草边听边随旋律打着鼓点儿,很快都会跟音了。桑吉草真聪明!这种聪明是被这里的山山水水让予的。那个黑色的雷神,一直昂着黑脑守在窗根下。桑吉草第一次带雷神到学校。盖因差点吃掉刘子,黑雷神既不好意思进来,也依旧镇在门外高傲地向刘子传达着"敌意",好像桑吉草是它的桑吉草,而不是刘子的。

刘子隔着窗棂望它。那一身黑,亮晶晶的,就如寂静的夜空,从里面能看出星星。他故意发出唇音逗它,黑雷神动也不动,磐石一般。

据说,獒眼里只认得出一个人来,就如一个人心中只放一个人。这家伙只认一顶帐篷,是最值得依赖的神伴。桑吉草听得忘情了,见刘子隔窗向外看,才记起她带来了她的黑虎,她咯咯一笑,摘下其中一只耳机,走到黑虎身边,捋捋它的皮毛,突然把耳机塞到黑雷神耳朵里。黑雷神吓了一跳!一个蹦子就跳远了,远远地逃到教室后面,见桑吉草没有跟来,才又露出黑头来,远远地窥视。

雷神也有被惊吓的时候!

刘子直把肚子都笑疼了。

桑吉草直把那磁带上的歌听了一遍。带条流完了,桑吉草才摘下耳机,把随身听交到刘子手里。刘子打开机盒,把那磁带翻了个面,键一按,另一面,又转动开来。桑吉草喜得,又塞进耳朵,听啊听,边听边跟着BEYOND喊。这盒软性摇滚,既抒情,音乐性又强,又以声音的方式传递示出现代性的节奏和生活。

桑吉草听的时候,刘子一直在想,现代音乐适合不适合在拉尕山出现?在随身听闭合的这一年当中,刘子没有听到音乐吗?当然了,这里人的每句话都是音乐。那鹰啸,那鹿鸣,桑吉草的笑,道吉校长的"扎西活佛",贡布的静默,当然还有黑雷神TIGER的咆哮,那山风,那幽泉,雪,石头,雨,压窗而过的云,孩子们的闹耍,还有那玛尼,那红霞,那穿过石头沟的经轮……卓玛挤奶的微笑,还有哪种音乐比此更美?

桑吉草直围绕着刘子和随身听旋转了一个上午。不觉间那雷神已经从墙角游回来了,依旧像个塔镇到前面,任刘子再怎么逗它,它都不理。

刘子有了个心事。哪一天,也会像桑吉草一样,和黑雷神滚到草里雪里玩?一盘转完了。刘子出来的时候,只带了一盘,早知道桑吉草喜欢,早知道这里有个桑吉草,他怎么可能只带一盘呢。

刘子见桑吉草想走又舍不得走,于是,对她说:这是给她的礼物。桑吉草将信将疑。刘子把随身听放进了桑吉草的口袋,"真的是送给你的。"接着亮亮手中的珠子,意思就是说,你送我佛珠,我送你这个吉祥物。

桑吉草好感激。带上随身听,打个口哨向黑虎,穿过佛沟,跑进她的牧场里听去了。

这东西已经属于她。她可以一个人躲到没有人的地方去听,放心了去听。刘子心想,如果他现在走了,桑吉草一定不会有什么遗憾。

已经六天了,刘师傅和他的大卡车还是没有来。其实,刘师傅压根就不会来,可刘子始终认为他会来。他仿佛还在苦苦地等,这等待仿佛变成了煎熬。他为什么要等?因为他还要回去收魂!?虽然,他就像初来拉尕山一样,胜喜着这里的山山水水,但他还不是拉尕山的人。

待等的夜晚要多漫长就有多么漫长。等待间,刘子自然又饮上了酒。他的酒量已经大得惊人。比起一年前初来三五杯就倒,现在他能喝上十八碗。就连酒量深似海的贡布,他都能陪到底。

第七天早晨,他还没有醒,结果被雷神的咆哮声惊醒了。他揉揉眼起来,阳光射过窗来,只见桑吉草悻悻地站在门外,仿佛发生了什么事。那神情丧丧的,像是丢了什么。

桑吉草显然一大早就来了。因见刘子睡着没有醒,所以,没有敲门,那黑雷神可能镇在外面实在等不住了,就咆哮数声把刘子叫醒了。

刘子一咕噜下床,打开门,问桑吉草咋了?桑吉草惴惴地拿出随身听,塞到了刘子手里。

"这是送给你的呀!"刘子一急,新又把随身听塞到了桑吉草手里。心想,莫非道吉校长不让桑吉草拿刘子的礼物?他可能觉得这东西太贵重,是刘子唯一的东西,是神品,所以让桑吉草又还回来了?

刘子有些尴尬,硬是往桑吉草手心里塞,结果,桑吉草按了一下键门,露出沮丧的眼神。刘子一看随身听不转了,终于明白桑吉草为何一大早就拿着随身听悻悻然赶来了。原来,她放着随身听,带着黑雷神,整整听了一个整午,一个夜子,把道吉校长差点花一万块钱从女游客手里讨来的两节电池耗完了。桑吉草还以为只要这东西一转动,就会像玛尼一样永远地旋绕,结果,无论怎么按键,那东西都不响了,不绕了,她还以为自己把这件神物给弄坏了。

刘子明白的同时,也有些苦笑。这就是现代工业产品对人的消耗,它是有生的,短暂的。或者说,它是有死的,是能提示死亡的。

刘子扒出那两节电池,然后,又提起那个空酒桶,向桑吉草示意,电用完了,就像桶子里的酒喝光了,酒喝光了。但桶子还在,还可以装酒;电池用完了,还可以再换。随身听并没有坏。桑吉草似懂非懂,一半是放心,另一半又是失落和遗憾。

桑吉草新又把随身听放到刘子桌子上,闷闷不乐地带着她的黑虎走了。

黑虎走的时候,好像掉头还瞪了刘子一眼。心思,要送就送个好的!惹得它的桑吉草好不容易欢喜了一个晚上,一大早就开始哭丧个脸。

这两节电池,都是道吉费尽千辛万苦,就像找灵童一样,找来的,现在再到哪里弄两节电池,哄桑吉草开心呢?

刘子无奈地拨弄着被桑吉草新又抛回来的随身听,就像在埋葬一个断代史。他真后悔,把这个东西作为神秘之物,出示给了道吉和桑吉草。如果,没有它,桑吉草会沮丧吗?

拉尕山又没有电,只有月光、星星和太阳。随身听只能躺在拉尕山,永远地沉默了。

这一天刘师傅依旧没有来。刘子还在等。

第五十一章 信

第八天的时候,道吉校长突然欢欢喜喜地出现了。

"嘎叽!嘎叽!"道吉校长一进门就在喊。

道吉校长没有一天不欢欢喜喜的。只是他总是吐出一些让人难以捉摸的词音。嘎叽嘎叽到底是啥意思?他也说不上。总之,从那词音中释放着一种意外而又惊喜的神情。

他手里挥舞着一样东西,像是信。

天哪!拉尕山原来可以通信。

可邮差在哪里呢?

要是能通信,刘子早写信了!给安丽丽写信了。

可这信从哪里来的?

道吉手里拿的是信吗?

刘子惊惑地从道吉手里接过那个像信的东西。果然是封信!信头上是空的,也就是没有寄出地址。中间姓名:刘长歌,还特意括注了个(刘子)。收信地址——"拉尕山"三个字。字迹清秀,看着像是安丽丽的字。

刘子接过信的时候,都快疯了。那心在急速地跳,就像浑身通了电。眼泪吧嗒吧嗒地流,把信掌在手心,像道吉一样合着十字,直哭,激动地哭。

道吉见把刘子激动成这样,立在一旁直嘎叽嘎叽地说"扎西活佛!"刘子一遍接一遍地看,看"刘长歌"(刘子)和"拉尕山"那几个字,一笔一笔地看那几个字,舍不得打开,仿佛一打开,就会是个被突然惊醒的梦。

刘子足足把信封看了十几遍。道吉神秘地守在身边,不时地嘎叽嘎叽!

刘子每看一遍,都能听到道吉在说个"扎西活佛"!

道吉并非就认为那信封上面的几个字就是信,那是封皮,里面还有内容哩。他迫不及待地想让刘子打开看看,就像桑吉草要迫不及待地听到随身听里面转出来的音乐。

刘子终于抑制住内心的激动,几乎颤抖着打开了信封里面的信。结果一看,信里面的字迹不是安丽丽的。

这是谁写来的?

刘子有些疑惑。只见信,启头抬文:刘长歌(刘子)。刘子翻了翻,信足有三页子。他没有先读,而是往落款处看:小美(小满)。

原来是小美和小满写来的信。

再看时间:1995年10月31日。

这个时间太奇特,竟然是他的生日。而这封信竟然是一年之前写的。怪不得信封上面还回个"()"里面再填个"刘子"。信的落款也是:小美,再加个"()"里面填写个"小满"。虽然字迹都清秀,但显然"刘长歌"是小美写的,"(刘子)"是小满的手笔。下面"小美"是小美自己落的,"(小满)"是小满的手笔。

也就是这封信是她们两个人写的。值此刘子才确切知道:小美叫"付小美",小满叫"满晓盈"。多美的名字!

信虽然不是安丽丽的,而且这封信寄出来,一年之后才到刘子手里,但小美和小满能同时写来信,这对刘子来说已经是个奇迹。

刘子一遍又一遍地读信。读了十几遍,读了几十遍,读得道吉走了又来,来了又去。刘子把那封信读了足足三天三夜,一遍接一遍,都能背下来了,可还是一个字一个字地看,就像一个人被遗留到荒岛之上,突然传来了人类的信号。

信的内容大体这样:小美和小满对发生在学校的事进行了深谦和自责,对刘子的突然离去又震惊又无奈;她们不下十数次地跑去单位向领导们解释和道歉,希望学校解除误会,不要处罚刘子,刘子是无辜的,他和她们是清白的;她们甚至到陆军医院开了处女证明,证明刘子并没有像外界胡乱猜测的"淫乱",可学校已经做出处分决定,再怎么辩解,也无济于事,就算刘子与她们没有发生性关系，但男女混乱，就算无性，也是礼乱。

刘子读到这里的时候，攥紧了拳头，他恨不得把自己一拳砸碎。两个青春女子，竟然为了他去医院开处女证明，天哪！这不是在浩劫人类吗？她们有什么罪孽，担负着如此巨大的羞辱和压力，去向一个人性消泯的世界用身体去证实刘子的纯洁？她们这样去证实，不就是硬生生地被这个世界强暴了一遍吗？

刘子的那个痛啊！他血泣着，绞恨着，无限制地想把自己砸碎。他凭什么让她们为他承受如此大的羞辱！刘子悔恨地简直无法下看。那疚恨，就算被当众凌迟一遍，他也不愿让两个美丽女性用身体去证明自己无罪。她们是多么无辜而又无奈！她们为了自己饱受屈辱，而他又能给她们带去什么？她们凭什么为自己那么去做？她们为什么不恨他，憎他，怒骂他，把他贬低为一个真正的畜生。

善良的小美从一开始就被他带向了无辜，而小满，从他认识还不到十二个时辰。而她认识安丽丽已经八年时间了。刘子在那里恨啊！咬牙切齿地恨，直把立到一旁本想凑过来分享欢乐的道吉，弄得一遍接一遍地念"扎西活佛"！

刘子终于止痛。接着小美和小满写道：小美的花店已经重新营业了。原来聪明的小满向医院的色鬼老殷施了个"美人计"。她们先让老殷签了字，然后，把老殷请到小满的咖啡店里，小美周旋应付着，结果小满却用个匿名电话把老殷的老婆曹医生叫进了店里，就这么轻轻一招，就把老殷彻底制服。刘子读到这里的时候，笑了。道吉见刘子笑了，也终于跟着笑了，仿佛他也读懂了信里面的故事。其实，道吉压根就不认识几个汉字。信的最后是说小美和表弟的事情。表弟被小满恨恨地训斥了一顿，说个大男人，心胸咋那么狭窄，瞧人家刘子，受了天大的冤枉都没有抱怨。表弟悔过并向小美道歉了。两人和和美美地继续开花店。小美和小满还说，她们已经托表弟到刘子家里看望过了，不过叮嘱千万不能向老家的人透露刘子"出事"的事。

刘子想家了。他真的想家了。他天天闷到内心里面的另一件事情，不愿说的另一件事情，就是一遍又一遍地想念自己的父母。如果离开拉尕山，他第一个要去的地方，不是省城，而是家里。

刘子的泪水又扯了出来。道吉慌忙间又数声"扎西活佛"！信的最后，竟然说出了关于安丽丽的一件事。小美说，这件事情虽然不确定，但对刘子很重要，刘子传呼机落到花店的时候，她替他回过一个电话，虽然没有说话，但她估计是安丽丽打来的。因为知道刘子呼机号的，在省城里，也只有安丽丽。她，她们只想告诉他，安丽丽并没有和他断，希望他有空和安丽丽联系。

这竟然是一个如此迟到的消息！

刘子同时声咽了，千言万语却说不出来一句话。他为什么就那么任性？为什么不给丽丽留出余地？丽丽在哪里？她们认识丽丽吗？她们会去找丽丽吗？刘子无数次无数种情况地猜测着。可惜，他知道得太迟了。

如果这封信能在一年前收到，他相信他会逃出拉尕山去粮校胡同找丽丽。可一切都太迟了！行星错出了它的轨道，就变成流星了。

这缺憾如此令人难以忍受。不过，小美的告诉，仿佛让刘子了却了对丽丽的那种说出来的怨谑。他仿佛看到丽丽，对着拉尕的山水说，她还在爱！

刘子像个石雕一样，读到最后显出了无解的静默。道吉也静默了。他不知凶吉，只有合起掌，闭上眼睛，在一旁默念"扎西活佛"！

10月31日，刘子的生日，还是那晚他和她们互相告诉的。小美是3月17日，小满6月12，丽丽也是11月的，比刘子小7天。桑吉草是何时出生的？道吉说过是腊月初八出生的，是冬天。春、夏、秋、冬，难道他们同时构成了刘子的命运时间？霞霞呢？霞霞哪天生的？刘子永远都不知道。关于霞霞的年龄问题，黄阿姨一直保密，而且是绝对保密。

这是一份迟来的礼物。就算迟来，它也是适时的。自从来了这封信，刘子的心突然定了，好像与他绝通的那个世界突然从某个角度打开了。他可以料想或者确认他所关心或者担忧的事情，都可以像拉尕山里的水一样自行流淌，自行出去，又自行回来了。自从有了这封信，刘师傅和他的大卡车好像被刘子忘记了。这是一封变相的遗嘱，既是留给过去生活的，又像是留给将来的，虽然，它一点儿也不像是遗嘱。它的线条是活的，像水又像云一样流动的。

就因了这封信和由道吉校长从女香客手里供来的两节电池而转响的随身听,刘子后来写成了《海石》。

"你是迟来的声音,但里面藏着几个光年的消息。只要听,就能看到星星背后的星星。你消失了吗?可是大海从来就没有干枯。那天石中蕴留着秘海的颤音。哦!放上左耳听,然后,转过声来,在慈塔的前方,凝视那个金身。右面,耸立着微笑的金刚。一只天鹅,在云海里倾飞。"

第五十二章 夜猫

安丽丽终于见到了传说中的崔媛媛，在西县这个名叫石家窑的地方。

她何止是憔悴了许多，如果把两年之前的崔媛媛放到一起，一定分不出她们会是同一个人。

能够在百货外贸专柜以摩登姿态见证中国改革开放，可以想象两年多前的崔媛媛无论身材还是气质，都是大神级别的。莫非崔媛媛的今天，也就是安丽丽的未来？

这里最艰苦的还不是吃饭，而是喝水。就算挑桶井水，也要走上二三十里的路程。不敢想象崔媛媛是如何度过的，而且身边还带个刚满两岁的小孩子。小女孩，崔媛媛给她起了个好听的名字：尧尧。

这个尧尧到底姓什么？崔媛媛没敢说。不过她叫她童尧尧。为什么叫童尧尧？因为下乡不久，崔媛媛就下嫁了。她嫁给了村党委一个丧妻不久的副书记。书记姓童叫童大年，所以，崔媛媛就把新出生的尧尧安给了童大年，随童姓叫成了童尧尧。

当然，童大年知道些崔媛媛的情况，他既不追究，也不介意，是个本分人，对崔媛媛有的是同情和喜爱。一家人虽苦，但看得出幸福。

崔媛媛起初还对安丽丽有些冷漠，及后来，略读出安丽丽的遭遇，同情迅速占上风，到后来，她几乎和安丽丽形影不离了，她仿佛找到了个伴，找到了个比她还要冤苦的伴。毕竟，她有过错，而安丽丽纯然是被无辜连累到的。

安丽丽来的时候，局里还对刘大成的事情没有定论，但处罚是肯定的，崔媛媛听到这里，若有所思，随之，就又掉出泪来，她倒不是同情刘大成的遭遇，但也谈不上恨。她只能嗟叹命运。

这个石家窑的支教和刘子在拉尕山的支教还不一样，是由多个单位联合支教的。大概是由于刘子是在学校，所以到中小学支教上手快，且快得心应手。而局单位的支教，大多是干部，没有支教经历，所以多些人手。丽丽到村上，也不是纯然当老师支教，崔媛媛说已经有一个省广播电台的小伙子下来教小学语文去了，如果丽丽愿意，可以去当数学老师。丽丽笑笑，她没有当过老师，数学最不会，她妈倒是数学老师。崔媛媛说，她可以给老童说一下，让她留到乡上去，干个文书什么的。老童说，乡上文书早有了，一个女孩子也干不了文书，还要上山下乡各处跑，不如让她当个小广播，需要的时候，可以向村里读读改革政策、人民日报社论之类的。老童笑笑，本来省广播电台的小伙子下来就是要干这个的，他偏想当老师，所以教语文去了，就让安丽丽搞这个广播吧。

广播！广播！温长庆给她安排的命运，结果命运性地用上了。谁能料得到呢！安丽丽苦笑。她只能苦笑。

按说崔媛媛可以回到省上去，可掂量再三，崔媛媛最终还是因为老童留下了。她说等孩子再大些再说吧，现在上去，还不知遭受多少闲话，再说局里面正在肃清，正在整顿，万一不谨慎被刘大成扯了进去。崔媛媛又担心又怕的，只好留下不走了。诚然如此，事情没有定息，她还是有些惊怕，真怕局里的事情把自己扯进去。事实是，崔媛媛所担心的，后来并没有发生。她只是担惊自己从百货公司到了粮食局里，这个很容易被人揪出来的事情。不过，从逻辑上说，她既然为粮油公司站外贸柜台搞三产服务，被收纳成粮食局干部，也是说得过去的。只要余主任不出事，她是扯不进去的。而余主任会出什么事呢？老干部，心几乎都正着呢，只不过改革开放太快，他把不住，过了几天风流快活的日子而已。

石家窑虽然没水喝，但村里可是早通上电了，这可是拉尕山里比不上的。要想回省城，也是可通变的，不像拉尕山，要出山既得靠努力，还得改变习惯。这宛然一个两极性世界：一个青山绿水，一个荒瘠干旱。如果从安丽丽的角度看，刘子那是有福了，虽然，安丽丽自从那次传呼之后，就再也不知道刘子何在。她根本就不知道刘子也已经被发配了,而且人生中背负了一件荒极且永远都无法说清楚的事。

如果安丽丽知道刘子出了事,她会怎么对待呢?正因为安丽丽不知道,所以,也就永远都不知道她会如何对待。她先顾住自己再说吧。

刚来第一周,安丽丽就知道崔媛媛何以迅速会塌成那样?这里的太阳毒,能把人晒荒,四周都没有个遮阴的。这里的树都到哪里去了?没有水,哪有树呢?或者正是因为没有树,才没有盘住水。到这里就像是在逃荒,情景比想象中的还差。来去又都是土山路,喝个水要到山后面凹家窑去背,来回三四十里的山路。山上无路,地上又是淌土堆,那件水洗蓝牛仔很快着满土灰,跟那农户家的院墙一样了。

安丽丽穿身牛仔来还是好的,崔媛媛刚来的时候还穿的是件连衣裙。那可让童大年吃惊够了,还以为来了个过路的天仙,及搞清楚是省上派来的支教干部,噎得半天没有说出话来。

童大年一时因来了这么漂亮的一个干部喜心,另外也为她这身连衣裙担心。衣裙弄脏弄破都不要紧,地方群众可是逮笑声呢,会说她不穿衣服。乡里人是不把裙子当衣服的,他们所谓的衣服就是穿袄子带裤子的。

崔媛媛之所以穿裙子,其实是为了掩饰那已经凸出来的肚子。由裙子不时灌进去风,鼓鼓的,轻易看不出来。童大年想说又不好说,最后,终于忍不住提醒,崔同志,到咱们这里工作要穿好衣服。崔媛媛脸一红,还当自己哪里露点了,左右旋转着瞅了好一阵子。老童也不好意思,最后,才又直说,我们这里淌土多,腿巴子上需要件裤子。崔媛媛算是听明白了。不要让老童说了,自己都能感觉出来。于是,她找个办公室,也就是童大年的办公室,把裙子换了,裤子穿上。

崔媛媛怀孕已经快三个月了,她已经有呕吐犯晕的现象,结果衣服还没有换上,加之心力交瘁,又到了这么个鸟都不拉屎的地方,竟然在老童的办公室里眼冒股金花昏过去了。

童大年晒阳子等了好半天。这个同志换个衣服怎么不出来了?自己一个老男人又不好意思进去。等啊等,都快等到太阳落山了,这才寻思,定然是累疲了睡死过去。晚饭时间到了,他才挠挠头皮固个劲硬跑过去,先是隔着玻璃，隐隐乎乎看到崔媛媛躺在地上。这同志睡也不睡到沙发、凳子上，怎么睡在地上？童大年敲敲窗户，崔媛媛哪里有知觉。大年这下惊了，一个蹦子就跺进室里。天哪！人怎么躺在地里，提了一半的裤子，还挂在屁股沟上。人咋昏了？脑出血？还是心脏病？这可出大事了。人命出到咱这里，怎么给人家交代？大年吓死了。听到过人工呼吸，哪里顾得男女授受不亲，张开旱烟嘴就给崔媛媛做上了人工呼吸。崔媛媛倏然醒来，见老童贴张臭嘴亲自己。天哪！我这命呀！刚入村就遇个老色鬼。天哪！我的命呀！这肚里娃儿还不足三月哪。

　　崔媛媛想起身蹬踢，可浑身瘫软得哪里得力，只歇斯底里喊出一声。童大年这下放心了，跳开到一边，嘿嘿嘿笑出声来。"你总算是醒了？"那笑憨憨的，不像是浪上色的淫声。崔媛媛一声不吭，再看下身，天哪！这裤子都被扒拉下来了。天哪！我的命呀！命哪！我的天呀！

　　童大年一见崔媛媛一手遮掩着扒拉裤子，脸怵然一红，转过身去，顺势又跳出门去。"崔同志，穿好了咱们上灶。"崔媛媛见童大年跳出去，还说什么上灶。这男人好无耻，干了人家，还不慌，看来今方是到地狱了。她边扒拉裤子，便滴下泪来，顺手又摸了摸下身子，发现自己并没有被强奸。莫非错怪了他？努力想想才想起自己原来跑到这里边换裤子时晕过去了。童大年那是救自己！

　　她抹抹嘴，一股旱烟味道，开始觉得恶心，后来竟尝出来是香的。这才勉强提好裤子，走出了这个党委副书记的办公室，跟着上灶去了。崔媛媛一路低着头，头发也散披着，形样就像是被童大年强暴过似的。

　　到了灶里，才见个师傅，憨憨笑着，是个女厨师。其实，这不是村上专用的厨师，是老童专门叫上来给崔媛媛做饭来的。菜是青菜萝卜，只有一盘土豆才见个肉腥。老童说那是点牛肉。听口气，好像是一头死牛，被下面小村的人分了。那做饭的妇女听说省上又下来干部，就替村上要了一斤。

　　崔媛媛岂能吃下去？吃惯了大鱼大肉，一段时间跟着跑外贸，连鱼虾都不吃了，专门还要吃个素。可眼前三盘有两盘就是素点，她竟然一口都吃不下去。

　　童大年直吃得香，使劲地让，使劲地给崔媛媛夹菜，崔媛媛把碗盘都快藏到肘子下面了。那老妇女望着直笑地说："这城里来的人就是有修养,哪像咱们连吃饭都打着吼喽!"

崔媛媛只是象征性地吃了几口。不要说菜,光那碗盘看着都像是从墓里掏出来的,土灰灰的。这里叫石家窑,据说以前就是烧窑的,主要烧土砖。大部分的碗盘,都是当土砖从窑里烧出来的,其实算是古方古器,可硬是被崔媛媛当是从坟墓里面挖出来的。

崔媛媛几乎是听着童大年在吃,那舌根嚼得特别带劲。见崔媛媛不吃,老童直把那一盘土豆烧牛肉拨拉了个精光。吃得香呀!他半年没有见过肉了。老童打了个嗝,再打个嗝,这才起了身,带崔媛媛去住的地方。就在党委办公室隔壁,土窑窑,进去里面有几张贴画,算是装点住了土墙。炕是土炕,一道干席巴,上面撂条毡,再就是一床破被,整整齐齐叠好,像是床军被。

崔媛媛一看,简直疯了。粮油大厦都安装上电梯了,这里还是五六十年代的模样,这里离省城也就一二百公里的路程,咋就这么大的差距呢?还好房间被老童找人打扫了个干净,地上还淋了点水,算是压住了土。

老童帮助崔媛媛把行李挪进来一放,然后,乐呵呵打声招呼:"崔同志你就先歇息,俺就回家了,咱们明天见。"说罢,甩开膀子去了。

童大年一走,崔媛媛开始爬到炕上哭开了。没有想到,命运竟然把她遣送到这种地方。早知道会是这样,还不如不站那个外贸专柜;早知道这样,也就不往粮食局调了;早知道这样,也就早点从了刘大成。看现在,把自己折腾了个什么名堂。

崔媛媛哭得天昏地暗。不知道是哭晕过去了,还是累死过去了。一眼睁开的时候,已经深更半夜,外面是寒寒的天星。这里的星星倒是比皋城的多,天空看着干净,不像皋城,前后挡着个山,加之好多家企业竞相排雾,莫说数数星星,偶尔见颗亮星,都怀疑不是真的。

清秋天气,瞅着星空,倒不觉得这里干荒。相反,还润润的。崔媛媛爬到窗上,一颗一颗数着星星。小时候老是顺着爷爷的手指找北斗七星,直到七颗星星全都找到了,才安睡下去。第二天照数,仿佛一旦不数,星星就会少上一颗,数完了,才踏实,才能睡个安稳。但一旦到了雨天阴天,见不了星星,她就左右扭肚着睡不安稳。现在亮闪闪的七星,她倒恬恬地托着腮帮,美人赋思,就算是凄伤,也是婉约的凄伤,数着数着不禁又滴下泪来。这怀个身子,后面可怎么办呀!

崔媛媛又从窗前卧回炕上。天还不黎明,再睡会吧,正又蒙眬当中,她仿佛听到个婴儿的哭声。那声音哭得寒碜,令人心慌。她倏地坐起身来,情不自禁地捂住肚子。这大半夜的咋就有婴儿哭呢?一声接一声的,能渗进魂骨当中。也听不到哄着孩子的母声,任那婴儿就哭着嘶着。好一会儿,那声音像是又弱了,渐渐没了,看来婴儿哭了一会会自睡了。她这才放下心来,切下身子,把自己那件大衣盖到身上。这件大衣还是外贸专柜时,徐冬芳特意奖励给她的,时髦货,只有北上广做老板的才穿。

崔媛媛又渐渐睡下身去。正蒙眬间,突然"哇噢"一声,响亮到窗根子下,又是那个渗骨的婴儿的哭声。崔媛媛魂都被吓飞了。"有鬼!有鬼!"她抖抖瑟瑟,裹起大衣,在炕角紧缩。接着又听"哇噢"一声,那东西闪过窗台,往隐墙间去了。莫非鬼要蹑进屋里,吸食了她?这鬼是来吃她,还是来夺胎?

崔媛媛吓得,连骨头都酥了。叫又不敢叫,哭又不敢哭,抖瑟如裸身子被丢进了三九的冰天里,都快把炕给抖塌了。正惊慌失措间,结果听到一声鸡鸣。黎明开了,早起的晨光,稀许地爬过远山,淡亮了繁密的天星。一遍接一遍的鸡声。

崔媛媛知道,鸡一旦叫开,那阴鬼就被惊吓走了。夜阴天就要还进气阳天,鬼在阴间,人在阳间。伴随一遍又一遍起伏的鸡鸣声,崔媛媛那都已经跳出亢子的心,才算是渐渐落进胸膛。

都吓得神魂出窍了,还能睡得下去?崔媛媛裹着大衣,直窝在炕角,等到天大亮。因为窗台间恍惚过鬼音,天虽然亮了,可就是不敢下来。又过了许久,才听到哐噔哐噔的声音。童大年同志上班来了,而且给她带了份早餐:一碗咸菜、一个鸡蛋、一个掺过麦麸的馍馍,也就是传说中的窝窝头。

听到童大年的声音,崔媛媛才呼啦一下,整个人像根面条一样瘫软了下去。任怎么用力,都爬不下炕来。

第五十三章　童大年

　　童大年把早饭带进办公室，拿扫帚把地面打扫了个净。本想洒点水，给新来的同志一个全新的办公面貌，可又犹豫了一下，这水比金子贵！新来的同志也是同志，等崔同志把脸洗完后，再用她的洗脸水洒洒地。

　　于是，对着崔媛媛住的房间干咳了几声，坐在办公室里等，可越等越没有个明信。崔媛媛呢，自从夜里听到鬼声，就像崔贵妃被吓傻到冷宫里一样，木呆呆地望着这阴郁的四壁，眼泪啪嗒啪嗒地流。她发誓一定要离开这个地方，就是逃也要逃出这里。省城不去了，回她的东北老家去。

　　童大年越等越觉得不对。昨天刚进来一会会就倒到地上了，幸亏他做了人工呼吸，今天日上三竿了，莫不又晕过去了？童大年这样一想，要真出了事情，谁敢担？党委书记又不在，就留下他一个单干。哎呀！这省城大单位，每年都来得些不中用的，这哪是来支教的，还当是来旅游观光的，不要说为老百姓磨洋工干事了，来了都要给老童找伺候的。

　　童大年暗中一通嗟怨。可怨是怨，人已经来了，就算伺候也得伺候着。这心里一急，径直往崔媛媛房间推门进去。崔媛媛正愣呢，突然门咣地一下开了，一个冷切子就抱住墙窝子抖开了。半天！才听出有人喊："崔同志！崔同志！唉！崔同志！"崔媛媛好歹能辨出童大年的声音，哇噢一声哭了不说，指着童大年的鼻子直斥："你咋进屋不敲门呢！"

　　童大年挨了一闷水棍，摊开手，往外缩。

　　"我还以为……我还以为你又昏过去了！"

　　"出去！我没有昏！"

崔媛媛几近丧失理智了。

童大年只好悻悻地退了出来。本来还用清水抹了把嘴，洗洗，准备去做人工呼吸呢，谁料，这崔同志突然就发了飙。长这么大了，就是我爹也没有敢把咱飙过！他就又退回办公室里去冒烟。旱烟锅子咂得哧溜哧溜的。这女同志精神好像有点不对劲，万一在俺这里出了事，可就抖下乱子了！再说，一个女同志怎么能下到这么苦的地方来支教呢？

童大年左想右思着。就想写个文件到乡上，把崔媛媛同志初来乍到的情况写一写，然后，提出石家窑不要支教干部，自己的困难自己克服的政治要求。歪里拐里地写了一篇，错字满篇的汇报，就又哧溜哧溜地抽起旱烟来了。心想等这个同志吃上早点，先安顿好了，自己亲自到乡上去一趟。

崔媛媛一顿疯后，才渐渐清醒了过来。她觉得对个老实人这么斥责太过分了。有本事自己应该找刘大成斥去，有本事自己应该找余纪乐疯去。……可这屋里真的有鬼！她确实吓坏了。既然院子里来了人，她也就不怕了。下炕捞了鞋，进到童大年办公室里。见童大年两只腿蹲在椅子上哧溜哧溜咂旱烟，低下头轻轻走过去："对不起童书记！我有点凶。"童大年知道崔媛媛过来了，故意装不理，结果崔媛媛一句小猫一样的声音，立即就被软化了，两条腿哧溜一下落地，站起来："没事！没事！咱乡里人粗！崔同志莫要见怪！咸菜鸡蛋窝窝头，吃！吃！"童大年推推早点，便退出坐台，把位置让给崔媛媛。崔媛媛又猫声儿说声谢谢！站着没有动。"主要是因为这屋里有鬼！我以为鬼进来了！"童大年一听，倒讶住了。

"有啥？有鬼？哪里有鬼！我也不是鬼！咱们唯物主义战士，咋能信鬼！"

"真有鬼！你听我说童书记，昨天晚上就有鬼在窗根下像个娃娃一样叫呢！黎明的时候跑了！"

童大年一听，突然哈哈大笑！

"我说你们这些城里来的同志，咋都一个样呢。上次来个同志，还是个男的，一夜没有睡觉，把个屋堂弄得稀里哗啦响。说是打鬼！闹了半天！原来是只猫！哪有鬼！是猫！是夜猫！"

崔媛媛将信将疑。童大年问：

"你养过猫没？"

崔媛媛摇摇头。

"见过猫没？"

"见过！"

"听过猫叫没？"

"听过！不就喵喵吗？"

"你听过老猫发情的声音吗？夜猫子发情的时候，就像娃娃一样叫哩！不信，今晚你瞧！"

童大年乐呵呵直笑。崔媛媛这才放下心来。确实饿了！昨天等于没有吃饭。自己不吃不要紧，这肚子里的还要吃呢。于是，移身子过去，往童大年椅子上一坐，剥鸡蛋的时候，结果发现童大年歪歪扭扭写的那个汇报。"汇报乡党委，崔同志精神状态不好，体弱多病，不适合下乡支教，建议让省城单位领回去，石家窑村不需要支教干部，自己的困难自己克服。"

崔媛媛不看则已，一看就涌泪了，爬到桌子上直哭。童大年这才意识到自己又惹了祸。"这不还没有汇报吗？崔同志！你先别哭！咱们慢慢商量。这支教可不是闹着玩的。你不干活也成，可身体虚着呢。这里又没有医院，就个医务所，也要走十多里路呢。我的意思不是嫌弃你，是为你好！我写了，他们把你再领回去，你就不用到这山洼洼里煎黄土受苦了嘛！"

童大年都不知道再咋解释。

崔媛媛呢，直是个哭。最后，童大年啪地一下扇了自己一个耳光。

"你还把俺当成小人哩！俺不就是心疼你嘛！"

这大男人给自己个耳光，可把崔媛媛给止住了。她并非认为童大年是个小人要告黑状，而是知道这于事无补不说，还会给童大年和自己招来麻烦。刘大成能把她搞下来，就是铁了心故意罚办，就是挑了最苦的地方让自己受的。他童大年能搞得了刘大成吗？人家可是西装革履开着蓝鸟儿上班的，莫说乡长，就是县长，他都不放在眼里。何况童大年是一个尕尕的村党支部书记，还是个副的。

崔媛媛一是哭了，一是把这理换了个角度摆了摆。她说，正因为艰苦，组织上才让她下来锻炼的，不艰苦能让下来锻炼吗？这地方穷是穷，但人好着咧。咱们应该想办法通过乡党委向省上申请些资金项目，修修路啊，打打井，而不是坐在这里抽旱烟等死。

崔媛媛同志竟然这么快地就投入工作了，还顺带地把童大年给批了。要知道她可是挂职锻炼来的，童大年虽然是个村支书，而且副的，连个科级都不是。论资历，她都快提副科级了，相当于乡党委副书记。

这个微妙的领悟，使崔媛媛立马在石家窑村有了政绩意识。童大年认真地听着，很快发现这来的可是个领导，是个干部，而不是支教干活混洋场的一般职工。她是来指导工作的，而不是来服从命令的。人家领导都点到抽旱烟坐着等死了，自己还把旱烟窝在怀里，成何体统！应声间，就把旱烟锅子挂到了墙上，远远望去，就像杆枪一样。

崔媛媛捂住嘴直笑。三言两语就把个粗男人制服了。那个汇报，她暂时收了起来。童大年的办公桌倒像是她的办公桌。见童大年愣愣地站一旁傻看，这才鸡蛋、咸菜、窝窝头开吃。你不要说，石家窑的这个早点可丰富了，就是省城里也未必这么吃，能吃上的。

崔媛媛正式到石家窑挂职锻炼的第一天就这么正式开始了。她确实开始拿主意，让老童跑腿到乡上去，甚至到县上去，充分反映当地情况。先打口井再说。虽然山洼洼里满是积古的黄土，但只要还有能长的苗木，打深点，这井是能够打出来的。这不，当安丽丽来的时候，井都打到一半了，虽然还没有水喝，但水马上就喝上了。

后来通过那个做饭的王妈才知道，童大年年时去了妻子，先天白血病，把个老童折腾坏了，家里能变卖的都变卖了，人还是没留住，别看是个旱烟锅子，老童年龄其实不大，在村里算是有知识的。没有钱上学，人聪明着哩，要是有钱，人家早考上大学了。现在只是个小学文化。以前小学都停办了，老童被选上后，坚持把学校修了起来，弄些烂课本，把娃们集到一起，找几个会识字的，教字呢。这石家窑是西城最贫苦的，老童也是一心想把这里改变改变。人耿些，没有坏心眼。

这慢慢地崔媛媛竟然改变了对老童的印象。可以想象如果放进省城，老童也会是个意气风发的少年，拥有壮志的青年，可惜就是老天爷把他撒进了这穷山沟里。崔媛媛是从县上被分流到乡上，然后，从乡上被分流到石家窑村的。来石家窑村的时候，还坐的是手扶拖拉机。之所以能晕倒在老童的办公室里，一路上也因为被摇的，加之孕身，能经得住这一凹一凹的几十公里的山路的颠簸吗？老童能给她做人工呼吸，还真是占了这石家窑的便宜！

白天三言两语就把老童给制服了，这夜晚咋办？那真是一只发情的猫吗？以前自己差点都养了猫，咋就从来没有听见过老猫发情的声音呢？

崔媛媛这夜再住的时候，可是把窗门闭了个紧，还找下一根长条，打猫用的。又特意从老童那办公室里把个亮些的电灯泡换上，夜里让明着。这才安卧下去。明晃晃的灯照着直睡了一夜。哪里有发情的老猫？连个喵喵声都没有听到。一定是老童骗她的！如果是猫，他为什么不到这院子里睡？整晚上都躲进家里？

第二早，童大年照常一个鸡蛋、一小碗咸菜、一个窝窝头。因见崔领导唯这个早餐吃得干净，所以，如常照搬。他还没进办公室，崔媛媛就坐上桌了。这办公室已经不是他的了。老童把早点一放，嘻嘻笑笑，手里像是缺个东西，左摸右摸的。原来习惯了那杆烟枪。现在，烟枪斜愣愣地挂在崔媛媛的办公室里，想就便拿下来，又不好意思。

崔媛媛早知道他的意思，偏不作声。那旱烟味难闻的，再说，这肚子里还有个娃儿呢，最好是以行政挂职领导的身份让老童戒了这烟，万一再被做人工呼吸的时候，也不会满嘴的烟臭味。

崔媛媛想到这里的时候，连自己都忍不住笑了。老童还当啥事，往前凑凑。见没有啥事，人家只是自个在笑，遂又退了下去。一个人像根柱子一样靠墙站着，这个牛屁烘烘被石家窑村民选出来单等老书记一退就正式成为村党支部书记的现党委副书记，在崔副科级挂职领导跟前竟然像个保镖。

崔媛媛愈发笑得开心了。老童捉摸了半天，也猜不准这崔领导笑啥？站着也有些腿困，正想到院口搬根木墩子，垫张报纸来坐，不了，崔媛媛一口叫住老童。

"童大年同志，请你老实交代，前天窜到窗根子下叫的东西是不是一只发情的猫？"

"是的！是的！"

"是的？那昨天怎么没有叫？"

"昨天！老猫大概没有发春。"

童大年突然被问住了。而童大年的回答，更是把崔嫒惹得发笑。她笑得咯咯咯。真的，自从到了粮食系统粮食单位她还没有发出过这样的笑声。

这事就又过了两三天。崔嫒嫒一直就明着灯，再也没有听到老猫叫春的声音。这越不叫，她越对头一天晚上那娃娃般的叫声就膈应，总是个心病。她身子越大了，人也越爱困，有时候，天不黑，就想上炕睡觉。

这天夜里，正睡得香，不料，窗根子下又传出那娃娃一般的叫声来。真真切切！哪像是猫咪的声音？就是婴儿娃娃的叫声！她被吓醒不说，就连头都钻进铺盖下面了，"天灵灵地灵灵"，直抖着念经。炕边上就放根大柳条，哪敢揪出来？那婴娃儿的叫声，停一阵，叫几声，直叫到黎明天曙，雄鸡报晓，才没了。

崔嫒这次可真是吓死了。童大年啊！童大年！竟然敢欺骗革命干部！明明有鬼！你还说是猫！

第五十四章　我就想做这娃的爹爹

童大年拿着如常三样，哼着小曲，一早给崔媛媛带来了。进到办公室一看，早见崔媛媛蜡黄着个脸站到桌边。童大年还没有把咸菜、鸡蛋、窝窝头放下，就被崔媛媛劈头盖脸地怨骂上了！

"明明有鬼！你还说猫！"

童大年一脸委屈。不过，还是嘴硬着跟上一句："就是猫！"

"不是猫！"

"就是猫！"

两个革命同志，在是猫与不是猫之间对上了。这简直是中国改革步伐当中在石家窑党委办公室诞生的另一个"猫论"！

崔媛媛自从人生饱受委屈以后，就没有正当地发泄过，现在和老童对上了，倒像是能把人生的情绪从这里发散出去。开始还以革命干部的身份直斥，后来，像个家庭主妇一样怨怼，最后，竟然像个小姑娘一样哭了。

"我就说不是猫嘛！"

童大年开始还以党委副书记的身份力挺"是猫"！接着以大男人身份接飙："就是猫！"最后，见崔媛媛哭了，竟然以大哥的身份拍拍崔媛媛："别怕！别怕！那就是猫！"

"你不怕？！你睡下试试！"

崔媛媛一汪汪泪眼儿向童大年甩出一句。

"试就试！"

童大年胸脯一拍！

童大年这夜果然住在了办公室。

外面起些风,是秋风。窗外是星空,满天灿星。

那是一只丧偶的老猫,不然怎么会在秋天里叫春?

童大年一心想逮到那只秋天里发情的春猫,全神贯注地守在窗下,几乎蹲到深夜,可屋院里丝毫无个动静。童大年又挪了挪身子,像只猫一样轻轻地坐回到凳子上。一阵子仿佛来了尿性子,想去撒泡尿。可又生怕一起身,吱呀一声开了门,把暗院中隐身的老猫吓惊跑了。捉不到猫,就安慰不了崔同志被惊怕了的心。他只好一动不动地憋着。倾眼儿看到斜挂到壁墙上的那杆烟枪,这下烟瘾立马像毒瘾一样发了。这尿能憋,可这烟瘾直往尿几子里钻!这才叫折腾。老童斜眼儿睨着烟枪,试了好几起,就是下不了决心。直像只猫猫在那里,一直在和自己做强大的斗争。崔同志说了,闻不了烟味。枪已经缴了,就得遵守纪律。万一明天一早闻出烟味,那还不得一顿猛批?!都十几年的老旱烟老烟瘾了,童大年还真因为崔媛媛下了狠心。不抽就不抽!死不了人!

童大年一直挨到后夜里。怪了!这老猫怎么不来叫春?老猫不来叫春,就给崔媛媛说不清楚。

黎明鸡叫,繁星满天。看来老猫嗅着了人声,故意躲到山凹崂里去了。秋天的猫不像春猫,那发起情来是数连天的,秋猫发情是间歇性的。

崔媛媛呢,有了老童在隔壁,还真踏实了许多。心思,就算有鬼,童书记也会冲出来。再说了,办公室还挂着杆枪,虽然是烟枪,但也是枪!

崔媛媛躺在炕上,虽然还是怵心,但一想到老童,就又放心了。不觉间就睡着了,睡得好踏实,好香。

崔媛媛睡醒,睡香了。天一亮,起来,走到办公室里。童大年还怔怔在坐在那里,还真是守了一夜的猫!

"猫呢?发情的猫呢?"

童大年咧咧嘴,左右看看,就如个不认赃的小偷。

"明明就是老猫!"

"可猫呢?"

崔媛媛故意怼童大年。

老童悻悻。

"崔同志你坐！我给你弄早餐去。"

童大年借声儿，傻傻笑了一句出去了。出到院里，还半语着："明明就是猫！"

要是那老猫始终猫着不出来，在崔媛媛的心中，那就是有鬼。

老童回家弄早餐去了，崔媛媛也走出院子，望山后去了。她正在用一个快要做母亲的心境和眼睛，俯视那一道道一梁梁蛮荒的群山。她在找一道恰当的风水：如果能从这后沟里开出条路来，这里的情形就改变了。

石家窑大队立在秃头山上，村支部大院就在这秃顶子上。整个石家窑虽然荒凉蛮荒，但在秋天的早晨，还是能看出隐绿的远幽。这里并非如想象的那般没有生机，如果能开出一条山路，与外界接通，这里的砖窑就可振兴，石家窑总有一天会名扬天下！可这条山路能够说开就开吗？如果能开，早就开了。之所以没开，是因为没有人敢想过试过来开。到石家窑好多天了，作为支教干部总不能闲待着，如果能把石家窑后山开路的思想起草成了个文件，绘成个方案，表达给上面，她这支教工作，多多少少也算是干了。

崔媛媛并非雄才大略。一个靠站柜台并以特殊手段转变过生存路线的人，怎么可能面对祖国河山发出"我看青山多妩媚，青山看我也应如是"的壮志感慨呢？但石家窑需要开条路，这是一个只要到场就会发出生存需求的最朴素的想法。崔媛媛的进步就在于她想替石家窑表达出这个想法。

这一夜，老童又在办公室住下了，可老猫还是没来。

崔媛媛又睡踏实，睡香了。

又一夜，老猫还是没来。老童住下了。崔媛媛又睡踏实，睡香了。

第四天夜里，老童倒是切着椅子把老腿担到桌子上扯上呼了，猛然间听得崔媛媛的叫声！一个驴滚儿翻到地上。老童破门进去，崔媛媛指着窗台，终于说出："猫！是猫！"紧接着扑到童大年怀里，紧紧地勾住了他的脖子。

"莫怕！莫怕！我说是猫！我就说是猫嘛！"

老童想松下崔媛媛的手，试到窗台跟前去看看猫，可崔媛媛死搂着不放，同时，热热的嘴唇，放到老童烟味渐消的嘴上。已经鳏了三年的老童，那一刻岂能控制了自己，一双铁掌拦腰就把崔媛媛搂住了，一个翻身就压到了炕上，还没有来得及脱裤子，那东西就已经翘上天了。说真的，老童自从崔媛媛来了以后，每到夜里，那东西就会翘翻天。每每此境！老童就会吓吓咒骂自己：童大年啊！童书记！人家可是上面来的干部！癞蛤蟆想吃天鹅肉！等到后年吧！接着又数声：罪过！罪过！

前半夜静寂。这后半夜，崔媛媛和童大年早已激情翻天。直到黎明鸡叫了，童大年还趴在崔媛媛身上，舍不得下来。老童激情竭了。崔媛媛才汗虚虚地翻过身来，她骑到老童身上，直勾勾地望着老童，告诉他："我已经有了！"

老童咧嘴一笑："我知道！我就想做这娃的爹！"

那一刻，崔媛媛的泪水吧嗒吧嗒的！就像石家窑的泉水，从地底下涌出来了。崔媛媛激动地抱住老童，几乎是哽咽着，再次把老童给颠翻了！革命情义，因为一只秋天的老猫儿叫春而演变成了这样，这一对男女关系还不崇高吗？

自此，童大年每天都以抓老猫为由，为崔媛媛值班。每天，老猫还没有来，他就钻进了崔媛媛的被窝。童大年像座山一样稳稳地倒下去，然后，让崔媛媛满面春风地爬上来。他才是那只名副其实的发了情的老猫！

不觉间，半月过去。办公室已经变成了童大年夜防的家。瞧！人都变年轻变精神了。老童满池的青春好像被崔媛媛满眼的泪花激活了。那眼干涸的山泉已经从石家窑凌空的秃顶上溢出了秋水。人生至此，崔媛媛从来没有这么开心过，踏实过，比起余纪乐和高怀祖，还有刘大成来，老童才是一个真正的男人。

第五十五章　邢质彬

　　崔媛媛的故事被写到这里了。安丽丽听着，不知道是该同情还是该祝福？她搂着天真的童尧尧，就像一只秋天的小猫望着窗户。她到这里，又会有什么样的故事，或者什么样的下场呢？崔媛媛憔悴了，但童尧尧却像颗星星。崔媛媛的姿色虽然像这里的黄土一样凋谢进了风里，但她的性命却过了玄关，她的人生像是有了根。好在，崔媛媛仿佛已经在这里安了家，她还可以陪着安丽丽熬一熬岁月的风沙。她可以把芳华凋谢的经验告诉给她。

　　崔媛媛说，她已经把石家窑后山开路的申请递上去了，能不能开出路来，她也说不清！不过，上头却落实了另一件事情，半年前她打了个报告，要给石家窑小学配个能教字的老师，结果，不到三个月，上面就派下来了一个语文老师。现在，她不仅是石家窑村党支部副书记，而且是石家窑小学的校长。安丽丽一听，立马起身，握住崔媛媛的手直叫崔校长，崔书记。童尧尧抖着小羊角，绕着两个人直跳蹦。

　　语文老师？

　　语文老师名叫邢质彬。文质彬彬，然后君子。邢质彬在省广播电台算是个君子。他本是一线前台的播音，好小伙子，人长得特精神。结果，两会报道期间，不慎错音。领导发怒，从台上撤了下来。后来，台里落实支教任务，他也就被发配到了这里。一个播音主持当个语文老师，虽不叫大材小用，但也合适。

　　石家窑小学还有语文老师，这倒使安丽丽又暖了许多。崔媛媛说，这周周末，就可以把邢老师请下山来。

播音主持？！安丽丽一直在想，到底是哪一个男播音呢？

安丽丽第一次见到了邢质彬。

邢质彬第一次见到了安丽丽。

安丽丽望着邢质彬的眼睛，好像终于想起了他是谁？不过邢质彬一点都不显得文质彬彬，看着倒有些野，络腮胡虽然没有生出来，但小胡子倒生出来了。

邢质彬看到安丽丽的时候，倒是暗吃了一惊。她使他迅速想起与他同台的女主播耿霄。他最喜欢耿霄卸装以后，抖起那身褐青色牛仔的身骨了。他之所以在重大播报中出了错，就因为那段时间里精力不集中，心思全散到了耿霄身上。后来，他被撤了下来，而耿霄就成了头号主播。

他本来被放进后台去当导播的，结果局里要落实支教任务。领导便找他谈话，话还没谈，他就认定了领导要派他下去，顿时怒气冲天，拍着领导的桌子把领导臭骂了一通。结果，当天电台就被下达了派他支教的通知。

接到邢质彬同志来当石家窑小学支教的通知，崔媛媛都蒙了。不会吧！省里还派下来全省第一主播？！这是真的吗？就连老童都跟着问："真的吗？"是不是真的？接下来看！于是崔媛媛带上童尧尧亲自到石家窑乡接来了邢主播！果然是真的！全省第一的主播！

邢质彬到石家窑的反应倒不像崔媛媛和安丽丽那样。他倒像是喜欢这里的黄土凹崂。到后第二天，就迫不及待地去当老师。崔媛媛说，先不急，先适应一下这里的气候。邢质彬说不用适应，这里和省城差不了多少。和省城差不了多少？老童有些吃惊。这一个在天上，一个在地上，还差不了多少？莫非在邢质彬眼里，那省城也不过是个荒山凹崂？

邢质彬被一帮土孩子围着教字去了。全省第一主播教着识字发声，天哪！这千年石家窑到底轮上了哪道风水？！

安丽丽终于见到了传说中的"老猫"童大年。童大年气喘吁吁，好像害怕办公室里什么东西丢了似的。左瞅右瞅不见崔媛媛，也不见童尧尧，只见安丽丽一个人坐在办公室里。老童盯着她看了许久，好像不欢迎她似的。童大年见崔媛媛不在办公室里，又急急惶惶赶到家里。崔媛媛也不在家里。

童大年又急急惶惶赶到办公室里。崔媛媛还是不在办公室里。童大年又望了安丽丽一眼，想问一句，试了个声，遂又打住，跺了一下脚，又从办公室火急火燎地出去了。

安丽丽开始以为他在找啥东西，后来，才知道，童大年在找崔媛媛。见崔媛媛不在，整个人都慌了！他以为安丽丽来了，崔媛媛就带着童尧尧回省城去了。见不到崔媛媛，老童感觉整个人都空了。

其实，崔媛媛带着童尧尧跟着邢质彬回小学去了。童尧尧想跟着全省第一主播读拼音去，邢质彬正好要给一年级同学教子母歌，所以崔媛媛交代安丽丽守着窝。不想，老童慌忙赶来，一看安丽丽那身衣装就知道是省城来的。崔媛媛不见了，他还当安丽丽一来，崔媛媛就得回省城上班，这不就人去楼空了吗？

老童不见了崔媛媛，一屁股坐到办公室门前竟然吧嗒吧嗒咂起了旱烟。就因为崔媛媛闻不了烟味，所以老童戒掉旱烟都两年多了。不见了崔媛媛，老童慌了心，无措间，拔下墙上那杆烟枪吧嗒吧嗒重新吸上了。

第五十六章 石家窑

老童为啥来得急里慌忙？原来在安丽丽来之前的一个星期，石家窑一带天降暴雨。历史性干旱的深沟里，因为秃顶的山荒持不住雨，反而积了洪。石家窑从历史记载有八个窑，主要是用山上的土石烧砖，历史上其实很有名。以前都烧大方砖，供修大院户墙，新中国成立后都住泥土坯房，砖窑就搁冷了。烧砖的老手艺，随着一茬一茬的新人都不物习，除过少数老人还会和料契形定模烧窑出炉，年青的谁干那营生？由于有会烧砖的老底子，加之周边有些人家偶尔还需要石家窑里烧出来的砖，所以，一两间窑一直没有熄火，老传人还在零碎经营。崔媛媛来后，给童大年出主意，既然有砖窑，而且这里的石方土方好，现在都挨家挨户哭穷，何不靠山吃山，借了这老手艺，派些能懂会干的人烧些砖出来，设法往建筑工地送。现在，改革开放，主流是发展经济，小业种创业，就像大单位搞三产，说不定石家窑攀了历史上的名，还能冲进市场。有材有料，让村民们出点力，挣点钱，别的不说，总能打出口井吧。崔媛媛这么一说，倒点开了老童的脑袋。第二天便开了个会，组织了些人手，把那两间断断续续但没有熄火的砖窑重新点燃，有老手艺把着关教着引着，瓦砖果然烧出了两窑。

砖烧出来了。崔媛媛又亲自下到县里面，坐了拖拉机，带了样砖样品，县上领导见是省上支教下来的干部，加之崔媛媛气质独华，竟然通知建设局，想办法帮助石家窑把那批砖放到建筑上去。建设局的一看，砖倒是老成色，质地花样名不虚传，可就是尺码上不合建筑用砖标准，又不是以前给地富修院盖庙，要修楼房，这种砖用不上。再说数量又少，能砌了半面子墙？

可既然领导说了，建设局就答应把那两窑砖接下来，修公园或铺马路的时候，夹杂着用掉。事情虽然有起伏，石家窑的砖虽然也不合现代标准，但既然县里接下了手，这就是个胜喜。可以说，石家窑的第一桶金，就因了崔媛媛往县上迈出的第一步，而捞了回来。现在，正打到一半的那口井，就是那两窑砖换回来的。

崔媛媛虽然出师略挫，但好歹是积累了经验。她找建设局专门要了建筑用砖的尺码和标准，就像当年在百货专柜计量商品一样，按数据重新让老童找人造模，培土，然后烧窑。两窑砖再次出炉，这次是童大年和崔媛媛一起到了建设局。局领导见这个崔媛媛又来，也不知如何应付好。因为上次还是冲了县委领导的指示，勉强间接地算是帮了她个忙。他们也都知道支教干部需要做出点成绩向单位汇报，不然，支教没有成果，怕回不去单位。可帮了一次忙，反而把自己给帮忙了。人家拉了一车砖直接送进建设局。建设局又不是搞建筑的，不是企业，是行政单位。主管的报给局长，局长当场拒绝："瞎闹！我们是管楼的，又不是修楼的。让拉回去！还没完没了的。"

主管的出来，哭丧个脸，把局长的意思委婉地告诉了崔媛媛。童大年躲在一旁，听明白了，脸直是个蜡黄。原来事情并没有想的那么简单。这下可怎么办呢？那个主管为了尽快把两人打发走，就说："你们可以找找建筑工地试试，看看人家要不要。局里面不修楼，无法接收，无法接收！"这不！就吃了个闭门羹。

童大年有些泄气，就想把砖拉了回。不了，崔媛媛却说不行。既然说到工地上试试，咱们就到工地上试试。于是，老童又拉着砖和崔媛媛满县城找工地。终于找到一家，是给一家单位修食堂的。童大年和崔媛媛拉了砖进去。管工地的，还当是指定单位送建材来了，就让拖拉机进去了。可拖拉机停住了，就是不见卸货。悻悻儿上去一看，这砖的皮色和那砖的皮色不对呀！打问中才知道这两个是来卖砖的。看材料的顿时黑个脸："也不瞅瞅皮相，你这砖能和这砖比吗？人家用得什么料，你们用得什么料。这符合质量规定吗？有证吗？"

"什么证？"

那看料的爱理不理的:"什么证!哼!生产许可证、质量合格证、经营许可证,真是瞎搞!"骂骂咧咧的。

崔媛媛碰了一鼻子的灰,见对方态度还不好,就要发作,硬是被童大年拉住了。他们只好又把拖拉机倒出来。这生产砖还得有质量认证,也就是得有生产许可证,要卖的话还得有经营许可证。这一证一证的,立马就被搞麻了。崔媛媛说实话泄了气。

这一拖拉机砖还要拉回去吗?

再把这堆没有证的东西拉回去,还不泄了拖拉机的油。童大年找了个堆垃圾的地方,连倒带搬就把一车砖卸下了。然后,嘟嘟嘟,拉着崔媛媛,灰头土脸地走了。

适逢一场夜雨。那一堆砖石皆被雨给泡湿了。雨从夜里下到天明,又从天明下到夜里,足足下了三天,第四天才放晴。被秋雨憋在家里的人群,放晴日都散到了街上。童大年倒卸砖的场地,并不是县城人处理垃圾的地方,而是修食堂的那家企业拆旧房时堆积旧砖旧瓦的地方。县城里要修个食堂,过路的都爱观瞻一下,不禁间也就看到了那堆砖石,青湛湛的,煞是亮眼。有个中山装的老头过来,抽起一块砖,左睄右睄,还掉到地上,接着又捡起来,就像逢着了一块秦砖,真是放了又拿,拿了又放,啧啧啧发出赞叹:"哪个没眼睛不争气的,把恁好的砖当垃圾卸呢。"老汉又围观了半天,终于拾起一块,跑到县委去了。老汉搂着砖径直跑进县长办公室。

"孟德!瞧!瞧!咱们石家窑的砖又出来了。瞧!睢!瞧!这雷雨都泡了三天了,不仅没有软和变酥,而且硬亮亮愈醮愈新,真是好砖。恁好的砖咋就当垃圾丢呢。你管建设局的,这咋回事哩?"

孟县长一看老书记抱块砖突然进来,还吓了一跳。谁不知道老书记老革命的威望。慌忙迎下来,接了砖,给老书记让座。

"我就不坐了。你还要忙。但这可是石家窑出的砖。希望建设局的同志调查调查,到底是怎么回事?这老工艺从明代就开始了,但愿不要丢。现在搞开放,搞经济,但不是搞泡沫经济。你看看城东那些淋过雨的砖,再看看这批砖,人家这是越淋越神光,那个是越淋越没有洋光。哎!好砖啊!丢了可惜了呀!"

曹老书记放下砖就出去了。孟县长急送慢送，老书记已经下楼去了。这个人原来就是参加过革命的老县委书记，孟县长就是他一手提拔上来的。以前是他的秘书，后来做办公室主任，现在成了县长，主抓经济建设。老书记放下这么个宝物，可是把他也眼睛一亮，真是个好东西！随即叫来秘书，一同就往卸了砖的地方去了，果然青愣愣一堆好砖。

"这是哪家企业丢下的？"

孟县长有点恼火。一阵子，公安局的、环卫局的、建设局的领导都来到了现场。大家都面面相觑。这哪来的一堆砖呀？！这么好的砖，怎么就丢掉了呀？！

现场办公会开了一上午。到下午的时候，才终于弄清楚，原来这一堆砖就是童大年和崔媛媛拉到建设局，然后又被支出来，最后无奈卸到建筑垃圾边上的那一拖拉机砖。

县长责令建设局把这老工艺烧出来的石家窑的砖当作一个重点扶持扶持。"那个地方可是最穷的，有这么个宝，再不推动和开发，能对得起明朝的先人们吗？"

童大年和崔媛媛开着拖拉机还没有到石家窑就下起雨来了，和着泥泞回到村里，都快半夜了。小尧尧因为见不到爸爸妈妈都哭了几起子了，见崔媛媛回来了，直抱着她，连手都不让松开。老童直泄气。那两窑砖可是动了大劳力，做了多少工作才烧出来的，结果烧出来一堆垃圾。崔媛媛也直是个自责。自己好歹也在省城风光过，怎么像个文盲一样，办证啥的，啥都不知道。这村民的心血算是白费了。更主要的是好不容易看出个活路，这不，一下子就被堵死了。

老童泄气。她更泄气。两个人回到家里，都闷腾腾的。肚子都饿得直咕咕叫，半夜三更地弄了些吃的，就闷声闷气地睡下了。隔几日，天算放晴了。他们还没有回到办公室里，就见几辆北京吉普停到村委会外面。"乡长、书记陪着建设局的咋出现到村里？"老童还以为前两天是不是犯了什么错误，被县上追究来了，直愣到一边，连办公室都不敢进去。乡长看到了，一把拉过来。

"老童啊！你可是立功了。咱们石家窑明代以来就传承下来的手艺被你给救活了。人家老书记看上你的砖了。建设局的同志专门下来，支持你们来了。"

童大年高兴得几乎跳了起来，连局长都没有招呼，就奔到家里，把还带着童尧尧教画画的崔媛媛叫出来，告诉了她这个天大的好消息。这不！一场秋雨竟然把石家窑里烧出来的砖砸到了改革开放的眼光里。

在县里支持下，石家窑的八间古窑全部马上开工了。然而，这季节秋雨太多，藏不住雨的荒山，竟然把雨水从沟里泄下去，把一间窑给坍掉了。童大年感觉就像坍了自个的家，丢下崔媛媛就带领村民抢修去了。而正是这个中间，村里有人说省里新来了个干部，说是来接崔媛媛班的。老童一听就疯了！好不容易通过一只老猫抓住了这么个天仙。如果真的被人接了班，那不就往省城直飞了？！

所以，老童进村委会一看，崔媛媛没了，那还不顶住把人丢到火窑里烤焦了。见安丽丽也不招呼，拔下烟枪，蹲到地上抽去了。他感觉到干啥都没有精神了。事业有希望了，但老婆却要飞了。

及听到"爸爸""爸爸"的叫声的时候，童大年的魂像是从天上掉到了地上，又似从地上飞到了天上，只见童尧尧闪进门院往老童身上飞扑了过来。童大年撇了烟枪迎了上去。童尧尧跑得太快，小腿脚碰绊到一砖土块上面，啪哧一下，摔倒到地上"哇"的一声哭了。

童大年的心都碎了，飞身过去，一把把童尧尧抱起来。那眼泪啊，就像天上的落雨，可以说石家窑顺沟的雨有多大，童大年的泪就流出多大。

童大年的眼泪都快把石家窑变成了阴天。崔媛媛终于像一道光一样出现到了眼前，崔媛媛把童尧尧抱进怀里。"娃哭了！你也跟着哭！真没有出息。"老童拭起袖子抹了把眼泪，咧开嘴笑了，接着甩开腿直踢那个土疙瘩："看你还绊人！看你还绊人！"童大年替童尧尧报复了土块，童尧尧这才声还，挂着泪，搂着崔媛媛的脖子，咯咯咯笑个不停。安丽丽站到门前，这一切她都看在眼里。

那杆烟枪还撇在地上。崔副书记斜睨着童大书记。童大年就像个破了诫试婚的和尚，捡也不是，不捡也不是。

安丽丽过去拾起烟枪，递到童大年面前。童大年接也不是，不接也不是，咧着嘴，盯着崔副书记看。

邢质彬进院了，从安丽丽手中接过了烟枪："哎哟！老童还有这么稀奇的东西。"接着把烟枪含到嘴里，左转右转的，直喊："火呢！火呢！""在桌子上呢。"安丽丽跑进办公室拿来了火柴。

四个人就这样在石家窑的未来当中进化成了一个革命的小组。童尧尧贯穿其中，自从安丽丽来后，她整天都跟着安丽丽，仿佛有意要躲开崔媛媛，仿佛崔媛媛老用眼神把她管着。她倒不躲老童，因为老童没有不依她的。安丽丽被童尧尧那只小手捏着，感觉既温暖又充实。她开始还叫她安阿姨，后来，就叫安姐姐。至于邢质彬，她一直都叫邢叔叔。不知咋的，自从安丽丽来后，崔媛媛就感觉到特别踏实，仿佛安丽丽来后，她撂到省城里面的牵挂就一点都没有了。

邢质彬要到学校去了。童尧尧拉起安丽丽的手就要跟了去，仿佛石家窑小学就是她的。邢质彬有意加快了脚步，她拉着安丽丽追到邢质彬后面直跑，边跑边咯咯咯地笑，宛然石沟里串响的风铃。她拉着安丽丽咯咯咯直跑到邢志彬的前面，边跑边回过头，让邢质彬追。于是，邢质彬便追，追上去一把捏住她的小手。三个人摇摇晃晃地进了学校。

邢老师上课了。童尧尧非要拉着安丽丽一同进去当学生。邢质彬站上讲台，反而有些不自在。他对着安丽丽笑笑，头一低，随之，在黑板上写出几个大字，给石家窑小学的全体同学开始"播音"，不过不是那个英俊的帅小伙，而是有点野的"小胡子"。

自从安丽丽来后，童大年和崔媛媛就把家灶改进了食堂。午餐和晚餐都由崔媛媛掌勺，安丽丽打下手。邢质彬也似乎结束了在学校里面的单身生活，四个人吃在一起。崔媛媛初来住的那间被老猫叫过春的"客房"自然成了安丽丽的宿舍。邢质彬住在小学，相间也就一二百米。

由于童大年经常往窑里去，所以崔媛媛经常会带上童尧尧过来和安丽丽挤到一起，直把童尧尧乐的。崔媛媛只要一来，邢质彬也就会过来，三个人往往热聊到深夜，仿佛三个皋城人才刚刚在石家窑碰到一起。

安丽丽所要完成的支教工作，仿佛就是整天被童尧尧缠到一起。童尧尧每天都往石家窑小学走，她比一般的孩子还爱上学，背上书包，把个小羊角梳得光溜溜的。见安丽丽拖拉拉，她还一个劲地说："快点！快点！不然邢老师要上课了！不能迟到。"

于是，安丽丽每天都会带上童尧尧早早来到教室。沟里散住的孩子们都没有来，于是，在童尧尧的围绕下，安丽丽做起了值日生。尤其那黑板，可是被擦了又擦。童尧尧贼个小眼睛盯着，只要稍微有些瑕疵，她就会嚷着，这里不净，还要擦，生怕邢老师看见黑板不满意。

与其每天都跟着童尧尧上课，安丽丽索性也下了决心，给小学生教数学。毕竟是教师家庭出生，妈妈又是教数学的。所以，安丽丽咋都没有想到，自己一生最头疼的是数学，最终了还要当个数学老师。

可在童尧尧眼里，安丽丽并不是数学老师，她是来凑热闹的。只有邢老师才是老师！每次下课，童尧尧就会夹到三个中间，仿佛她才是他们的孩子。崔媛媛见此，尤其见安丽丽和邢质彬在一起，愈发感觉二人般配。也因此放着童尧尧窜到中间，将二人不禁间拉到一起。

小学广播终于响了。这算是石家窑小学的千年大事。广播器材还是邢质彬下乡时从省广播台带过来的。安丽丽来了以后，他就把那个小广播放起来了。学校有了广播，愈加像个学校。安丽丽不禁间又成了石家窑小学的小广播。她在粮食学校的训练，最终没有想到在这里派上了用场。当然，安丽丽广播，岂忘了还有一个全省第一男播音立到操场中间听着呢。

石家窑的八间窑全开了，这里的人也像是全活了。当第一批砖通过拖拉机送到西城，然后，从西城被送到皋城后，石家窑马上就要变成举世闻名的企业。只要再做进一步推动，崔媛媛所幻想的要是从这后沟开条路，整个石家窑就可以从这里出去了。她当时，也只是想开条路，从这条路上能取来水喝。

第五十七章　你认识刘长歌吗？

　　童大年的村庄被自明代落基的八间窑烤得火热。他就像一个将军整天穿梭在八间窑之间，指挥战斗。这年秋天，太阳毒辣得就像个毒蝎子。石家窑里来了一批不寻常的客人。他们就是邢质彬的同事，省电台第一新闻频道的播音编导和记者。当然，来的人中间就有耿霄。

　　有意思的是，耿霄不是作为节目主播，而是作为记者开始采编大西北最落后的地方的。西城石家窑是她系列采访走到的最后一个地方。她用镜头和诗记录了石家窑这个地方。耿霄之所以一路西行，听说是因为受感于一首诗。

　　当邢质彬见到耿霄的时候，依旧像在导播室里一样，两人先肩并肩地比下个子，然后，神态笔挺地去播音。对耿霄来说，邢质彬除过变黑了，胡子也蓄上了，其他都没有变化。对邢质彬来说，耿霄变了，她果然像一个作家了。

　　晚上跟耿霄一起来采访并记录石家窑的那两个小伙子，和邢质彬挤进小学宿舍唠话去了。耿霄和安丽丽住进了安丽丽已经住了快一年的那个出现过老猫的窝里。当安丽丽安排她睡下的时候，她突然看到耿霄脖子上戴着一串东西，金刚绳扎起的一个绿度母串饰。她紧紧地盯着。天底下竟然会有一模一样的东西？这个才几块钱的金刚绳结起的绿度母串饰，竟然和刘子送给她的那个一模一样。那天早晨在粮校筒子楼里，她把它摔到刘子身上了。耿霄见她盯着她的脖子看，略有些害羞，捏捏那个度母像，笑笑："朋友送的！"丽丽的眼泪吧嗒吧嗒落下来了。世间会有这么奇妙的事情吗？安丽丽躺下去了，泪还禁不住地往出涌。她只好侧过身去，不看到耿霄。过了好一会儿，躺到她身后的耿霄突然拍拍她，她转过身来。

"你认识刘长歌吗？"

刘长歌！

这个已经睡进历史的名字，竟然在被穷石密锁的石家窑秃顶的高坡被人叫到。

安丽丽吃了一惊。她坐起身来，泪水再如泉涌。

"你认识他？"

耿霄点点头。安丽丽本想问问刘长歌的情况，不知咋的，偏偏就止住了声。她怎么认识刘长歌？她和他是什么关系？难道那个绿度母树脂吊坠是刘长歌送的？

丽丽心潮澎湃。她思绪万千。

耿霄静静地看着她，突然问她："你爱他吗？"

安丽丽没有回答，爬到枕上哽咽着，接着放声大哭。耿霄什么再也没有说。

第二天，耿霄起得很早。安丽丽还没有醒来，她怕扰醒安丽丽，所以，轻轻地拾掇好包出来了。走的时候，竟然忘了压到枕边那串金刚绳结的绿度母吊坠。安丽丽起来的时候，也没有发现。

采访小组要回的时候，安丽丽赶过来送了。耿霄望望安丽丽，欲言又止。转身欲去的瞬间，她突然告诉安丽丽：他在拉尕山！接着把自己塞进童大年开动的拖拉机走了。

邢质彬也在拖拉机上。他去送耿霄和他们。

耿霄说的那个"他"，当然就是刘子刘长歌。

刘长歌在拉尕山？！

刘子怎么到了拉尕山？！

那一瞬间，安丽丽感觉什么都不知道了。

第五十八章　你已经属于这里

贡布的译歌自从表演给刘子以后，就在拉尕山里传遍了。拉尕山的人都知道这首歌来自一个叫桑吉的诗人，但并不知道这个诗人就是刘子。

自从刘师傅再也没有来拉尕山接刘子回城之后，刘子第一次以桑吉的笔名开始写诗。之所以叫桑吉，一是为了回避他还没有被清白的人生，一是因为桑吉草的缘故。

没有想到这首诗竟然越传越远，就连拉卜愣寺的上空都在播放。这首诗被唱成了藏歌。因为这是一首自带音乐的诗，有人还把它写成了吉他曲。这首歌，更像是一颗被丢失的灵魂在吟唱。

听说，很多人听到这首诗都哭了，而听到这首歌的人更是哭了。

就连安丽丽无意当中听到这首歌的时候，也守在收音机旁哭了。她感到这首诗就像是写给她的。尤其那吉他声，像是刘子弹出来的。可刘子在哪里？她不知道。刘子没有再来找她，她也没有去找刘子。

令刘子意外的是，他收到了一个叫林末的诗人的来信。信是桑吉草送过来的。写信的诗人，用了道吉家里的地址，好像特意把这个叫桑吉的诗人打听了清楚。林末说这首诗太美了，感动得她热泪盈眶。就是她把这首自带音乐的诗送到了电台，让千千万万的人都听得到。林末说，拉尕山真美，只有在这样的地方，才能写出这么美的诗来。她想来！也来看看！

刘子激动地回了信。在信中，二人相约拉尕山。刘子把相约的时间写到了十月以后。因为十月以后，他也极有可能就离开拉尕山了。

十月之后，绚烂秋末。林末果然如期来到了拉尕。好漂亮的女人，那身水洗蓝的牛仔，简直另一个丽丽。当林末知道刘子不叫桑吉而叫刘子时，更加惊疑。尤其，当他知道刘子的《众里寻她千百度》不是爱情诗，而是写灵魂的往世与今生在万人空巷中神奇的迎遇时，她更是激动于刘子诗歌中的神性。这太神妙了！她说她一生都写不出这样的诗来。

刘子带林末走遍了拉尕山的山山水水。两个诗人就像循着神秘的佛音，来寻找彼此的前世今生。

林末知道了刘子的遭遇。她说她要带刘子回学校去，希望为刘子洗刷冤屈。刘子有些感激。他们相约，转遍拉尕山的山山水水后，就跟林末回皋城去。刘子渴望得到公正。林末的好意，却让刘子离开拉尕山的时间快速来到了。他的流放要结束了。

就是那天林末在刘子宿舍的窗棂间看到了那个绿度母的吊坠。她拿下来望望，并在胸前比试了一下。

"能送给我吗？"

刘子一愣。

"是个假的！"

"假的也要！"

林末一笑，竟然真把那个吊坠系到了项上。

刘子望着她，像突然看到丽丽。

刘子说要离开拉尕山之前，他要去看看卓玛，看看桑吉草，还有道吉。

林末陪着他去了。那只黑雷神 TIGER，远远地就往刘子身上扑过来了。刘子抱着它，就如抱着整个拉尕山。

刘子在道吉家里哭了。

桑吉草也哭了。

就连卓玛也哭了。

不过道吉笑笑："我的佛堂从来没有让外人进过。今天就让你进来看看。"刘子进去了，对着香火中隐约的那幅唐卡五体投地。那幅唐卡上面竟然就是绿度母虔美的神像。桑吉草看得清楚，刘子叩头的时候，泪流满面。

桑吉草心一酸，跑出去了。黑虎纵身一跃，也跟着桑吉草跑出去了。跃的时候，吼出一声，那音声就如打雷一样。

刘子从道吉家出来了,满山都是来送他的孩子,林末的越野车,早等在那里了。

他要离开拉尕山走了。

林末的车上放的就是刘子带歌的诗:

> 我坐在轮布洁白的帐里
> 在风中听你出门的故事
> 我走进贡布红霞的神殿
> 在烛中看到你慈祥地流泪
>
> 你像株仙花开在油菜地里
> 用金色的玛尼送我沉睡
> 你走进拉尕起伏的群山
> 像星星耀映在清澈的湖畔
>
> 一千只大眼睛在秋天睁开
> 我在凡间找你夜晚的容颜
> 珊珊灯火点亮了夜空
> 我像猎人睡在月光下面
>
> 牧人在山坡上唱歌跳舞
> 晶莹冰雪落在身上
> 滚烫的热泪已经像酒一样酌上
> 可长长的空巷
> 不见你的身影
>
> 你什么时候回来
> 你到哪里去了
> 我翻山越岭

叩遍大地
只为从茫茫世间找你回来

刘子听着歌,望着拉尕山的山山水水,每行一步,都若叩首苍穹,跪影大地。刘子一路静寂无语,始终泪流满面。

今生此世,此世今生,刘子在拉尕山遇到的不是别人,而是自己。刘子失去的,不是丽丽,而是自己。刘子遇到的不是林末,而是自己。

当车就要开出拉尕山的时候,刘子突然看到那只雷神疯狂地追过来了。桑吉草飞跑着,跟在黑虎后面。天真的眼睛里溢满了泪。

刘子下了车和雷神滚在了一起。

他望望林末。

雷神不让走了。它知道天意。

林末突然哭了。

她紧紧地抱住刘子。

"你已经属于这里!"

第五十九章　故事讲完了

我叫耿霄。林末是我的笔名。

我的故事已经讲完了。不过，它还没有名字。

路上，雨还没有停。

雨一直在下。车内响着刘子的歌。

"你在哪里？

你到哪里去了？

我翻山越岭，

叩遍大地，

只为从茫茫世间找你回来。"

林末在那一大沓稿纸上面，终于写上了故事的名字：众里寻他千百度。

2018 年 5 月 5 日立夏　完稿

2018 年 5 月 9 日　定稿